Die Liebe in all ihren Farben

HAIDEE SIRTAKIS

Die Liebe in all ihren Farben

Bibliografische Information der Deutschen Nationalbibliothek:
Die Deutsche Nationalbibliothek verzeichnet diese Publikation
in der Deutschen Nationalbibliografie; detaillierte bibliografische
Daten sind im Internet über http://dnb.dnb.de abrufbar.

© 2018 Haidee Sirtakis

haidee.sirtakis@gmx.ch

Lektorat: Dr. Lotte Husung, Lektorat Buchstäblich,

www.buchstaeblich-lektorat.de

Grafik: NadyaEugene/ cash1994/ Shutterstock.com

Satz, Umschlaggestaltung, Herstellung und Verlag:

BoD – Books on Demand, Norderstedt

ISBN: 978-3-7460-4040-0

Kapitel 1

Christina atmete tief ein und aus. Obwohl sie innerlich vor Aufregung zitterte, versuchte sie, wenigstens nach außen hin souverän und gelassen zu wirken. Vertrauensvoll schaute sie Pfarrer Dominik an, der mit ihr gemeinsam vorn an der Kanzel stand.

Dominik lächelte und nickte Christina aufmunternd zu. »Ein Mensch kann seinen Weg planen, seine Schritte aber lenkt der Herr«, sagte er mit fester Stimme zu ihr. Dann wandte er sich den Kirchenbesuchern zu, die an diesem Sonntag zahlreich zum Gottesdienst erschienen waren.

»Schön, dass ihr alle Christina so herzlich willkommen heißt.« Für Dominik war es ein sehr emotionaler Moment. Er wischte sich kurz über die Augen. »Ich bin sehr glücklich, dass Christina nun die neue Pfarrerin in unserem Bergdorf sein wird. Damit geht für mich ein großer Wunsch in Erfüllung«, fügte er hinzu, drehte sich zu Christina um und umarmte die junge Frau freundschaftlich.

Dann griff er nach dem kleinen antiken Kreuz und der kunstvoll verzierten Bibel. Die beiden kostbaren Raritäten reichte er an Christina weiter, bevor er einen Moment innehielt. Er nahm den Kerzenständer mit der edlen Kerze und drückte ihn Christina in die Hand. »Damit dich das Licht nie verlassen wird. Licht und Wärme sollen dich auf deinem weiteren Lebensweg im Einklang mit dem Herrn stets begleiten und beschützen.«

Christina war zutiefst gerührt, schluckte und nickte

wortlos. Nachdem sie die drei Sachen sorgsam vor sich auf ein kleines Tischchen gestellt hatte, umarmte sie Dominik. Sie hielt seine Hand und schaute ihm tief in die Augen. »Vielen Dank, Dominik. Es ist mir eine große Ehre, deine Lebensaufgabe und dein Lebenswerk, das ich unglaublich schätze, in deinem Sinne weiterzutragen und deinen Weg weiterzugehen. Den Weg der Mitmenschlichkeit und Nächstenliebe. Schritt für Schritt in eine friedvolle und tolerante Zukunft«, sagte sie mit bewegter Stimme. »Möge der Herr mich stets begleiten.«

Anschließend wandte sie sich der anwesenden Gemeinde zu. »Vielen Dank, dass ihr alle mich damals, kurz vor Weihnachten, so herzlich in eurer Mitte aufgenommen habt und ich vom ersten Moment an das Gefühl haben durfte, bei euch willkommen zu sein.« Sie schmunzelte und zwinkerte mit den Augen. »Zuerst noch als Weihnachtspaketbotin. Eine ganz besondere Geschichte.« Um ihre Mundwinkel begann es, verdächtig zu zucken. »Damals hätte ich nicht einmal im Traum daran gedacht, dass ich eines Tages eure Seelsorgerin und Pfarrerin sein würde.« Sie lächelte und bedachte jeden einzelnen der Anwesenden mit einem wohlwollenden Blick. »Ich danke euch allen von Herzen.« Sie räusperte sich. »Ich hoffe, dass ich euren Anliegen gerecht werden kann. Auf jeden Fall will ich immer versuchen, mein Bestes zu geben und für euch da zu sein. Im Namen Jesu Christi«, schloss sie und machte das Kreuzzeichen über der Gemeinde.

Nach und nach erhoben sich die Anwesenden, bis am Schluss die ganze Kirchengemeinde stand. Gemeinsam verbeugten sie sich vor Christina und sagten im Chor: »Schön, dass du, liebe Christina, unsere neue Frau Pfarrerin bist. Wir danken dir dafür und wünschen dir nur das Beste und viel Freude mit deinen Schäfchen.« Dabei strahlten sie Christina entgegen, der ein oder andere lachte herzhaft auf und alle fühlten sich sichtlich wohl.

Dominik ließ sich sogleich von der allgemeinen Heiterkeit anstecken. »Wunderbar«, meinte er und klatschte begeistert in die Hände. »Lachen ist gesund und erfreut die Herzen. Deshalb wollen wir den heutigen Gottesdienst mit diesen wohlwollenden Worten und einem Lächeln beenden. Ich danke euch.« Er hielt kurz inne. »Christina und ich, wir freuen uns, mit euch draußen im Park noch ein wenig über Gott und die Welt zu philosophieren«, sagte er und marschierte als Erster den Gang entlang, öffnete die große Holztür und trat in den neben der Kirche liegenden Park hinaus.

Was für ein Anblick! Die Landschaft war tief verschneit, der Himmel leuchtete strahlend blau und die gleißende Sonne brachte den Schnee zum Glitzern. Ein schöneres Geschenk hätten die Wettergötter Christina an diesem außergewöhnlichen Tag nicht machen können.

Christina verweilte noch einen Moment allein in der Kirche. *Wer hätte das gedacht?* Sie stieß einen tiefen Seufzer aus. *Nicht einmal im Traum hätte ich zu hoffen gewagt, dass ich eines Tages wieder dieser erfüllenden Tätigkeit nachgehen darf. Was mir damals widerfahren ist, das war so entsetzlich.* Erleichtert atmete sie aus. *Aber es ist vorbei. Schnee von gestern.* Sie schloss kurz die Augen.

Jetzt fühlt sich einfach alles perfekt an. Bestimmt bin ich gerade der glücklichste Mensch auf Erden.

Nach einer Weile folgte Christina den anderen ins Freie, schloss die Augen, legte den Kopf in den Nacken und atmete befreit die reine Bergluft ein. »Was für ein großartiger Tag«, flüsterte sie und fühlte tiefe Zufriedenheit und Dankbarkeit in sich.

Ramona, Christinas Lebensgefährtin, eine hübsche, schlanke Frau mit aparter Kurzhaarfrisur, marschierte freudig auf Christina zu. »Mein Schatz, du hast wirklich schön gesprochen, so aus dem Herzen heraus«, sagte sie, legte voller Zuneigung einen Arm um Christina und holte sie so in die Realität zurück. »Ich bin richtig stolz auf dich«, flüsterte sie ihr ins Ohr und küsste Christina zärtlich auf die Wange. »Man sieht dir schon an der Nasenspitze an, wie glücklich du bist. Und deine Augen leuchten wie Sterne. Das macht mich so froh«, meinte sie und zwinkerte ihrer Liebsten dabei zu.

Während des Gottesdienstes hatte Ramona sich bewusst diskret im Hintergrund gehalten. Dieser spezielle Moment sollte allein Christina gehören. Christina sollte ihn mit jeder Faser ihres Körpers fühlen, wie ein Schwamm in sich aufsaugen und für immer in ihrer Seele bewahren. Ramona lag unheimlich viel daran, dass ihre Lebensgefährtin auch beruflich wieder ihr Glück fand, nach allem, was sie in der Vergangenheit durchmachen musste.

Christina umarmte ihre Freundin strahlend. »Danke.« Sie bedachte Ramona mit einem liebevollen Blick. »Nur durch dich passiert dieses Wunder hier.«

Sie löste sich sanft von Ramona und zeigte auf die Kirche hinter ihr, dann auf die umstehenden Gottesdienstbesucher. »Das schier Unmögliche ist möglich geworden.« Sie atmete tief durch. »Und ich darf tatsächlich wieder als Seelsorgerin arbeiten.« Nun bogen sich ihre Mundwinkel unversehens ein wenig nach unten. »Nach dem schrecklichen Spießrutenlauf in der alten Gemeinde. Nach den bösen Anfeindungen und meiner Kündigung …«, sie verstummte und winkte ab. »Ach, du weißt schon.« Ramona strich ihr sanft über den Rücken. »Es war wirklich eine göttliche Fügung, dass mich kurz vor Weihnachten ein Engel hierher zu dir, fast bis ans Ende der Welt geführt hat«, flüsterte Christina und tauchte tief in Ramonas Blick ein. »Du bist die Liebe meines Lebens.« Sie verschränkte ihre Hand mit der von Ramona.

Allmählich näherten sich die anwesenden Kirchenbesucher dem Frauenpaar. Mit einem Lächeln im Gesicht gratulierten sie der neuen Pfarrerin. Alle wussten, dass Christina und Ramona ein Paar waren, und hatten überhaupt kein Problem damit. Ramona lebte schon seit ihrer Kindheit in diesem Dorf, in dem jeder jeden kannte. Dieses unkomplizierte Miteinander hatte Ramona schon immer gefallen und sie schließlich – nach einem kurzen Abstecher in die Anonymität der Stadt – wieder hierher zurückgeholt, wo sie gerne für immer bleiben wollte. Der harmonische Zusammenhalt unter den Leuten war auch der Hauptgrund gewesen, weshalb Ramona eines Tages beschlossen hatte, hier im Ort ein Bistro zu eröffnen. Mit Leib und Seele führte sie seither ihre kleine Oase des Glücks, die alle zum Verweilen einlud und von vielen Dorfbewohnern regelmäßig und gern besucht wurde.

Niemand in der Gemeinde schien Vorurteile zu haben. Dominik, Christinas Vorgänger, war schwul und hatte als Pfarrer das Christentum besonders menschenfreundlich vorgelebt. Ihm hatten Werte wie Verständnis für den Nächsten, Toleranz und Gleichberechtigung schon immer am Herzen gelegen.

Diese Wärme war es auch, die Christina und Ramona bereits vom ersten Moment an gespürt hatten. Hier, in diesem idyllischen Bergdorf im Berner Oberland, durfte jeder so leben und lieben, wie es seiner Natur entsprach, sofern er niemand anderem wehtat, und das war einfach unübertrefflich. Es machte den Eindruck, als könnte man an diesem toleranten Ort ein Stückchen heile Welt erleben.

Christina und Ramona unterhielten sich angeregt mit allen Dorfbewohnern. Es war wirklich ein warmherziges Miteinander.

Nun kam Frau Bachmann auf Christina zuspaziert. Schon von Weitem winkte sie ihr. »Ach, Christina, es ist ein Segen, dass Dominik eine so tolle Nachfolgerin wie Sie gefunden hat.« Sie strahlte Christina an. »Ich mochte Sie von Anfang an. Sie sind so ein lieber und bescheidener Mensch, so selbstlos.« Frau Bachmann zwinkerte Christina vergnügt zu. »Was für ein Glück, dass Sie damals als Weihnachtsengel in unsere Gemeinde geschwebt sind, in unser Sechshundertseelendorf, wo sich Fuchs und Hase Gute Nacht sagen.«

Lächelnd bedankte sich Christina für die freundlichen

Worte. Nach und nach dankten Christina und Ramona auch den anderen Anwesenden, die sich allmählich von ihnen verabschiedeten.

Ramona unterhielt sich noch mit Frau Bachmann und ein paar älteren Herrschaften. Unterdessen ging Christina zurück in die Kirche und sammelte mit einem warmen Gefühl im Bauch die Gesangsbücher ein. Doch plötzlich, ohne Vorwarnung, zog sich alles in ihr unangenehm zusammen. Ein undefinierbarer Schauer lief ihr den Rücken hinunter. Sie blickte um sich und merkte, wie sie aus einiger Entfernung von einem Mann komisch angeschaut, ja schon fast angestarrt wurde. Irgendwie war sein Blick unheimlich.

Doch Christina ließ sich nicht beirren, sammelte weiter die Bücher ein und räumte sie in einen Schrank. Dann nahm sie sich noch ein paar Minuten Zeit für sich. Vor dem großen Kreuz hielt sie inne. *Danke. Vielen Dank, Herr. Es ist so schön, dass ich hier sein darf. Danke, dass ich diese Chance bekommen habe. Ich werde mir große Mühe geben, dich nicht zu enttäuschen.*

Danach verließ sie die aufgeräumte Kirche und traf draußen wieder auf Ramona, die gerade den letzten Kirchgängern noch einen schönen Sonntag wünschte. Als Ramona Christina erblickte, kam sie zielstrebig auf sie zu.

Lächelnd öffnete Christina die Arme. Die beiden Frauen hielten sich gerade innig umschlungen, als sich hinter ihnen jemand einige Male laut räusperte.

Augenblicklich drehten sich Christina und Ramona zu der Person um, die sie so unschön unterbrochen hatte,

und Christina bekam wieder eine Gänsehaut. »Ähm ...
ja?«, flüsterte sie und strich verlegen ihr gewelltes blondes
Haar zurück. »Sie wünschen? Kann ich Ihnen irgendwie
helfen?«

Der Mann von vorhin schaute ihr fest in die Augen
und straffte die Schultern. Er mochte um die vierzig
sein, war groß gewachsen und hatte markante Gesichts-
züge. Doch seine eisgrauen Augen schauten abschätzig.
»Ich gratuliere Ihnen zur Anstellung, werte Frau Pfarrerin«, sagte er. Seine schneidende Stimme klang nicht
so, als ob er dies ernst meinte. Spöttisch verzog er den
Mund. »Nun soll die Gemeinde also mit Ihnen eine zu-
verlässige Seelsorgerin bekommen haben.« Von oben bis
unten musterte er Christina, kalt und abweisend. »Ich
erwarte, dass Sie Ihren Pflichten verantwortungsvoll
nachkommen«, setzte er dann hinzu. Sein Ton klang
geradezu drohend. Christina und Ramona waren wie
versteinert. Was nahm er sich heraus? »Schönen Sonntag wünsche ich Ihnen«, zischte der Mann, machte auf
dem Absatz kehrt und ging mit schnellen Schritten
davon.

Christina rieb sich fröstelnd die Arme. »Was war das
denn? Mich schüttelt es. Der Kerl ist mir irgendwie unheimlich.« Verunsichert schaute sie Ramona an. »Kennst
du den vielleicht?«

Verneinend zuckte Ramona die Schultern. »Nein, beim
besten Willen nicht«, sagte sie und schüttelte den Kopf.
»Ich hab den Mann noch nie gesehen.« Sie schaute in
Christinas betroffenes Gesicht. »Aber was soll's. Von
dem lassen wir uns bestimmt nicht den Tag vermiesen.

Vergiss ihn einfach«, sagte sie aufmunternd und drückte Christina einen zärtlichen Kuss auf den Mund.

Christina versuchte ein Lächeln. »Ja, du hast recht. Ich bin absolut deiner Meinung.« Mit einem warmen Blick schaute sie ihr Herzblatt an. »Mit dir bin ich der glücklichste Mensch auf Erden«, stellte sie fest. Verträumt versank sie in den blauen Augen von Ramona. Sie hauchte ihrer Liebsten noch einen Kuss auf die Lippen, dann strahlte sie über das ganze Gesicht. »Und ich darf wieder meiner Arbeit nachgehen. Das habe ich so vermisst.« Sie bedachte Ramona mit einem zärtlichen Blick und rieb sich die Hände. »Jetzt freu ich mich aber erst mal darauf, mit dir allein zu sein.« Sanft nahm sie Ramonas Hand und streichelte ihr über den Handrücken. Gerade wollte sie noch etwas sagen, da bog Frau Bachmann um die Ecke.

Das hübsche Paar räusperte sich, und die beiden fühlten sich irgendwie ertappt. Etwas betreten schauten sie der älteren Frau entgegen.

Frau Bachmann lächelte jedoch wohlwollend. »Ich will nicht lange stören«, sagte sie entschuldigend. »Aber ich bin so glücklich, dass Sie jetzt da sind, Christina. Sie sind ein Segen für unser Dorf, wie es schon Dominik war.« Während sie sprach, waren ihre Blicke zwischen den beiden hin und her gewandert, um schließlich an Christina hängen zu bleiben. »Das musste ich Ihnen einfach noch mal sagen«, flüsterte sie und nickte zur Bestätigung.

Christinas Blick verweilte in Frau Bachmanns Augen. *Hm, es kommt mir fast so vor, als hätte Frau Bachmann noch was auf dem Herzen. Sie ist irgendwie anders als sonst,* dachte sie.

Ein Schatten huschte über Frau Bachmanns Gesicht. »Ich lass euch beide jetzt besser allein. Genießt diesen feierlichen Tag miteinander.« Ihr Blick schweifte zum Friedhof hinüber. »Ich gehe noch meinen Friedrich besuchen. So wie jeden Tag«, meinte sie matt und hob ein wenig kraftlos die Schultern. Dann verabschiedete sie sich von Christina und Ramona. Mit vorsichtigen Schritten ging die ältere Dame mit den grauen Locken zu den Grabsteinen hinüber. Auf halber Strecke drehte sie sich noch einmal um. »Bis morgen, Ramona. Ich freu mich schon auf meinen ersten Milchkaffee bei dir im Bistro. Gehört ja inzwischen fest zum Tagesprogramm«, rief sie und winkte den beiden ein letztes Mal zu.

Christina und Ramona schauten Frau Bachmann noch einen Augenblick hinterher. Dann nahm Ramona ihre Liebste an der Hand und spazierte mit ihr in Richtung Pfarrhaus. »Ich freu mich so auf dich. Endlich hab ich dich ganz für mich allein, werte Frau Pfarrerin«, sagte sie schelmisch und warf Christina einen verheißungsvollen Blick zu.

»Hm, was soll man dazu sagen?«, erwiderte Christina schmunzelnd. Ihr Blick schweifte kurz zur Kirche hinüber. »Da hat der liebe Gott bestimmt auch nichts dagegen einzuwenden, wenn ich dich jetzt verwöhne«, scherzte sie, und die beiden öffneten die Haustür.

Eigentlich wäre es üblich gewesen, dass Christina, da sie unverheiratet war, mit einer Haushälterin zusammen ins Pfarrhaus einzog. Sie hätte sich die Frau sogar selbst aussuchen und sie einstellen können. Kein einziger Pfarrer und auch keine Pfarrerin in der Umgebung hätten auf diesen Luxus freiwillig verzichtet. Doch Christina sah für sich in der Anstellung einer Haushälterin keinen Sinn. Sie war es gewohnt, sich um ihren Haushalt, ihre Kleider, das Essen und all die Arbeiten, die so anfielen, selbst zu kümmern. Deshalb hatte sie auf dieses Angebot verzichtet, jedoch den Wunsch geäußert, das eingesparte Geld in ein christliches Hilfsprojekt, zum Beispiel in Afrika, zu investieren.

Im Pfarrhaus angekommen, zogen sich die beiden gemütliche Freizeitkleidung an und machten es sich bei einer Tasse Tee eng aneinandergekuschelt auf dem Sofa bequem.

Zärtlich streichelte Christina Ramona über die Wange. »Weißt du, ich bin fest davon ausgegangen, meinen Beruf nie wieder ausüben zu können«, fing sie an. Sie schloss die Augen und holte tief Luft. »Seit damals ... seit dieser schrecklichen Zeit.« Sie schluckte mehrmals. »Ich konnte mir das wirklich nicht mehr vorstellen. Ich hatte so große Angst davor.« Doch nun begannen ihre Augen wieder zu leuchten. »Und jetzt, jetzt darf ich wieder in meinem absoluten Traumberuf arbeiten. Und das habe ich nur dir zu verdanken, mein Engel.« Sie schmiegte sich enger an Ramona. »Du bist mein ganz persönliches Wunder«, flüsterte sie.

Ramona wischte sich mit dem Ärmel des Pullovers über die Augen. »Schön, wenn ich etwas dazu beitragen konnte«, entgegnete sie mit weicher Stimme. Dann schaute sie Christina eindringlich an und hielt lange ihren Blick gefangen. »Jetzt mal Hand aufs Herz ...«

»Was denn?«, fragte Christina mit sanfter Stimme und streichelte Ramona zärtlich über ihr kurzes Haar.

Ramona schaute ernst. »Pfarrerin zu sein ist für dich doch viel mehr als nur ein Beruf, hab ich recht?« Sie verweilte in den smaragdgrünen Augen ihrer Liebsten. »Das ist für dich doch eine echte Berufung, oder etwa nicht?« Sie legte den Kopf leicht schief und wartete auf eine Antwort.

Christina hielt nachdenklich inne und ließ ihren Blick einen Moment zum Fenster hinüberschweifen, bevor sie Ramona antwortete: »Ja, wahrscheinlich schon. Jetzt, wo du das so sagst.« Sie nahm Ramonas Gesicht zwischen ihre Hände und näherte sich behutsam ihren Lippen. »Vor allem Seelsorgerin zu sein ist für mich eine Berufung, sehr sogar. Es erfüllt mich zutiefst, wenn ich Menschen helfen und ihnen in einer schwierigen Phase ihres Lebens beistehen kann, ihnen vielleicht einen ganz neuen Weg aufzeigen darf«, murmelte sie und küsste Ramona zärtlich. »Dafür bin ich dir so dankbar.« Mit einem Augenzwinkern tauchte sie tief in Ramonas klare blaue Augen ein. »Und was wünschst du dir jetzt von mir? Womit kann ich dir eine Freude machen, mein Liebling?«, raunte sie mit verführerischer Stimme.

Spielerisch verdrehte Ramona die Augen »Ach … du mal wieder.« Ihr Blick ging bedeutungsvoll in Richtung Schlafzimmer. »Ich würde mich jetzt einfach gern entspannen und von dir verwöhnen lassen«, flüsterte sie und errötete leicht. »Meinst du, das wäre der Seelsorgerin möglich?«, fragte sie etwas keck und lächelte.

Christina strich zärtlich durch Ramonas weiches Haar, während sie ihr einen betörenden Blick schenkte. Dann stand sie entschlossen auf und reichte ihr die Hand.

»Schöne Frau, darf ich bitten«, sagte sie und zog ihre Freundin ohne Umwege ins Schlafzimmer.

Dann streichelten Christinas Fingerspitzen zärtlich über Ramonas Wangen, weiter an ihrem Hals entlang hin zu ihrem verführerischen Dekolleté. Ihre Lippen näherten sich Ramonas und küssten sie erst sanft, dann leidenschaftlich auf den Mund.

Ramona sog tief die Luft ein, während in Christina jede Zelle ihres Körpers Feuer fing und sie von einer unerträglichen Hitzewelle durchflutet wurde. Christina brannte vor Verlangen bald lichterloh und wünschte sich nichts sehnlicher, als Ramona spüren und lieben zu dürfen.

Während die beiden sich innig weiterküssten, ließen sie ihre Kleidungsstücke, eins nach dem andern, zu Boden gleiten. Jede fühlte die Erregung der anderen, nahm sie tief in sich auf und gab sich diesem wundervollen Gefühl voll und ganz hin.

Gemeinsam legten sie sich auf Christinas weiches Bett. Ihre Blicke verweilten lange und tief ineinander, erfüllt von ihrer unendlichen Liebe füreinander. Christina verlor jegliches Gefühl für Raum und Zeit. Jetzt gab es nur noch Ramona und sie und ihre tiefe Liebe, die sie miteinander verband und die sie immer wieder aufs Neuste miteinander verschmelzen und in höhere Sphären schweben ließen.

»Ich liebe dich über alles. Du machst mich so glücklich«, stöhnte Christina ihrer Liebsten ins Ohr, während ihre Zungenspitze zärtlich um Ramonas Ohrläppchen kreiste.

Ramona stellten sich die Nackenhärchen auf und ein wohliger Schauer überzog ihre Haut. Ein elektrisierendes Kribbeln breitete sich bis in ihre Finger- und Fußspitzen aus und löste einen unaufhaltsamen Flächenbrand auf ihrer Haut aus. Bei jeder Berührung von Christina stöhnte sie leise auf. Einen Moment lang stockte ihr Atem, nur um sich im nächsten Moment wieder zu beschleunigen.

Christina rutschte langsam nach unten, ohne ihren Blick von Ramonas Augen abzuwenden. Zärtlich schob sie eine Hand zwischen Ramonas feste Schenkel.

Genüsslich spreizte Ramona ihre Beine und offenbarte so ihre Mitte, die sich bereits nach Christinas Liebkosungen sehnte.

»Was ich gerade sehe, bringt mich um den Verstand«, raunte Christina, während ihre Fingerspitzen zärtlich über Ramonas Scham fuhren, die sie mit einer verheißungsvollen Nässe empfing.

Ramona zuckte vor Lust und Begehren, stöhnte auf und begann, sich unter Christinas zarten Berührungen zu winden. »Mehr, bitte mehr«, wisperte sie und drückte ihr Lustzentrum verlangend Christina entgegen. »Ich liebe es, von dir angefasst zu werden«, hauchte sie und zuckte erneut auf.

Zufrieden lächelnd näherte sich Christina Ramonas Knospen, die sich augenblicklich in harte Murmeln verwandelten und sich ganz offensichtlich mehr von ihr wünschten.

»Lass dich gehen und genieß es einfach«, raunte Christina, während ihre Zungenspitze schneller und fordernder um die eine, dann um die andere Knospe kreiste, an ihnen lutschte und saugte. Ihre Hand erkundete Ramonas Nässe nun leidenschaftlicher und steigerte Ramonas Lust. Plötzlich hielt Christina einen Moment inne und genoss schweigend den Anblick ihrer Geliebten. »Du bist so unglaublich schön«, wisperte sie. Vertraut und voller Liebe tauchte sie tief in Ramonas wunderschöne Augen ein, die wie Glitzersteine funkelten.

Ramona legte eine Hand in Christinas Nacken und zog sie zu sich heran. Leidenschaftlich suchten ihre Lippen die ihrer Liebsten. »Bitte leg dich auf mich«, raunte sie und drückte Christina fordernd ihre Mitte entgegen, während ihre Zungenspitze um Einlass bat und mit Christinas Zunge zu spielen begann, was in einem feurigen Tanz gipfelte.

Geschickt legte Christina sich auf Ramona und stützte sich dabei mit einem Arm ab. Pochende Lust ließ die beiden laut aufstöhnen. Jeder Muskel in Christina spannte sich an, und sie war kurz davor, einen Vulkanausbruch der Lust zu erleben. Diese Hitze, dieses Verlangen, diese Leidenschaft - das Zusammenspiel ihrer Gefühle ließ sich kaum noch ertragen und war dennoch einfach nur köstlich und unglaublich erfüllend.

Ungestüm umklammerten Ramonas Hände Christinas Hüften. Während sie sich ihrer Liebsten immer fester entgegendrückte, zog sie Christina fest an sich. Tausend Blitze schossen durch Ramonas Körper, ließen sie aufzucken und laut aufstöhnen. Mit jeder Faser wollte sie Christina fühlen und lieben.

Christina stieg in den Rhythmus ihrer Liebsten ein,

konnte und wollte sich nicht mehr zurückhalten. Beide gaben sich ihrem Verlangen voll und ganz hin. Es begann zu beben, bis sie auf wundervolle Art ganz eins wurden und im Höchstgefühl purer Ekstase explodierten.

Als sie sich einigermaßen erholt hatten, lagen sie erschöpft, aber voller Zufriedenheit eng umschlungen nebeneinander und schauten sich verliebt an.

»Du bist eine wunderbare Liebhaberin«, flüsterte Ramona und strich Christina eine Haarsträhne hinters Ohr. »Es ist so schön, dass du an meiner Seite bist und mit mir durchs Leben gehst.«

Christina hauchte Ramona einen sanften Kuss auf die Lippen, dann noch einen auf die Stirn. Verträumt schaute sie ihr in die Augen. »Und du bist das Beste, was mir in meinem ganzen Leben passiert ist. Ich wünsche mir, dass unsere Liebe ein Leben lang hält, bis dass der Tod uns scheidet«, sagte sie feierlich, so tief empfand sie für Ramona.

Aus Ramonas Augenwinkel stahl sich eine Träne. »Ja, das wünsche ich mir auch«, flüsterte sie und schenkte Christina einen liebevollen Blick. »Mehr als alles andere auf der Welt. Bis zum letzten Atemzug wünsche ich mir dich an meiner Seite.«

Christina schwelgte immer noch in den höchsten Sphären des Glücks und ließ ihren Gedanken freien Lauf. *Ich habe wirklich die liebenswerteste Frau der Welt. Ramona macht mich so unglaublich glücklich. Sie ist der wichtigste Mensch, das Wichtigste überhaupt in meinem Leben.*

Eng aneinandergekuschelt verwöhnten sie einander

weiter mit Zärtlichkeiten, bis ihnen irgendwann die Augen vor Müdigkeit zufielen und sie in eine erholsame Traumwelt abtauchten.

Kapitel 2

Ein paar Tage später war Christina, wie jeden Tag, in der Kirche beschäftigt. Sie musste noch Vorbereitungen für die am Nachmittag stattfindende Beerdigung treffen. Gerade war sie dabei, in jeden Kerzenständer eine dunkelblaue Kerze zu stecken, so wie die Angehörigen des Verstorbenen sich dies gewünscht hatten, als sie plötzlich hinter sich ein Husten hörte. Reflexartig drehte sie sich um und erblickte in der letzten Sitzreihe Lisbeth Bachmann.

Christina wartete einen Moment. *Soll ich zu ihr hingehen? Oder möchte sie vielleicht lieber allein sein? So gut kenne ich sie ja auch wieder nicht.* Schließlich legte Christina die restlichen Kerzen zur Seite und ging bedächtig auf Frau Bachmann zu.

»Schönen guten Morgen, Frau Bachmann. Schon so früh unterwegs? Wie geht's Ihnen denn?«, fragte sie und reichte ihr freundlich die Hand.

Frau Bachmann begrüßte Christina, schien jedoch mit den Gedanken weit weg zu sein.

»Darf ich?«, fragte Christina und zeigte auf die Sitzbank.

Lächelnd nickte Frau Bachmann und rückte ein Stück zur Seite, um für Christina Platz zu machen.

Immer noch zögernd setzte sich Christina neben die Kirchenbesucherin und wartete geduldig.

In Lisbeth Bachmanns Gesicht begann es zu zucken, was Christina nicht entging.

»Möchten Sie lieber allein sein, Frau Bachmann?«,

fragte Christina leise und war schon im Begriff, wieder aufzustehen.

Eilig wandte sich Frau Bachmann ihr zu. »Bitte bleiben Sie doch noch einen Moment«, bat sie und lächelte verlegen. »Es ist schön, Sie zu sehen, Christina«, sagte sie und strich sich die weißgrauen Haare glatt.

In dem beschaulichen Dorf war es üblich, dass die meisten Bewohner die Pfarrerin einfach beim Vornamen nannten. Selten sagte jemand Frau Pfarrerin oder Frau Gerber.

Frau Bachmann stieß einen Seufzer aus. »Ich bin jeden Tag hier. Manchmal vormittags, manchmal nachmittags. Und manchmal auch abends. Aber mindestens einmal am Tag«, sagte sie und nickte, fast so, als müsste sie sich selbst in ihrem Handeln bestätigen.

Christina musterte Lisbeth Bachmann unauffällig von der Seite. Sie hatte die ältere Dame schon öfter in der Kirche getroffen, wollte sie aber nicht jedes Mal ansprechen. Nachdenklich wickelte Christina sich ihren Schal fester um den Hals, da sie sich in der leicht zugigen Kirche keine Erkältung einfangen wollte.

»Ganz schön kalt hier drinnen«, setzte sie das Gespräch fort. »Ich muss unbedingt noch etwas heizen, damit später niemand friert«, meinte sie und rieb sich die Hände. Sie bedachte Lisbeth Bachmann mit einem sanften Blick. »Gibt es einen speziellen Grund, weshalb Sie jeden Tag hier vorbeischauen?«, fragte sie und versuchte, im Gesicht der Kirchenbesucherin eine Antwort zu finden.

»Ja ... wegen Friedrich, meinem verstorbenen Mann«, begann diese zögerlich. »Irgendwie ist es inzwischen zu einem Ritual geworden.« Sie hob verlegen die Schultern. »Der Mensch ist halt ein Gewohnheitstier, und in meinem Alter sowieso«, sagte sie leise. »Friedrich, mein Mann, ist vor fünf Jahren gestorben.« Sie hielt inne. »Und nun hat es auch den tüchtigen Walter erwischt«, meinte sie matt. »Der liebe Gott hat nun auch ihn zu sich geholt«, redete sie irgendwie geistesabwesend weiter und schaute himmelwärts. »Es geht ihm bestimmt gut dort, wo er jetzt ist«, murmelte sie.

Christina kam es so vor, als wäre Lisbeth Bachmann mit ihren Gedanken einmal mehr in einer anderen Welt, jedenfalls weit weg vom Hier und Jetzt. »Frau Bachmann, geht es Ihnen nicht gut?«, fragte sie mitfühlend und legte eine Hand auf den Arm der älteren Dame.

Die zuckte überrascht zusammen. »Wie? Was?«, fragte sie nervös und starrte Christina entgeistert an. Dann winkte sie ab. »Ach, Christina«, sagte sie und lächelte verlegen. »Bitte sagen Sie doch einfach Lisbeth zu mir. Wir sehen uns schließlich fast jeden Tag. Da muss es für meinen Geschmack wirklich nicht so förmlich zugehen.«

»Sehr gerne. Aber nur, wenn du ab sofort dann auch du zu mir sagst«, entgegnete Christina erfreut und schaute Lisbeth beschwörend an.

Lisbeth blickte einen langen Moment nach vorne. Dann wandte sie sich wieder Christina zu. »Einverstanden«, sagte sie und streckte Christina nochmals die Hand entgegen. »Auf das Du. Soll gelten.«

Christina nickte. »Auf das Du«, sagte sie und schüttelte Lisbeth herzlich die Hand.

»Ramona und du, ihr seid so ein schönes Paar. Und ihr

habt einen so liebevollen Umgang miteinander«, flüsterte Lisbeth einen Moment später und lächelte Christina an. »Bitte hege und pflege eure noch so junge Liebe. Ihr beide seid mir in der kurzen Zeit schon so ans Herz gewachsen«, murmelte sie und ließ ihren Blick prüfend durch die Kirche schweifen.

Eine gefühlte Ewigkeit war es ganz still. Christina räusperte sich. »Friedrich ... fehlt er dir denn sehr?«, fragte sie kaum hörbar. »Fühlst du dich sehr einsam und allein?« *Oh, Christina! Wie kannst du nur so eine bescheuerte Frage stellen? Wie soll man sich denn bitteschön fühlen, wenn man den Menschen verliert, den man am meisten geliebt hat? Also ehrlich, so was Blödes,* schimpfte sie innerlich auf sich selbst. »Entschuldige bitte, Lisbeth. Das war eine dumme Frage«, stammelte sie und errötete bis unter die Haarwurzeln.

»Ist schon gut«, entgegnete Lisbeth und geriet ins Grübeln. Dann hob sie nachdenklich die Schultern. »Ja, Friedrich fehlt mir. Natürlich fehlt er mir. Aber vor allem ...«, sie räusperte sich und verstummte. Dann streckte sie den Rücken und riss sich zusammen. »Friedrich und Walter haben eben früher oft zusammen Karten gespielt. Sie waren gute Freunde«, sagte sie und fixierte Christinas Blick. »Und jetzt sind beide von mir gegangen, und ich bin die Einzige, die noch übrig geblieben ist von unserem Freundeskreis.« Lisbeth schwieg einen Moment. »Aber weißt du, Ramona und du, ihr passt wirklich gut zueinander«, sagte sie, schon wieder mit Bewunderung in der Stimme.

Christina hielt Lisbeths Blick fest. *Warum betont sie*

das mit Ramona und mir dermaßen? Irgendwie spricht Lisbeth für mich in Rätseln. Aber ich sehe in ihren Augen so einen eigenartigen Glanz. Warum eigentlich? Was hat das zu bedeuten?

Lisbeth rieb sich verlegen die Nase. Dann zupfte sie an ihrem Wintermantel. »Ich komme gern hierher, zu dir in die Kirche.« Sie ließ erneut einen Moment verstreichen. »So wie ich auch jeden Tag zu Ramona ins Bistro gehe. Ich fühle mich bei dir in der Kirche und bei Ramona im Bistro einfach gut aufgehoben«, sagte sie mit festerer Stimme. »Und es gibt meinem Alltag eine gewisse Struktur. Das ist eine gute Sache. Gerade wenn man älter wird und viel allein ist«, sagte sie und schaute Christina noch einmal in die Augen.

Dann stand sie entschlossen auf und reichte Christina die Hand. »Ich muss jetzt weiter. Am Nachmittag sehen wir uns wieder. Ich werde an Walters Beerdigung teilnehmen und ihm so die letzte Ehre erweisen.« Damit drehte sie sich um und verließ die Kirche.

Die schwere Tür fiel laut ins Schloss und holte Christina in die Realität zurück. *Lisbeth war heute irgendwie eigenartig.* Sie schaute auf die Uhr. *Oje, schon so spät! Jetzt muss ich mich aber beeilen.*

Nachdem Walters Beerdigung vorüber war, entschloss Christina sich spontan, bei Ramona im Bistro vorbeizuschauen, denn sie konnte es kaum erwarten, sie in die Arme zu schließen und ihr zumindest einen kurzen Moment ganz nah zu sein.

Wenig später schon machte es das vertraute Klingeling und Christina betrat voller Vorfreude das Bistro.

Es war kurz vor Feierabend und deshalb war Ramona, die gerade die Spülmaschine in Betrieb setzte, allein anzutreffen.

Christina umarmte sie zärtlich von hinten. »Hallo, mein Schatz. Endlich Feierabend«, stöhnte sie und gab ihr einen Kuss. »Ich bin fix und fertig«, meinte sie und schaute Ramona an. Unter ihren Augen lagen dunkle Schatten. »Beerdigungen nehmen mich immer sehr mit«, sagte sie und besann sich. »Aber sag, wie geht's dir? Wie war dein Tag?«

»Du Arme«, erwiderte Ramona und hauchte ihr einen Kuss auf die Lippen. »Mein Tag war ganz okay. Nette Menschen und ab und zu eine anregende Unterhaltung.« Mitfühlend blickte sie Christina ins Gesicht. »Also dein Job wäre nichts für mich. Mich würde jede Beerdigung, die ich abhalten müsste, in ein tiefes Loch stürzen. Ich bewundere dich, dass du das kannst.«

Müde winkte Christina ab. »Ist ja auch viel Schönes dabei«, hielt sie dagegen. »Hochzeiten, Taufen, Sonntagsgottesdienste ...« Sie lächelte Ramona beruhigend an. »In meinen Augen bist *du* bewundernswert.« Sie schmunzelte. »Wenn ich mich daran erinnere, was für ein Durchhaltevermögen du an den Tag legen kannst«, sagte sie und küsste Ramona auf die Stirn. »Sonst hätten wir nie so richtig zueinandergefunden. Ich war ja wirklich ein schwieriger, ja fast schon hoffnungsloser Fall.«

»Das stimmt allerdings«, gab Ramona zurück und grinste. »Du warst schon eine harte Nuss.« Liebevoll musterte sie Christina. »Wie wär's mit einem Tee? Deinem Lieblingstee?«

»Gute Idee. Etwas Wärmendes kann jetzt bestimmt nicht schaden.« Christina rieb sich die kalten Hände, um ihre Durchblutung wieder ein wenig anzukurbeln.

Während Ramona zwei Tassen Hagebuttentee zubereitete, setzte Christina sich ans hinterste Tischchen, das im Lauf der vergangenen Monate zu so etwas wie ihrem Stammplatz geworden war. So oft wie möglich schneite Christina kurz vor Feierabend in Ramonas Bistro. Meist saßen sie dann noch eine halbe Stunde oder auch länger gemütlich bei einem Tee oder einem Punsch zusammen, eben an diesem, an ihrem Tischchen.

Es vergingen einige Minuten, während sie einfach nur entspannt dasaßen und den fein duftenden Tee genossen.

Doch nach einer Weile bedachte die junge Pfarrerin ihre Freundin mit einem eindringlichen Blick, da Ramona schweigsam mit dem Teebeutel in ihrer Tasse herumspielte. »Bedrückt dich irgendetwas?«, fragte sie behutsam.

Ramona verzog die Mundwinkel nach unten. »Na ja, dieser unverschämte Typ, der Kerl, der dich nach der Amtseinführung so blöd angeredet hat, der ist heute hier im Bistro aufgetaucht.«

Christina riss die Augen auf. »Das auch noch!« Das konnte kein Zufall sein. Ein ungutes Gefühl schlich sich in ihre Magengegend.

Einen Augenblick schloss sie die Augen. »Was wollte er denn hier?«

»Keine Ahnung. Er hat einen Kaffee getrunken, bezahlt und ist wieder gegangen«, gab Ramona achselzuckend zur Antwort und strich sich etwas fahrig durchs

Haar. »Ich hab nur gesehen, dass er draußen einige Leute angesprochen hat und mehrfach auf mich und das Bistro gezeigt hat.« Sie blickte verstimmt drein. »Der ist mir richtig unheimlich.«

Was will dieser Mensch von uns? Warum schleicht und schnüffelt er hier in der Gegend herum?, grübelte Christina. Ein beengendes Gefühl machte sich in ihrer Kehle bemerkbar und nahm ihr fast die Luft zum Atmen. Doch sie versuchte, sich selbst zu beschwichtigen. *Ruhig Blut. Ich will mich jetzt in nichts hineinsteigern. Spekulationen bringen einen nie weiter. Bestimmt gibt es eine ganz simple Erklärung für das Ganze.* Hörbar atmete sie die Luft aus. »Vielleicht ist er neu hier und sucht Anschluss«, meinte sie leichthin und schaute Ramona zärtlich an. »Bestimmt ist alles ganz harmlos.«

»Wenn du meinst«, sagte Ramona wenig überzeugt. »Trotzdem, ich glaub, das ist so ein kranker Spinner. Jedenfalls guckt er immer so grimmig, als wollte er einem gleich an die Gurgel gehen.«

Christina rückte mit ihrem Stuhl näher an Ramona heran und nahm ihre Hand. Zärtlich streichelte sie über ihre zierlichen Finger. »Mach dich nicht verrückt! Denk einfach nicht mehr an ihn«, versuchte sie, Ramona zu beruhigen. *Eigenartig ist das alles ja schon,* musste sie sich insgeheim eingestehen, wollte sich aber nichts anmerken lassen. »Lass uns diesen Abend ruhig ausklingen lassen, okay?«, schlug sie vor.

»Einverstanden«, flüsterte Ramona und küsste sie. Dann fiel ihr Blick auf die leeren Tassen. »Noch einen Tee?«, fragte sie lächelnd.

Christina nickte.

Sogleich sprang Ramona vom Stuhl auf und hüpfte mit den zwei Tassen in der Hand hinter die Theke. Während sie Tee nachgoss, schweifte Christinas Blick nach draußen. Augenblicklich kniff sie die Augen zusammen und hielt sich schützend eine Hand vors Gesicht. Autoscheinwerfer blendeten sie so stark, dass es ihr richtig wehtat. Doch als sie die Augen wieder öffnete, war draußen nichts mehr zu sehen. Keine Menschenseele war bei dieser eisigen Kälte und dem Schneegestöber unterwegs. Alle schienen zu Hause in der warmen Stube zu sitzen. *Wer kann das wohl gewesen sein? Hat uns etwa jemand die ganze Zeit beobachtet?*

Wenig später saßen sie bei einer zweiten Tasse Tee am Tischchen, doch es schien, als wäre jede für sich in ihre Gedankenwelt abgetaucht.

Christina drückte ihren Teebeutel aus und legte ihn auf die Untertasse. »Frau Bachmann, sie hat mir übrigens das Du angeboten - also Lisbeth - war heute wieder bei mir in der Kirche«, sagte sie und trank einen Schluck.

»Soso, Lisbeth war bei dir«, meinte Ramona vergnügt und lächelte.

»Ja genau, Lisbeth«, wiederholte Christina und schaute Ramona verdutzt an. »Was ist daran so lustig?«

Ramona nahm einen kleinen Dekorationsschneemann in die Hände und betrachtete ihn von allen Seiten. »Hat Lisbeth dir heute angeboten, sie zu duzen?«

»Ja«, bestätigte Christina. Auf was wollte Ramona hinaus?

Ramona grinste. »Ich bin seit heute auch per Du mit

ihr«, antwortete sie und legte den Schneemann zur Seite.

»Ach ja?« Christina hielt inne. »Weißt du eigentlich mehr über Lisbeth? Ihre Lebensumstände und so?«, fragte sie neugierig.

Ramona dachte einen Moment lang nach. »Ich weiß nur, dass sie viele Jahre mit Friedrich verheiratet war. Seit er gestorben ist, geht sie jeden Tag in die Kirche und spaziert durch den Park. Anschließend besucht sie immer noch sein Grab.« Sie nahm einen Schluck Tee. »Und sie kommt jeden Tag ein- oder sogar zweimal bei mir im Bistro vorbei. Wenn Lisbeth morgens bis um neun nicht bei mir auf der Matte steht, dann weiß ich, dass irgendetwas mit ihr nicht in Ordnung ist, und erkundige mich nach ihr.«

»Ach, du gute Seele, du bist hier ja auch so etwas wie eine Seelsorgerin«, meinte Christina mit warmer Stimme.

Ramona lächelte kurz. Dann legte sie den Kopf leicht schief. »Ich denke, Lisbeth ist ziemlich einsam und sucht deshalb unsere Gesellschaft. Dominik mochte sie auch sehr, aber dich scheint sie ganz besonders ins Herz geschlossen zu haben«, erklärte sie und räusperte sich. »Aber das ist ja nicht weiter erstaunlich.« Verliebt lächelte sie Christina an. »Wer kann dir und deinem Charme schon widerstehen?«, fragte sie und versank im zärtlichen Blick ihrer Freundin.

Christina errötete ein wenig. »Ähm, danke für die Blumen.« Sie überlegte einen Moment. »Ich würde jetzt gern bei der Chefin bezahlen und dann mit ihr ein Haus weiterziehen«, meinte sie mit verführerischem Unterton.

Ramona lächelte. »Das geht wie immer auf Kosten des Hauses«, sagte sie. »Und wir fahren jetzt ohne Umwege zu dir ins Pfarrhaus. Falls dir dann immer noch nach Bezahlen zumute ist, können wir uns sicher über den Preis einig werden«, sagte sie gespielt streng und stellte noch schnell die Tassen ins Spülbecken. Dann verließ sie mit Christina zusammen das Bistro und schloss wie immer sorgfältig die Tür hinter sich ab.

Beide beschlossen, früh ins Bett zu gehen.

Eng umschlungen tauschten sie wenig später zärtliche Küsse und Streicheleinheiten aus.

»Ich liebe dich so sehr«, raunte Ramona und schob ein Bein zwischen Christinas Schenkel.

Christina sog hörbar die Luft ein und ließ ihren Kopf ins Kissen fallen. *Ramona schafft es doch immer wieder, mich um den Verstand zu bringen. Sie ist echt der Wahnsinn! Aber Moment mal, wir hatten da doch noch eine kleine Rechnung offen ...*

Mit einem Ruck setzte Christina sich aufrecht hin, drehte Ramona blitzschnell auf den Rücken und ließ genüsslich ihre Blicke über Ramonas wohlgeformten Körper schweifen.

»Hast du da nicht eine Kleinigkeit vergessen? Ich muss doch noch bezahlen«, raunte Christina und konnte sich ein anzügliches Grinsen nicht verkneifen. »Bleibt es bei unserer Abmachung, oder muss ich deinem Gedächtnis ein wenig auf die Sprünge helfen?«, damit machte sie sich über Ramonas verführerischen Körper her.

Ramonas Atem fing an zu stocken, sie wand sich lustvoll unter Christinas Händen, die erst die eine, dann die andere Brust liebkosten. »Ist ja schon gut, ich füge mich. Aber gewöhn dich nicht zu sehr daran, denn bald bin ich wieder an der Reihe«, sagte Ramona neckend.

Kapitel 3

Am nächsten Morgen verabschiedeten sich Christina und Ramona mit einem zärtlichen Kuss voneinander.

»Danke für die wunderschöne Nacht«, raunte Ramona ihrer Liebsten ins Ohr, bevor sie in ihr Auto stieg und davonfuhr. Auf sie wartete ein neuer, hoffentlich guter Tag im Bistro.

Christina warf einen Blick auf das Thermometer, das neben der Haustür hing. *Brrrr, eisig kalt ist es heute wieder,* dachte sie und zog sich schnell Mütze und Handschuhe an. Dann spazierte sie wie jeden Morgen zuerst mit einem Sack Vogelfutter durch den Park und genoss die Sonnenstrahlen.

Heute war ein besonders schöner Wintertag. Sonnenschein pur und blauer Himmel, das reinste Kaiserwetter. Dazu verschneite Tannen und Sträucher, am Boden etwas Neuschnee, der wie mit Brillanten bestückt glitzerte. Auf den Bäumen und Hecken konnte man verschiedene Vogelarten entdecken. So weit oben in den Bergen hätten die Vögel in dieser harten Jahreszeit kaum Futter finden können. Aber Christina und Ramona hatten viele Futterhäuschen für sie aufgestellt, in denen Körner und Weichfutter nicht ausgingen.

Mit Hingabe füllte Christina all die Futterstellen auf, denn es herrschte strenger Frost und alles war fest zugeschneit. Derzeit war das eine oder andere Tier da draußen in der Natur wirklich auf die Hilfe der Menschen angewiesen und nahm sie dankbar an. Als alle Häuschen gut gefüllt waren, schaute Christina den kleinen bunten Piepmätzen noch einen Moment lang zu und erfreute sich an ihrem geschäftigen Treiben.

Dann schlenderte sie ein Stück weiter, nahm eine Handvoll Schnee und ließ ihn durch ihre behandschuhten Finger rieseln. Mit geschlossenen Augen wandte sie das Gesicht zum Himmel. *Was für ein herrlicher Tag,* dachte sie und blinzelte glücklich in die Sonne. *Was mich heute wohl erwartet? Schließlich gleicht kein Tag dem anderen.* Ihre Gedanken schweiften wie so oft zu Ramona. *Ich kann es kaum erwarten, sie wieder in meine Arme zu schließen. Ramona ist das Beste, was mir in meinem ganzen Leben passiert ist. Nie mehr möchte ich ohne sie sein, so sehr liebe ich sie.*

Zufrieden setzte sie ihren Weg in Richtung Kirche fort. Vor der großen Tür stampfte sie ein paar Mal kräftig auf den Boden, um den Schnee einigermaßen von ihren Winterstiefeln abzubekommen. Gut gelaunt öffnete sie die Tür und betrat ihr zweites Zuhause, das sie nie mehr missen wollte. Ihr Herz gehörte natürlich Ramona, und das würde auch immer so bleiben. Für Christina war das so klar, wie das tägliche Amen in der Kirche.

Aber da war eben auch noch ihr Job, ihre Berufung, wenn man so wollte. Das Evangelium und die Kirche hatten neben Ramona einen festen Platz in ihrer Seele.

Während sie durch den Gang schritt und Mütze und Handschuhe auszog, hörte sie hinten in der Kirche ein leises Geräusch. Blitzartig drehte sie sich um und sah aus dem Augenwinkel heraus, wie jemand zu der kleinen Seitentür hinaushuschte.

Die Kirche stand immer offen. Zu jeder Tages- und Nachtzeit. Das hatte Dominik vor Jahren eingeführt und es wurde nun auch von Christina so gehalten. Für Christina war es wichtig, dass jeder Mensch in dieser Kirche, für die sie nun die Verantwortung trug, einen Zufluchtsort finden konnte. Ab und zu übernachtete hier auch mal ganz unauffällig der ein oder andere Obdachlose. Christina störte sich nicht daran und ließ solche Menschen einfach gewähren. Am nächsten Tag waren sie meist eh schon in der Früh verschwunden und weitergezogen. Gerade jetzt im Winter, wo es draußen so kalt war, war es ihr ein Anliegen, dass Menschen in Not in ihrer Kirche immer Schutz und ein Dach über dem Kopf fanden.

Wer war das denn?, fragte sich Christina. *Irgendetwas stimmt doch hier nicht.* Wie ferngesteuert lief sie zur Seitentür, riss sie auf und eilte hinaus. Sie blickte nach links und rechts. Als sie niemanden sah, rannte sie einmal um die Kirche herum.

In einer windgeschützten Ecke entdeckte sie eine junge dunkelhäutige Frau, die sich hustend eine Hand vor den Bauch hielt, während sie sich mit der anderen Hand über die Augen wischte.

Als die junge Frau Christina erblickte, geriet sie sofort in Panik. Hastig schaute sie um sich und setzte erneut zur Flucht an. Christina blieb stehen. *Ganz ruhig bleiben. Ruhe ist jetzt oberstes Gebot,* dachte sie und verhielt sich auch so.

»Bitte, so warten Sie doch. Sie müssen vor mir keine Angst haben. Ich tue Ihnen nichts!«, rief sie und wartete weiter ab.

Die junge Frau erstarrte und blieb stehen. Da Christina ihr nicht folgte, drehte sie sich schließlich zögernd zu ihr um und schaute Christina nun direkt in die Augen.

Sogar aus dieser Distanz, immerhin lagen mehrere Meter zwischen ihnen, konnte Christina sofort erkennen, dass die junge Frau total verzweifelt war und ihr Gesicht tränenverschmiert. Beschwichtigend hob sie die Hände. »Bitte … ich tue Ihnen wirklich nichts. Versprochen! Bitte haben Sie keine Angst vor mir«, sagte sie mit weicher Stimme. Sie blieb weiterhin an Ort und Stelle stehen und hoffte, dass die Frau dableiben und nicht noch einmal davonrennen würde. *Was bedrückt sie bloß? Was hat sie erlebt? Es muss ja einen Grund geben, warum sie hier aufgetaucht ist, so fertig, wie sie aussieht.*

Die junge Frau zog verlegen mit einem Fuß Kreise im Neuschnee und blickte dabei zu Boden. Wie ein Häufchen Elend stand sie da.

Christina wagte es, ein paar winzig kleine Schritte auf sie zuzugehen, während sie die Hände immer noch beschwichtigend in die Luft hielt.

Der Kopf ihres Gegenübers schnellte hoch und ihre Augen verwandelten sich in schmale Schlitze. Die Frau fixierte Christinas Blick und signalisierte, dass Distanz weiterhin angesagt war. »Sie tun mir auch wirklich nichts? Ganz sicher nicht?«, fragte sie aufgeregt, während sie sich erneut umschaute, um sich, falls nötig, auf der Stelle aus dem Staub machen zu können.

Christina blieb erneut stehen und schüttelte den Kopf. »Nein, ganz bestimmt nicht. Ich tue Ihnen ganz sicher nichts.« Sie schenkte der Frau ein warmes Lächeln. »Was auch immer Sie bedrückt, was auch immer es ist, das Ihnen Kummer bereitet, lassen Sie uns drinnen in der Wärme«, sie zeigte dabei aufs Pfarrhaus, »bei einer Tasse Kaffee oder Tee in Ruhe darüber reden.« Fragend schaute sie die junge Frau an. *Bitte sag ja. Renn jetzt nicht schon wieder davon. Habe wenigstens ein bisschen Vertrauen zu mir. Ich spüre doch, dass dich irgendetwas ganz schrecklich belastet.*

Die Frau schien hin- und hergerissen zu sein. Einige Minuten stand sie regungslos da, wobei sie Christina keine Sekunde aus den Augen ließ. Dann, endlich, nach einer gefühlten Ewigkeit ging sie zögerlich auf Christina zu.

Christina reichte der Frau vorsichtig die Hand. »Ich bin Christina, Seelsorgerin und Pfarrerin hier im Dorf«, stellte sie sich vor.

Die junge Frau, eigentlich noch ein Mädchen, reichte Christina nun vorsichtig die Hand. Sie räusperte sich. »Ich … ich bin Amari«, stotterte sie unsicher und schaute Christina aus verweinten Augen an.

»Amari«, begrüßte Christina die Jugendliche, »ein hübscher Name. Hab ich noch nie gehört. Woher kommt der denn?«, fragte sie und zeigte einladend auf das Haus vor ihr. »Lassen Sie uns ein paar Schritte gehen«, sagte sie. *Hoffentlich erzählt mir Amari jetzt ein bisschen was über sich. Ganz egal, was es ist. Hauptsache, sie redet mit mir.*

»Aus Afrika. Amari ist ein somalischer Name«, flüsterte sie kaum hörbar, ging aber neben Christina her auf das Haus zu.

»Der Name gefällt mir gut«, meinte Christina lächelnd,

hielt an und füllte Futter in ein Vogelhäuschen, um Amari noch ein bisschen Zeit zu geben. Dann machten sich die beiden wieder auf den Weg zum Pfarrhaus.

Christina wandte sich Amari zu. »Tee oder Kaffee?«, fragte sie mit ruhiger Stimme und schaute die junge Frau mitfühlend an.

In Amaris Gesicht zeichnete sich ein klitzekleines Lächeln ab, bevor es im nächsten Moment schon wieder verschwand. »T... Tee«, stotterte sie. »Tee, das wäre sehr nett«, sagte sie mit leiser Stimme und schaute zu, wie Christina die Haustür aufschloss.

Kurze Zeit später saßen die beiden gemeinsam bei einer Tasse dampfendem Früchtetee in der Küche auf der gemütlichen Eckbank.

Amari war sichtlich nervös. Sie wippte mit den Beinen hin und her und schaute immer wieder zum Fenster hinaus. Nach einer Weile stieß sie einen tiefen Seufzer aus.

Oje. Die Arme. Es fällt ihr ja ganz schön schwer, irgendetwas über sich zu erzählen. Wenn ich nur wüsste, was sie quält, warum sie hierhergekommen ist. Christina räusperte sich. »Willst du mir nicht sagen, was dich bedrückt?« Vergeblich versuchte sie, Amaris Blick einzufangen.

Amari schaute kurz zu Christina hinüber, dann wieder zum Fenster hinaus und sagte lange Zeit nichts. Schließlich blickte sie Christina mit ihren ausdrucksvollen braunen Augen an. »Danke für den Tee. Sie ... Sie sind wirklich sehr nett«, stammelte sie befangen.

»Ich lege keinen großen Wert auf das Sie«, erklärte Christina und lächelte Amari aufmunternd zu. »Das Du reicht völlig. Ist doch irgendwie unkomplizierter, oder?«

In Amaris Gesicht schlich sich ein verhaltenes Lächeln. »Okay. Du, du bist wirklich nett«, wiederholte sie leise und starrte schon wieder aus dem Fenster.

Hm, Amari braucht wohl noch ein bisschen Zeit. Zeit, die ich ihr natürlich geben will - ja, wohl geben muss, dachte Christina. »Möchtest du lieber für dich allein sein?«, fragte sie mit weicher Stimme.

Vehement schüttelte Amari den Kopf. »Bitte nicht weggehen«, sagte sie wie aus der Pistole geschossen. Nach einer weiteren Pause begann Amari schließlich, stockend zu erzählen. »Meine ... meine Eltern stammen aus Somalia«, flüsterte sie und verstummte erneut.

Ein Anfang ist gemacht. Immerhin, dachte Christina und wartete geduldig darauf, dass Amari weitererzählte.

Amari gab sich einen Ruck. »In den nächsten Sommerferien wollen sie mit mir nach Somalia reisen«, fuhr sie schließlich fort. »In Somalia wollen sie mich dann mit einem Mann, den ich gar nicht kenne, verheiraten - *zwangsverheiraten*«, murmelte sie niedergeschlagen. Dann griff sie nach Christinas Arm und hielt ihn fest. »Bitte, du musst mir helfen. Ich weiß nicht, wer mir sonst helfen kann. Ich will das nicht. Wenn ich verheiratet werde, bringe ich mich um. Bitte hilf mir!«, flehte sie und starrte Christina verzweifelt an.

Christina fühlte die Angst, die sich in Amaris Augen widerspiegelte und in ihrer Stimme mitschwang. Sie ließ sich von Amari am Arm festhalten, runzelte aber verwirrt die Stirn. »Wie, zwangsverheiraten?« Entsetzt musterte sie Amari von oben bis unten. *Das kann doch unmöglich ihr Ernst sein! Amari ist doch noch ein halbes Kind. Ich habe be-*

stimmt etwas missverstanden, schoss es ihr durch den Kopf. »Amari, darf ich fragen, wie alt du bist?«

Amari nickte. »Fünfzehn«, flüsterte sie kaum hörbar.

Völlig geschockt hielt Christina sich eine Hand vor den Mund. »Wie bitte? Erst fünfzehn? Und deine Eltern wollen dich verheiraten? Zwangsverheiraten?«, fragte sie sicherheitshalber noch einmal nach, für den Fall, dass sie sich vielleicht doch verhört hatte. Sie konnte es einfach nicht glauben.

Amari nickte und schaute beschämt zu Boden. »Ja, genau so ist es.« Sie strich sich mit beiden Händen übers Gesicht. »In Somalia werden manchmal schon Zwölfjährige verheiratet«, erklärte sie mit Tränen in den Augen.

Christina schluckte schwer. *Was soll das denn? Kinder zu verheiraten. Das ist ja entsetzlich, so etwas von menschenunwürdig.* Sie stieß einen lauten Seufzer aus. *Ganz offensichtlich habe ich es hier mit einem ganz heiklen Fall und einer mir total fremden Kultur zu tun,* überlegte sie und atmete, um Fassung ringend, tief ein und aus. *Ich muss … es ist meine Pflicht, Amari zu helfen! Bin ich froh, dass sie den Weg zu mir in die Kirche gefunden hat!*

Beruhigend legte Christina eine Hand auf Amaris Arm. »Wir sind hier in der Schweiz. Kinderehen sind bei uns illegal«, stellte sie fest.

Amari presste die Lippen zusammen. »Wenn die Heirat in Somalia stattfindet, ist sie dort legal«, hielt sie dagegen und wischte sich ein paar Tränen aus dem Gesicht. »Ich weiß nicht, aber meine Eltern wollen bestimmt, dass ich eines Tages zurück nach Somalia gehe«, sagte sie aufgewühlt und begann nun, hemmungslos zu schluchzen.

Erschüttert starrte Christina aus dem Fenster. »Das darf doch nicht wahr sein!«, meinte sie energisch und schlug mit der Faust auf den Tisch. »Ich werde dir helfen. Und wenn alle Stricke reißen, gibt es schließlich auch noch Behörden und Fachstellen«, sagte sie kämpferisch und straffte die Schultern. *Amari wird nicht zwangsverheiratet. Das werde ich nicht zulassen! Wie kann man nur auf solche Ideen kommen?,* regte sie sich innerlich fürchterlich auf.

»Ich will nicht heiraten! Ich hab mich nämlich in einen netten Jungen aus meiner Schulklasse verliebt«, schluchzte Amari verzweifelt. Mit verzerrtem Gesicht schaute sie Christina an. »Reto ist Schweizer und …«, sie stieß einen tiefen Seufzer aus, »zu allem Übel auch noch Christ.« Sie schnappte nach Luft. »Diese Konstellation ist für meine Eltern die reinste Katastrophe und geht natürlich gar nicht.« Amari strich sich durch ihr langes schwarzes Haar, das zu vielen dünnen Zöpfchen geflochten war. »Und für mich ist es auch ein Desaster. Meine Eltern werden Reto nie im Leben akzeptieren«, sagte sie niedergeschlagen, während ihr erneut Tränen über die Wangen rannen. »Ich weiß mir nicht mehr zu helfen. Echt nicht. Es ist alles so verfahren und aussichtslos.«

Amari ist erst fünfzehn, grübelte Christina. *Noch lange nicht volljährig. Wenn ich es ganz genau nehmen würde, müsste ich jetzt Amaris Eltern oder zumindest die Polizei informieren. Schließlich ist sie von zu Hause abgehauen. Bestimmt wird sie schon gesucht.* Lange überlegte Christina hin und her. Doch sie konnte es zum jetzigen Zeitpunkt einfach nicht verantworten, Amari weitere Strapazen mit womöglich fatalen Folgen auszusetzen. Deshalb beschloss sie, erst einmal abzuwarten, selbst wenn sie sich bei dem Gedanken nicht ganz wohl in ihrer Haut fühlte.

Christina nahm Amaris Hand in ihre und drückte sie zuversichtlich. Dann sah sie Amari eindringlich in die Augen. »Wir werden gemeinsam eine Lösung finden. Wenn du möchtest, kannst du gern hierbleiben. Ich richte dir das Gästezimmer her. Du hast bei mir so etwas wie Kirchenasyl. Hier passiert dir nichts«, versuchte sie, das Mädchen zu beruhigen. Sanft streichelte sie Amari über den Handrücken. »Hier kannst du erst einmal zur Ruhe kommen.«

»Das ist … ist lieb«, stotterte Amari matt und nickte. »Ich hab nämlich furchtbare Angst, nach Hause zurückzugehen.«

Christina lächelte Amari mitfühlend an. »Du kannst so lange hierbleiben, wie du möchtest«, sagte sie und hielt inne. »Ich lasse dich jetzt einen Moment allein und bereite dein Zimmer vor. Einverstanden?«

Amari nickte schüchtern und erwiderte scheu Christinas Lächeln. Ihr Blick schweifte erneut nach draußen in die märchenhafte Winterlandschaft.

Auf dem Weg ins Gästezimmer hörte Christina, wie sich unten die Haustür öffnete. Sie eilte die Treppe hinunter, um Ramona zu empfangen, die gerade das Haus betrat. »Pst«, flüsterte sie und legte einen Finger an ihre Lippen. »Wir haben Besuch. Eine heikle Sache.«

Ramona umarmte Christina zärtlich. Dann blickte sie ihr leicht verstimmt in die Augen. »Warum flüsterst du denn so? Und warum heikel? Ist doch schön, wenn wir

Besuch haben«, meinte sie und wurde aus Christinas Verhalten so gar nicht schlau.

»Die Sache ist etwas delikat. Ich muss dir das im Vertrauten und unter vier Augen erklären«, flüsterte Christina und zog Ramona schnell ins nächste Zimmer. Dort angekommen schloss sie die Tür hinter sich und setzte sich einen Augenblick mit Ramona auf die Couch.

Dann begann Christina, von Amari und dem schrecklichen Plan, den ihre Eltern ausgeklügelt hatten, zu erzählen. Aufgewühlt strich sie sich eine blonde Locke hinters Ohr. »Jetzt sag schon, Schatz. Ist das nicht der reinste Horror? Stell dir das doch mal vor!«, rief sie aufgebracht und gestikulierte wild mit den Händen.

Sprachlos saß Ramona neben Christina und starrte ihre Freundin schockiert an. »Ein Mädchen zwangsverheiraten?«, murmelte sie und wiegte nachdenklich den Kopf. Dann bedachte sie Christina mit einem zärtlichen Blick. »Nur gut, dass Amari jetzt hier und in Sicherheit ist.« Sie drückte Christina einen Kuss auf die Stirn. »Das hast du gut gemacht. Du hast wirklich das Herz auf dem richtigen Fleck.«

Wenig später war das Gästezimmer bezugsbereit, und Christina hatte Amari Ramona vorgestellt. Amari schien sich langsam, aber sicher etwas wohler zu fühlen, und so saßen die drei im Wohnzimmer beisammen.

Allmählich ging Amari auch ein bisschen mehr aus sich heraus und begann, aus ihrem Leben und von ihrem Herkunftsland zu erzählen.

Es stellte sich heraus, dass Amari in Somalia zur Welt gekommen war, aber mit ihren Eltern schon seit zehn

Jahren in der Schweiz lebte. Sie verfügten alle über eine Aufenthaltsgenehmigung. Die ganze Familie hielt sich streng an den muslimischen Glauben und hatte mit dem Christentum nicht viel am Hut. Es gehörte schon lange zu Amaris Alltag, dass da zwei völlig verschiedene Welten regelmäßig aufeinanderprallten.

Einige Zeit war es still im Zimmer, bis Amari sich einen Ruck gab und sich vernehmlich räusperte. »Gehört ihr beide eigentlich zusammen?«, fragte sie ziemlich direkt.

Diese Direktheit hätten Christina und Ramona nicht erwartet, und so schauten die beiden erst einmal verdattert drein. »Hm …«, Christina holte tief Luft und schaute Amari dann offen in die Augen. »Ja, wir, also Ramona und ich, wir sind ein Paar.«

Amari lächelte. »Ist doch cool«, meinte sie gelassen und trank einen Schluck Tee.

»Wir müssen jetzt aber beide leider arbeiten«, sagte Christina nach einer ganzen Weile. »Ramona muss zurück in ihr Bistro und ich habe Büroarbeit zu erledigen.« Sie deutete auf die Tür ihres Büroraumes. »Aber du kannst jederzeit zu mir kommen. Vielleicht magst du dir auch was zu lesen nehmen?«, dabei wies sie auf das Bücherbord und lächelte Amari zu. »Später koche ich uns was zu essen und heute Abend setzen wir drei uns wieder zusammen und sprechen weiter, ja?« Amari nickte. Sie durchstöberte das Regal und nahm schließlich eines der Bücher mit in ihr Zimmer.

Als es draußen allmählich dunkel wurde, hatten Christina, Ramona und Amari es sich wieder in der Wohnstube gemütlich gemacht. Amari taute immer mehr auf und schien Christinas und Ramonas Gesellschaft sichtlich zu genießen. Gerade waren sie in ein weiteres Thema vertieft, als es mehrmals, fast schon impertinent, an der Haustür klingelte.

Christina warf einen verwunderten Blick auf ihre Uhr, bevor sie Ramona mit gerunzelter Stirn anschaute. »Wer kann das denn sein? So spät noch? Vielleicht ein Notfall.« Sie seufzte ergeben und eilte die Treppe hinunter.

Trotz der abendlichen Stunde öffnete sie mit einem Lächeln die Haustür. Doch binnen Sekunden gefror dieser Ausdruck, denn vor ihr stand der unsympathische Unbekannte von neulich. Christina wurde schlagartig übel. *Was um alles in der Welt will der jetzt hier?*

Christina schaute den ungebetenen Besucher mit einem unguten Gefühl in der Magengegend an. »Sie wünschen?«, fragte sie kurz angebunden, was sonst gar nicht ihre Art war. Ein Schauer lief ihr über den Körper. *Warum kreuzt dieser Kerl schon wieder hier auf? Erst in der Kirche, dann im Bistro. Was will er von mir ... von uns?*

Der große, breitschultrige Mann schaute Christina mit einem harten Blick an. Dann baute er sich regelrecht vor ihr auf. Mit verzerrtem Gesicht, zusammengekniffenen Augen und erhobenem Zeigefinger zischte er sie an. »Passen Sie gut auf, was Sie machen, Frau Pfarrerin.« Seine Augen wurden noch schmaler. »Sie stehen unter Beobachtung. Wohlverstanden unter *meiner* Beobachtung. So wie Sie das Christentum vorleben, ja wie Sie überhaupt leben, wollen wir das hier im Dorf nicht länger haben. Ich ... wir dulden das nicht mehr, wir wollen das nicht. Wir sind hier anständige Leute. Benehmen Sie sich gefälligst so, wie alle anderen Pfarrer in der Umgebung auch.« Verächtlich musterte er Christina von oben bis unten. »Es ist schon abartig genug, dass Sie mit einer Frau zusammenleben«, knurrte er weiter. Seine Backenzähne mahlten.

Dann schaute er nach oben zu dem beleuchteten Wohnzimmerfenster. Obwohl er von unten rein gar nichts erkennen konnte, wetterte er ungebremst weiter: »Und Ausländer, Schwarze, wollen wir hier schon gar nicht haben. Nur damit das von Anfang an klar ist!« Er schaute Christina böse an. »Das sind eh alles nur Schmarotzer und Verbrecher.« Einen langen Moment studierte er Christinas Gesichtsausdruck. »Überlegen Sie sich also Ihre nächsten Schritte gut, sehr gut, werte Frau Pfarrerin«, drohte er und richtete schon wieder den Zeigefinger auf Christina.

Christina traute ihren Ohren kaum, ihr klappte regelrecht die Kinnlade nach unten. Gerade wollte sie etwas erwidern, als der Kerl ihr doch demonstrativ vor die Füße spukte, sich dann brüsk umwandte und durch den Schnee davonstampfte.

Wie erschlagen blieb Christina noch einen Moment in der offenen Tür stehen. *Dieser Typ ist ja von der übelsten Sorte! Tickt's bei dem noch richtig?* Aufgebracht raufte sie sich die Haare.

Weil Christina so lange wegblieb, kam Ramona die Treppe heruntergelaufen und schaute sie besorgt an. »Mein Schatz, um Himmels willen. Wer war denn da? Du bist ja kreidebleich!« Sie legte die Hände auf Christinas Schultern und schüttelte sie leicht. »Du siehst aus, als hättest du soeben einen Geist gesehen. Was ist denn passiert?«

Christina starrte Ramona an, als wäre ihr wirklich ein Geist begegnet. »Der Mann … dieser merkwürdige Typ, er war gerade hier«, stammelte sie. Dann erklärte sie in wenigen Worten, was ihr gerade wiederfahren war und was für unschöne Dinge ihr dieser schreckliche Mensch an den Kopf geworfen hatte.

Ramona riss die Augen auf. »Was? Wie bitte?« Sie blickte nach draußen. »Und wo ist er jetzt?« Fragend starrte sie Christina an.

»Er ist fort«, murmelte Christina beklommen und zeigte auf die Spuren im Schnee. Dann wandte sie sich wieder Ramona zu. »Was will dieser Kerl? Und vor allem, wer ist er überhaupt? Was hat er gegen uns?« Verzweifelt strich sie sich durchs Haar.

Ramona zuckte die Schultern. »Gute Frage. Das müssen wir unbedingt rausfinden. Irgendetwas läuft hier schief, und zwar gewaltig.« Sie wollte gerade die Tür schließen, als es plötzlich kläglich miaute.

Mit hochgezogenen Augenbrauen schauten sich Christina und Ramona an. Dann schlüpften sie schnell in ihre Stiefel und marschierten in die Richtung, aus der sie das Miauen vermuteten. Sie wagten einen Blick um die Hausecke. Da stand doch tatsächlich ein schäbiger Karton, zugedeckt mit einer dünnen Decke.

Christina zog das Tuch weg. Ihre Augen wurden gleich zwei Nummern größer. »Das gibt's doch nicht! Jetzt werden hier sogar schon Katzenbabys entsorgt«, murmelte sie und hob behutsam die Kiste hoch.

Ramona starrte neugierig hinein. »Drei Stück. Oje! Die müssen wir unbedingt mit ins Haus nehmen. Die erfrieren ja sonst«, sagte sie und blickte sich suchend um. »Wer hat diese Wollknäuel denn einfach hier ausgesetzt?« Plötzlich verzog sie das Gesicht zu einer Grimasse. »Sieht so aus, als würde es in nächster Zeit im Pfarrhaus ziemlich lebhaft zugehen.«

Wenig später trugen die beiden die maunzende Kiste in die gute Stube.

Amari sprang sofort vom Sofa auf und begann, übers ganze Gesicht zu strahlen. »Katzenbabys!«, rief sie mit leuchtenden Augen. »Ich liebe Katzen.«

Christina und Ramona schauten sich ein wenig hilflos an.

»Die brauchen bestimmt alle paar Stunden Milch«, seufzte Christina müde. »Hoffentlich schaffe ich es überhaupt, die drei Würmchen neben meiner Arbeit her zu versorgen.«

Ramona ließ die Mundwinkel sinken. »Ich kann sie leider nicht mit ins Bistro nehmen. Du weißt ja, Lebensmittelhygiene und so.«

Ohne zu fragen, nahm Amari Christina die Kiste ab und setze sich mit den Kätzchen aufs Sofa. Dann strahlte sie Christina und Ramona überglücklich an. »Ich kann mich doch um die drei kümmern, sozusagen als Dankeschön, dass ich bei euch sein darf«, meinte sie und blickte die beiden hoffnungsvoll an. »Bitte, bitte, sagt Ja!«

Christina und Ramona überlegten einen Moment. Dann nickten sie gleichzeitig und schauten Amari dankbar an. »Dieses Angebot nehmen wir gern an«, sagten sie mit einem Lächeln im Gesicht.

Nachdem sich Christina rechts und Ramona links von Amari hingesetzt hatte, dauerte es nicht lange, bis jede eines der Samtpfötchen in den Händen hielt und es mit Streicheleinheiten verwöhnte.

Als Christina Stunden später, nachdem die Kätzchen gefüttert und versorgt waren, im Bett lag, kreisten die Ereignisse des heutigen Tages immer noch wild in ihrem Kopf herum. *Wer ist dieser Mann?* Genervt rieb sie sich die Stirn. *Er muss mich den ganzen Tag beobachtet haben! Wie sonst kann er von Amari wissen? Wo hat er mir aufgelauert? Und was führt er im Schilde?*

Kapitel 4

Mit einem innigen Kuss verabschiedete sich Ramona am nächsten Morgen von Christina und eilte ins Bistro. Da beide wegen des unerwarteten Besuchs eine ziemlich unruhige Nacht hinter sich hatten, war es gut, dass heute ein straffes Programm auf sie wartete und die trüben Gedanken dadurch vielleicht in den Hintergrund gedrängt wurden. Zudem war Ramona spät dran, sie hatte einen wichtigen Termin.

Ach, guck mal, dachte Christina und lächelte still in sich hinein, als sie die Kirche betrat. *Da ist ja Lisbeth! Ich setze mich einen Moment zu ihr und plaudere ein bisschen mit ihr über Gott und die Welt. In meinem Kopf dreht sich seit gestern sowieso alles im Kreis, und ich kann kaum einen klaren Gedanken fassen. Lisbeth tut mir bestimmt gut. Ich mag sie. Vielleicht freut sie sich auch über eine nette Unterhaltung. Ich kann jetzt jedenfalls ein bisschen Abwechslung gut vertragen.*

»Guten Morgen, Lisbeth«, sagte Christina daher freundlich und gab ihr die Hand. »Darf ich mich einen Moment zu dir setzen?«

Lisbeth nickte. »Guten Morgen, Christina. Aber natürlich! Ich freue mich immer, wenn du mir Gesellschaft leistest.« Sie zwinkerte Christina vergnügt zu. »Und schließlich ist das hier deine Kirche«, meinte sie gespielt tadelnd und rutschte etwas zur Seite.

»Das ist doch nicht meine Kirche«, meinte Christina abwinkend. »Ich trage lediglich die Verantwortung für sie«, sagte sie mit weicher Stimme, »was ich wirklich sehr gern mache.« Sie hielt inne. »Und wie geht's dir an diesem schönen Morgen?«

Lisbeth langte in ihre Jackentasche und zog ein Taschentuch hervor. Geräuschvoll putzte sie sich die Nase, bevor sie Christina anblickte. »Ramona und du, ihr seid *so* ein schönes Paar«, begann sie und schluckte schwer.

Jetzt erwähnt sie das schon wieder. Warum reitet sie dauernd darauf herum? Ich muss da jetzt mal nachhaken, dachte Christina. Sie legte eine Hand auf Lisbeths Arm. »Darf ich dich mal etwas fragen?«

Lisbeth nickte.

Christina räusperte sich. »Du hast jetzt schon mehrmals gesagt, dass Ramona und ich ein schönes Paar sind.« Sie hielt inne und musterte Lisbeth. »Warum wiederholst du das andauernd? Steckt da etwas Besonderes dahinter?«

Einen klitzekleinen Moment machte Lisbeth den Anschein, als würde sie sich ertappt fühlen. Sie errötete leicht und knabberte nervös an ihrer Unterlippe. »Ich hab's ja geahnt, dass du mich das eines Tages fragen würdest«, sagte sie und schluckte.

Christina wartete eine Weile. »Entschuldige, Lisbeth. Du musst mir nichts sagen, wenn du nicht möchtest«, sagte sie schließlich mit ruhiger Stimme. »Ich will dir nicht zu nahetreten.«

»Tust du doch nicht«, behauptete Lisbeth, schaute aber beklommen drein. »Tja, meine liebe Christina. Es ist gar nicht so einfach, dir das jetzt zu erklären. Wenn du wüsstest …«

Christina schaute Lisbeth interessiert an. *Was willst du mir eigentlich sagen?* Innerlich stieß sie einen Seufzer aus. *Bitte nicht noch so eine rätselhafte Andeutung. Davon hab ich momentan wirklich genug. Ich muss jetzt Klarheit haben. Sonst dreh ich noch durch!*

»Wenn ich *was* wüsste?«, fragte Christina und betrachtete Lisbeth mit einem Röntgenblick. »Bitte, Lisbeth! Rede Klartext mit mir. Was genau möchtest du mir sagen?«

Eine gefühlte Ewigkeit war es totenstill in der Kirche und eine beinahe schon unheimliche Stimmung lag in der Luft. Lisbeth druckste weiter herum, knetete ihre Hände und rutschte unruhig auf der Kirchenbank hin und her.

»Was ist es denn? Ist es wirklich so schlimm?«, fragte Christina. »Du weißt ja, ich unterstehe der Schweigepflicht.«

Lisbeth atmete tief aus und schloss gequält die Augen. »Du bist der erste Mensch, der das jetzt erfahren wird.«

Noch einmal holte sie tief Luft. »Es ist nämlich so, ich war vor vielen Jahren unsterblich in eine Arbeitskollegin verliebt. Das ist schon eine halbe Ewigkeit her«, seufzte sie. Dann schaute sie beschämt zu Boden. Wiederum war es ganz still. »Und wenn ich zu mir selbst ehrlich bin, war ich all die Jahre heimlich in sie verliebt … und bin es heute noch«, gab Lisbeth zu und vergrub ihr Gesicht in den Händen.

Christina lehnte sich nach hinten und ließ das soeben Gehörte auf sich wirken. *Lisbeth war … ist in eine Frau verliebt? All die Jahre schon? Das müssen ja mehrere Jahr-*

zehnte sein! Aber sie war doch mit Friedrich verheiratet.
Verblüfft strich sie sich eine Haarsträhne hinters Ohr.
»Aber …«, energisch winkte sie ab und unterbrach so
jäh ihr Gedankenkarussell. »Magst du weitererzählen?«,
fragte sie voll Mitgefühl. »Ich habe alle Zeit der Welt.«

Einen Moment später nickte Lisbeth zögerlich. »Ramona und du, ihr erinnert mich immer daran, an damals. Die andere Frau weiß nichts von meinen Gefühlen für sie. Und das ist auch gut so«, sagte sie und griff
nach Christinas Hand. Um ihre Mundwinkel zuckte
es. »Friedrich war mir ein guter Ehemann. Und bevor
du fragst, vor fünfundfünfzig Jahren war eine andere
Zeit als heute. Da sind wir mit diesem Thema noch
längst nicht so fortschrittlich umgegangen wie heute«,
erklärte sie und drückte Christinas Hand. »Aber darum lebe ich so gern in diesem Ort, weil hier jeder so
leben und lieben darf, wie es für ihn oder sie stimmt.
Das ist sehr, sehr schön. Ich genieße das. Manchmal
gerate ich dann richtig ins Schwärmen, wie mein Leben hätte verlaufen können«, schloss sie ihren kurzen,
aber sehr bewegten Vortrag und putzte sich die Nase.
Nun schaute sie Christina fest in die Augen. »Jetzt ist
es raus. Jetzt weißt du also Bescheid«, meinte sie und
wollte schon aufstehen.

Christina hielt Lisbeth zurück. »Bitte bleib! Renn nicht
davon. Lass uns noch ein wenig miteinander reden«, bat
sie. *So leicht kommst du mir nicht davon. Dir geht's doch
nicht gut, das sehe ich dir an der Nasenspitze an. In diesem
Zustand lasse ich dich ganz sicher nicht allein.*

Einen Moment schien Lisbeth zu überlegen, dann

sagte sie zögernd: »Soso, reden willst du also, hm. Über was denn?«

»Zum Beispiel über dich und diese andere, geheimnisvolle Frau?«, meinte Christina mit einem freundlichen Lächeln.

Lisbeth zögerte. Um ihren Mund zuckte es immer heftiger. »Ja, geheimnisvoll, das war sie«, murmelte sie, öffnete die Handtasche und nahm ihr Portemonnaie heraus. Dann zeigte sie Christina ein Foto. Sofort huschte ein Lächeln über Lisbeths Gesicht und sie strich zärtlich über das Bild. »Das hier ist sie. So hat sie mal ausgesehen, vor vielen, vielen Jahren.« Verlegen schaute sie zu Boden. »Das Foto habe ich damals auf einem Betriebsausflug gemacht … und es seither immer bei mir getragen«, sagte sie leise, bevor sie Christina das leicht verblichene Bild in die Hand drückte.

Eine hübsche Frau mit einem wundervollen Lächeln, dachte Christina und schmunzelte still in sich hinein. »Danke«, sagte sie und schaute sich das Foto noch einen Augenblick länger an. Dann wandte sie sich wieder Lisbeth zu. »Wie alt war die Frau denn da?«

Lisbeth zuckte die Schultern. »So um die zwanzig, denke ich«, antwortete sie und strich sich übers Gesicht.

Ich muss versuchen, mehr über diese Frau zu erfahren, dachte Christina. »Wie heißt sie denn?«

Lisbeths Lippen zitterten. »Erika«, antwortete sie, wie aus der Pistole geschossen. »Erika heißt sie. Sie war so eine süße und liebe Frau. Ich kriege gleich Herzklopfen, wenn ich an sie denke«, schwärmte sie. Sie errötete und räusperte sich. »Süß und so lieb … das ist sie bestimmt heute noch«, flüsterte sie kaum hörbar.

Oje! Die arme Lisbeth. Die Reise zurück in die Vergangenheit nimmt sie ja ganz schön mit. Ich muss aufhören, Fragen zu stellen, sonst bringe ich Lisbeth noch zum Weinen, und das will ich auf keinen Fall.

Christina wusste nicht so recht, was sie noch sagen sollte. Sie drehte das Foto mehrmals in den Händen herum, um etwas Zeit zu gewinnen. Auf der Rückseite entdeckte sie, dass da in ganz kleinen Buchstaben ›Erika Hauser‹ geschrieben stand. Sie lächelte in sich hinein. *Das ist ja interessant. Wirklich eine hübsche Frau, diese Erika Hauser,* dachte sie und betrachtete aus dem Augenwinkel heraus Lisbeth, die sich mit dem Ärmel über die Augen wischte.

Mist! Jetzt ist sie traurig und weint. Christina gab Lisbeth das Foto zurück. »Danke«, sagte sie leise und räusperte sich. Obwohl sie eigentlich nicht mehr hatte nachhaken wollen, sprudelte trotzdem die nächste Frage aus ihr heraus. Lisbeth und ihr Schicksal ließen ihr einfach keine Ruhe mehr. »Hast du eigentlich Kinder?«, fragte sie und bereute die Frage bereits im nächsten Augenblick.

Lisbeth schüttelte den Kopf. »Nein. Mit dem Kinderkriegen hat es leider nicht geklappt.« Nun lächelte sie wieder. »Aber das macht nichts«, meinte sie gespielt salopp und verstaute das Portemonnaie wieder in ihrer Tasche.

Puh, Glück gehabt. Soll ich jetzt weiterfragen oder besser nicht? Ich weiß im Moment echt nicht, was jetzt richtig oder falsch wäre, dachte Christina und blickte Hilfe suchend an die Decke, so als wünschte sie sich vom lieben Herrn die richtige Antwort. *Frag einfach!,* schien eine Engelsstimme ihr zuzuflüstern.

Christina nahm all ihren Mut zusammen. »Hattest du nie das Bedürfnis, dich mit Erika wieder einmal zu treffen?«, fragte sie vorsichtig.

Lisbeth schaute Christina aus feuchten Augen an. Dann nickte sie. »Doch, schon. Ein paar Mal hatte ich fest vor, mit Erika Kontakt aufzunehmen.« Sie stieß einen schweren Seufzer aus. »Aber dann hat mich jedes Mal der Mut ganz schnell wieder verlassen. Du kannst dir nicht vorstellen, wie oft ich den Telefonhörer in der Hand gehalten, ihn dann aber unverrichteter Dinge wieder aufgelegt habe«, sagte sie.

Das ist ja ein richtiges Drama, ging es Christina durch den Kopf.

Die Kirchenglocken schlugen neun Uhr und rissen Christina abrupt aus ihren Gedanken.

Lisbeth sprang auf. »Oje! Ich muss mich beeilen.« Entschuldigend schaute sie Christina an. »Wenn ich jetzt nicht bald bei Ramona im Bistro auftauche, macht sie sich wieder fürchterliche Sorgen, dass mir etwas zugestoßen sein könnte.« Sie schüttelte Christina die Hand und hastete davon, fast so, als wäre sie auf der Flucht.

Trotzdem blieb sie nach ein paar Schritten stehen, wandte sich noch einmal zu Christina um und sagte: »Jetzt kennst du ein Kapitel mehr aus meinem Leben. Ein ganz besonderes, manchmal schönes, meistens aber eher trauriges Kapitel.« Sie fuhr sich über die Augen und ging rasch weiter.

Christina blieb noch eine Weile sitzen und dachte über das Gespräch nach. *Erika Hauser heißt also Lisbeths Herzblatt von damals.* Sie stand auf und wiederholte innerlich den Namen. Dann marschierte sie zielstrebig ins Pfarrhaus, in ihr kleines Büro und notierte sich dort den Namen auf einem Notizblock. *In einer ruhigen Minute muss ich mir das alles noch mal durch den Kopf gehen lassen,* damit legte sie den Zettel zur Seite. *Aber jetzt muss ich unbedingt meine Post erledigen und ein paar Telefonate führen.*

Amari verabreichte den Katzenbabys gerade ihren Schoppen, als Christinas Handy klingelte. Aufmerksam hörte sie zu und machte sich nebenher ein paar Notizen. »Okay. Kein Problem. Ich komme gegen Abend vorbei und unterschreibe die vorbereiteten Unterlagen«, sagte sie und beendete das Telefonat. *Eigentlich habe ich ja so schon genug zu tun. Aber was sein muss, muss eben sein.* Seufzend öffnete sie das oberste Kuvert auf ihrem Briefstapel - und stutzte. Ihre Hände begannen zu zittern. Diese Schrift erkannte sie sofort. Der Brief kam von Lea, ihrer vorherigen Lebensgefährtin, die sie so schnöde hatte fallen lassen und ihr damit beinahe das Herz gebrochen hätte. Christina überflog die ersten Zeilen und wurde blass. Hektisch schaute sie auf die Uhr. Ihr Termin! Sie musste dringend los. Den Brief würde sie später lesen, wenn sie mehr Zeit hatte und alleine war. Sie faltete den Bogen wieder zusammen, steckte ihn zurück in den Umschlag und verstaute den Brief in eine Schublade.

»Kann ich dich hier allein lassen?«, fragte sie Amari, die nun alle drei Katzenbabys auf ihrem Schoß hielt und kraulte. »Ich hab eine Besprechung wegen einer bevorstehenden Hochzeit.« Sie schaute wieder auf ihre Uhr. »Danach muss ich einkaufen und dann noch in die Stadt.« Sie deutete auf ihr Mobiltelefon. »Wegen des Anrufs von vorhin.«

Amari lächelte. »Kein Problem. Ich hab mit den Kätzchen gut zu tun«, meinte sie fröhlich. »Geh du nur. Ich komm ganz gut alleine klar.« Christina beruhigte dies nicht so recht, denn sie ließ Amari momentan nicht gerne allein. »Mach dir keinen Kopf«, sagte Amari, die Christinas Zögern spürte. »Ich komm wirklich gut allein klar«, wiederholte sie.

»Okay. Dann glaub ich dir das jetzt.« Christina betrachtete Amari voller Zuneigung. »Brauchst du irgendetwas aus der Stadt?«, fragte sie und zog sich eine andere Jacke an.

»Nein, alles gut. Ich bin einfach nur dankbar, dass ich hier sein darf«, antwortete Amari. Im Vergleich zum Vortag sah sie schon viel entspannter aus.

Christina verabschiedete sich von dem Mädchen, verließ das Pfarrhaus und fuhr zu dem Paar, das in ein paar Monaten kirchlich heiraten wollte. Alles lief wie am Schnürchen, sodass sie sich bald um die nötigen Einkäufe kümmern konnte. Zwischendurch ging sie kurz bei Ramona im Bistro vorbei und fragte sie, ob sie am Abend mit ihr in einem netten Restaurant in der Stadt essen wollte. *Ich muss einfach mal auf andere Gedanken kommen*, dachte Christina. Leas Brief ging ihr die ganze

Zeit nicht aus dem Kopf. Die paar Sätze, die sie überflogen hatte, waren alles andere als erfreulich gewesen. Ramona war, wie erwartet, von Christinas Idee sofort begeistert und freute sich, den Abend mit Christina auswärts zu verbringen. Mit ihrer Vorfreude steckte sie Christina an.

Am Nachmittag konnte sie sich aber nicht länger drücken. Nachdem sie alle anstehenden Büroarbeiten erledigt hatte, öffnete sie die Schublade und holte den Brief wieder heraus. Der Umschlag schien zwischen ihren Fingern zu brennen. Sie begann zu lesen:

Liebe Christina,

lange haben wir nichts voneinander gehört. Und wenn ich ehrlich bin, weiß ich auch gar nicht so recht, wie ich diesen Brief beginnen soll. Auf Umwegen habe ich deine neue Adresse herausgefunden und erfahren, dass du wieder eine Anstellung als Pfarrerin gefunden hast. Das freut mich wirklich sehr für dich. Nach allem, was damals geschehen ist.

Ich schreibe dir diesen Brief, weil ich dich immer noch liebe. Es wurde mir nach unserem Outing, obwohl wir beide das so wollten, einfach alles zu viel. Ich fühlte mich überfordert und habe leider die falsche Entscheidung getroffen. Ich liebe dich und werde dich immer lieben. Jeden Tag, jede Stunde, jede Minute und jede Sekunde denke ich an dich.

Liebe Christina, ich vermisse dich. Bitte gib uns noch eine Chance! Wir waren doch so ein wundervolles Paar. Mein sehnlichster Wunsch ist es, dass es wieder so wird wie früher, denn du bist die Liebe meines Lebens. Ich könnte dir noch so viel schreiben, aber viel lieber möchte ich dich sehen, damit wir miteinander reden können. Bitte ruf mich an (078 321 890 329).

Erwartungsvoll und in Liebe

Deine Lea

Das war wirklich ein starkes Stück! Christina ließ das Blatt sinken. *Hat Lea sie noch alle? Erst lässt sie mich sitzen und jetzt tut sie so, als sei alles eitel Sonnenschein und ich hätte nur darauf gewartet, zu ihr zurückzukehren.* Je länger Christina darüber nachdachte, umso klarer wurde ihr, dass sie Lea bei der nächsten Gelegenheit aufsuchen musste, um ihr klipp und klar zu sagen, was Sache war. Dass es sinnlos war, sich weiter Hoffnungen zu machen, weil sie inzwischen die Liebe ihres Lebens gefunden hatte. Und diese Liebe würde sie festhalten. Nichts und niemand könnte sie zerstören. In diese Überlegungen mischten sich einmal mehr die Gedanken an ihren Widersacher. *Wer ist bloß dieser dubiose Mann, der mir das Leben schwer macht?*, fragte sie sich. Und dann war da auch noch Amari, deren Zwangsverheiratung nach wie vor im Raum stand. Christina zerwühlte sich die Haare und stieß einen abgrundtiefen Seufzer aus. *Irgendwie ist gerade nichts mehr so idyllisch und im Einklang, wie es einmal war,* dachte sie bedrückt. *Über meinem Glück liegt ein Schatten. Jedenfalls kommt mir das so vor.* Sie richtete sich auf, um diese negativen Gefühle abzuschütteln.

Doch ob sie wollte oder nicht, hatte Leas Botschaft sie wieder an die furchtbare Vergangenheit erinnert. Über zwei Jahre lang hatte sie damals die Beziehung zu ihrer Freundin geheim gehalten, und das, obwohl sie zu allen in ihrer Gemeinde ein gutes Verhältnis pflegte.

Christina legte den Kopf in den Nacken und schloss die Augen. Szenen von damals liefen vor ihrem inneren Auge ab und sie bekam eine Gänsehaut am ganzen Körper. Diese Eiseskälte war es auch, die sie schließlich wie gelähmt auf dem Stuhl sitzen ließ, während sie die inneren Bilder bitter quälten.

Irgendwann war damals der Zeitpunkt gekommen, dass Christina ganz offiziell zu Lea und ihrer Liebe zu einer Frau hatte stehen wollen. Lange hatte Christina mit einem Outing gehadert und es immer wieder vor sich hergeschoben. Doch dann war schließlich der große Tag gekommen, an dem sie all ihren Mut zusammengenommen und sich bei einem Gottesdienst gegenüber der Gemeinde geoutet hatte.

Was sich danach zutrug, hatte Christina regelrecht den Boden unter den Füßen weggezogen und sie in ein tiefes Loch stürzen lassen. Sie hatte sich wie lebendig begraben gefühlt. Von einem auf den anderen Tag war sie von den meisten Leuten im Ort geschnitten oder gar beschimpft worden. Manche hatten die Straßenseite gewechselt, wenn sie Christina kommen sahen. Zu ihren Gottesdiensten hatten sich immer weniger Besucher eingefunden. Es war der reinste Spießrutenlauf gewesen.

Obwohl Christina derselbe Mensch wie vor ihrem Bekenntnis war, hatte der Umstand, dass sie lesbisch war, in jenem Dorf alles für sie verändert. Mit so einer heftigen Reaktion hätte Christina nie und nimmer gerechnet. Sie hatte sich tief enttäuscht und verletzt gefühlt, hatte begonnen, am Evangelium, an der Kirche, aber am allermeisten an den Menschen zu zweifeln und zu verzweifeln.

Während dieser zermürbenden Zeit hätte Christina sich zumindest etwas Unterstützung von ihrer damaligen Freundin Lea gewünscht. Doch auch von ihr war sie kläglich im Stich gelassen worden. Lea hatte sich nicht die geringste Mühe gegeben, Christina beizustehen und für sie da zu sein. Ganz im Gegenteil! Lea hatte dem Drama sogar noch eins obendrauf gesetzt, indem sie sich von jetzt auf gleich von ihr trennte. Sie hatte nämlich keine Lust, zum Dorfgespött zu werden, wie sie sagte. So war es ihr leichter gefallen, Christina zu verlassen. Und jetzt dieser Brief, in dem sie eine Kehrtwende vollzog und wieder zu ihr zurückkehren wollte. Nie und nimmer!

Nach der grausamen Trennung war Christina vollends in ein schwarzes Loch gefallen. Sie hatte sich bald gezwungen gesehen, die damalige Kirchengemeinde wegen fehlenden Verständnisses für ihre Lebensweise und den daraus resultierenden Anfeindungen zu verlassen. Über längere Zeit hatte sie sich daraufhin mit Gelegenheitsarbeiten über Wasser gehalten. Mal hier ein Job, mal da ein Job. Nie war sie irgendwo länger geblieben, in der ganzen Schweiz war sie umhergeirrt, ohne den geringsten Plan für ihr zukünftiges Leben zu haben. So war sie rein zufällig an den Aushilfsjob als Weihnachtspaketfrau gekommen. Und hier, auf diesem wundervollen Flecken Erde gelandet.

Eigentlich hatte sie nur kurz in dieser märchenhaften, verschneiten Winterlandschaft verweilen wollen. Doch offenbar hatte das Schicksal hier, weit oben in den Bergen, etwas anderes mit ihr vorgehabt.

Ihre Weihnachtspakettour hatte sie zu Ramona geführt, der Frau, die sie heute über alles liebte und ohne die sie sich das Leben gar nicht mehr vorstellen konnte, und auch nicht wollte. Vielleicht war es auch ein Schutzengel gewesen, der sie zu Ramona brachte.

Jedenfalls war es Ramonas Liebe und den toleranten Menschen hier im Dorf zu verdanken, dass die schrecklichen Ereignisse von damals langsam verblassten. Bis Leas Zeilen sie nun wieder in Erinnerung brachten, während die Drohungen des Fieslings das Gefühl der Geborgenheit, das sie hier empfunden hatte, empfindlich beeinträchtigen. Hatte Christina doch geglaubt, an diesem abgelegenen Ort müssten Ramona und sie ihre Liebe vor nichts und niemandem mehr verstecken, weil sie einfach sein durfte.

Doch seit sie ins Visier dieses komischen Mannes geraten war, beschlich Christina immer öfters ein ungutes Gefühl. Manchmal schnürte es ihr fast die Kehle zu oder sie fühlte sich regelrecht unter Strom.

Doch sie wollte ihr junges Glück mit Ramona nicht belasten oder gar ihre Gefährtin verunsichern. Besonders die Sache mit dem Brief von Lea musste sie für sich behalten. Ramona sollte nicht erfahren, dass sie vorhatte, sich mit ihrer Ex auszusprechen. Tief in ihrem Innersten verspürte sie das starke Bedürfnis, Ramona zu schützen. Sie sollte sich weiterhin sicher und von ihrer

Liebe getragen fühlen. *Vielleicht lässt sich ja auch alles auf einfache Art beilegen. Ich darf und will mich jetzt nicht in etwas hineinsteigern. Das hat eh keinen Zweck und führt zu nichts,* redete sie sich schließlich gut zu und richtete ihre Gedanken wieder auf den bevorstehenden Restaurantbesuch mit Ramona in Bern. Sie kam nur noch so selten in die Stadt, dass sie diesen Anlass genießen wollte.

Auf dem Weg dorthin wollte sie in Ramonas Begleitung nur noch kurz beim Kirchenverbandssekretariat des Kantons vorbeischauen. Es gab einige wichtige Unterschriften zu leisten, wie man sie telefonisch informiert hatte.

Sabine, die Sekretärin, die Christina und Ramona bereits kannte, kam lächelnd auf sie zu, um sie zu begrüßen. Aber sie wirkte gestresst und fuhr sich nervös durch ihre Frisur.

»Bitte verzeiht meine Hektik«, begann Sabine entschuldigend.

»Ich bin heute ein bisschen im Stress. Könntest du dich mit dem Unterschreiben vielleicht etwas beeilen, Christina? Du würdest mir einen Wahnsinnsgefallen tun. Ich geh heute nämlich mit meinem Freund ins Konzert«, sagte sie und schaute nervös um sich. »Aber vorher muss ich noch all die Sachen verpacken und zur Post bringen«, stöhnte sie und blickte demonstrativ auf die Uhr. »Bitte seid mir nicht böse, wenn ich ein bisschen Druck mache«, sagte sie und presste die Lippen zusammen.

Christina lächelte verständnisvoll. »Ist doch gar kein Problem, Sabine. Gib mir einfach die Unterschriftenmappe. Ich unterzeichne die Sachen schnell, und dann sind wir auch schon wieder weg. Dann schaffst du es zeitlich sicher noch.« Liebevoll blickte sie zu Ramona hin, bevor sie sich wieder an Sabine wandte: »Wir beide wollen auch noch in die Stadt und irgendwo gemütlich zu Abend essen, wenn wir schon mal hier sind. Kommt ja nicht alle Tage vor«, meinte sie und lächelte.

Ramona streichelte Christina zärtlich über den Rücken und nickte zustimmend.

»Schön, macht das. Und vielen Dank«, sagte Sabine erleichtert und legte alle Schriftstücke zusammen mit einem Stift vor Christina auf den Tisch. »Dieses Schreiben hier müsstest du bitte in sechsfacher Ausfertigung unterschreiben.« Sie blätterte kurz die Mappe durch. »Und dann diese Einladung für die Äthiopien-Spendenaktion, bitte zehnmal unterschreiben«, erklärte sie und schaute schon wieder auf die Uhr.

Christina wollte gerade etwas erwidern, als sich neben ihr eine Bürotür öffnete.

Noch bevor jemand zu sehen war, hörte sie eine Männerstimme laut schimpfen: »Also diese Afrika-Spendenaktion wird nächstes Jahr garantiert nicht mehr stattfinden. Das werde ich sofort vom Programm streichen. Mein Vorgänger hat unglaublich viel Mist gebaut«, polterte der Mann. »Der hatte doch nichts als Schnapsideen!«

Christina und Ramona schauten sich gegenseitig mit riesengroßen Augen an. Diese Stimme kannten sie doch! Im Zeitlupentempo drehten sich beide zu der offenen Tür hin, wohl wissend, welcher Anblick sie dort gleich erwartete.

Bitte, lieber Gott, lass es nicht wahr sein!, schickte Christina trotzdem ein Stoßgebet gen Himmel.

Doch leider sollten sie recht behalten, denn mitten im Türrahmen erschien jetzt mit gewohnt finsterem Gesichtsausdruck ihr Erzfeind. Eben jener Mann, der sie in letzter Zeit beobachtete und regelmäßig im Dorf herumschnüffelte.

Als er Christina und Ramona erkannte, erstarrte er einen Augenblick, hatte sich aber ebenso schnell wieder im Griff. Er strich sich durch sein volles hellbraunes Haar und setzte dann ein gekünsteltes Lächeln auf.

»Na, schau mal einer an. Wer beehrt mich denn da? Die werte Frau Pfarrerin hat doch tatsächlich den weiten Weg auf sich genommen, um uns hier in der Stadt zu besuchen. Was verschafft uns denn das seltene Vergnügen?«, fragte er mit öliger Stimme und musterte Christina und Ramona von oben bis unten.

Christina griff sofort nach Ramonas Hand und hielt sie beruhigend fest. Sie spürte, dass Ramona genauso angespannt war wie sie selbst. Christina musste sich sehr zusammenreißen, signalisierte Ramona aber mit einem festen Händedruck, dass sie ebenfalls Ruhe und Zurückhaltung wahren sollte.

»Ich muss noch einige Unterlagen unterschreiben, und im Anschluss wollen wir uns noch einen schönen Abend machen, wir kommen ja nicht so oft von unserem Berg herunter«, gab Christina übertrieben freundlich zur Antwort. *Was führst du bloß im Schilde?*, spukte es sofort in ihrem Kopf herum. *Diese aufgesetzte Freundlichkeit passt so gar nicht zu dir …*

»Ach, dann wollen Sie gar nicht zu mir, das ist aber schade. Ich hatte gehofft, dass wir uns vielleicht mal ein paar Takte unterhalten könnten«, sagte der Mann heuchlerisch freundlich und begann, im Raum auf und ab zu tigern, wobei er mit dem Zeigefinger immer wieder nervös an seine Unterlippe tippte.

Von der anderen Zimmerseite schaute Sabine zu Christina herüber und zeigte bedeutungsvoll auf ihre Armbanduhr. Ziemlich genervt verzog Sabine das Gesicht, weil ihr Chef durch sein unnötiges Gerede zusätzlich alles verzögerte.

Christina nickte Sabine unauffällig zu und wandte sich wieder an ihr Gegenüber: »Entschuldigen Sie bitte, ich will nicht unhöflich sein, aber ich muss das hier dringend unterschreiben. Wir sind etwas in Eile.« Sie nahm den Kugelschreiber in die Hand und überflog den ersten Brief. Dann schaute sie ihrem Gesprächspartner durchdringend in die Augen. »Mit wem habe ich eigentlich das Vergnügen?«, erkundigte sie sich. »Ich habe Sie hier im Sekretariat noch nie gesehen.« Während sie sprach, unterschrieb sie einfach weiter.

Der Mann stellte sich vor Christina hin und reckte sein eckiges Kinn vor. »Oh, wie unfreundlich von mir. Darf ich mich vorstellen, Erik Meier, seit ein paar Tagen offizieller neuer Präsident des hiesigen Kirchenverbands.« Mit übertriebener Geste zeigte er auf die umliegenden Räumlichkeiten, fast so, als würde das alles ihm gehören. Man sah ihm an, dass er vor Stolz fast platzte.

Christina klappte der Unterkiefer herunter. *Nein, das kann nicht sein. Das ist doch jetzt einfach nur ein übler*

Scherz. Hilfe suchend schaute sie sich um. »Wo ist denn Peter, was ist aus ihm geworden?« Gedankenabwesend setzte sie ihre Unterschrift auf all die Briefe. In ihrem Kopf ratterte es ununterbrochen. *Warum ist Peter nicht mehr Präsident, sondern dieser unverschämte Herr Meier? Ich wusste gar nicht, dass es eine personelle Änderung gibt ... gegeben hat. Warum hat man mich nicht darüber informiert?*

Gehässig fing Erik Meier an zu lachen und machte sich gleich noch ein paar Zentimeter größer. »Ach ...« Er wippte auf den Zehenspitzen auf und ab und grinste dabei gemein. »Peter war ein Träumer. Aber er ist weg vom Fenster. Ich hab jetzt seinen Posten übernommen. Fragen Sie mich nicht, wohin es ihn verschlagen hat. Er hatte es offenbar ganz eilig, von hier wegzukommen, ist quasi bei Nacht und Nebel abgehauen.« Bei diesen Worten grinste er Christina weiterhin unverschämt ins Gesicht. »Aber so ist das Leben. Die einen gehen, die anderen kommen, nicht wahr?« Gleichgültig zuckte er die Schultern. »Jetzt müssen Sie eben mit mir vorlieb nehmen«, sagte er, während sein Grinsen breiter wurde.

Ramona hatte offensichtlich große Mühe, ruhig zu bleiben. Sie bekam einen hochroten Kopf und hätte dem Kerl wohl am liebsten den Hals umgedreht.

»Ganz ruhig«, flüsterte Christina ihr ins Ohr und schloss energisch die Unterschriftenmappe.

»Sie sagten gerade«, Erik Meier schaute Christina und Ramona herablassend an und spitzte dabei anzüglich die Lippen, »Sie wollten in der Stadt schön essen gehen.« Angewidert rümpfte er die Nase und betrachtete Christina unverhohlen. »Bitte, werte Frau Pfarrerin, tun Sie mir einen Gefallen und verhalten Sie sich ausnahmsweise etwas diskreter.« Nun warf er Ramona einen zweideutigen Blick zu. »Das mit Ihrer Geliebten muss ja nicht gleich jeder erfahren.«

Ramona schnappte nach Luft und wollte etwas erwidern. Doch im nächsten Moment drückte Christina ihre Hand und signalisierte ihr so, weiterhin die Ruhe zu behalten, obwohl ihr das selbst nicht leichtfiel, da es in ihr bereits kochte. *Was für ein arroganter Schnösel. Aber ich, wir, müssen uns zusammenreißen. Der liebe Gott hat nun mal verschiedene Kostgänger. Auf keinen Fall darf ich jetzt ausrasten, das würde alles nur noch schlimmer machen,* redete sie sich innerlich ins Gewissen. *Diesen Gefallen werde ich Herrn Meier nicht tun. Am besten ist, ihn mit seiner provokativen Art geradewegs an die Wand fahren zu lassen.*

Dennoch war es jetzt mit Christinas Nettigkeit endgültig vorbei. Angriffslustig schaute sie Herrn Meier in die Augen. »Nur zu Ihrer Information: Ramona ist meine Lebenspartnerin und nicht meine Geliebte.« Zornig kniff sie die Augen zusammen. »Und was fällt Ihnen ein, sich uns gegenüber so feindselig zu verhalten? Von Ihnen lassen wir uns nicht einschüchtern. Nur damit das klar ist.« Sie fuhr Ramona über den Rücken. »Komm, Ramona, wir verschwinden von hier. Ich habe alles unterschrieben.«

Christina warf einen Blick zu Sabine. »Vielen Dank, Sabine. Ist alles unterzeichnet. Ich wünsche dir und deinem Freund einen schönen Abend«, sagte sie und zog ihre Jacke zurecht.

»Danke«, sagte Sabine, »euch auch einen schönen Abend.« Mit verdrehten Augen signalisiert sie den beiden, dass auch sie ihren neuen Chef total unmöglich fand. Wie konnte jemand in seinem Alter nur so erzkonservativ und verbohrt sein?

Obwohl sie sich brüskiert fühlte, wollte Christina sich dennoch von Meier verabschieden, wie es sich gehörte. Er steckte jedoch demonstrativ beide Hände in die Hosentaschen. »Auf Wiedersehen«, sagte er nur kurz angebunden, verschwand in seinem Büro und schlug die Tür hinter sich zu.

Christina nahm Ramona an der Hand und verließ mit ihr schleunigst das Verbandssekretariat, um so schnell wie möglich an die frische Luft zu kommen. *Warum musste das so kommen, dass ich es jetzt mit einem so ungehobelten Kerl zu tun habe? Konservativ bis in die Knochen. Ich will mich nicht schon wieder für meine Lebensweise und für meine Liebe zu einer Frau entschuldigen und rechtfertigen müssen.*

Während die beiden fix und fertig auf der Straße standen, öffnete Meier seine Bürotür und ging zu Sabine an den Empfangstresen. »Es reicht auch noch, wenn die Sachen morgen verschickt werden«, sagte er mit falscher Freundlichkeit und lächelte.

»Sind Sie sicher?«, stotterte Sabine verwirrt und sah ihn aus großen Augen an. Vorhin hatte er es doch noch so dringlich gemacht.

Aber Meier nickte. »Ich bin mir sicher.« Er zwinkerte Sabine zu. »Und jetzt Abmarsch. Sie wollen Ihren Freund doch nicht warten lassen.«

Völlig verdattert schaute Sabine ihren Chef an. Seit wann war er so entgegenkommend? Doch dann griff sie zügig nach ihrer Handtasche und dem Mantel, bevor er es sich noch mal anders überlegte. »Das ist wirklich nett von Ihnen, Herr Meier. Vielen Dank«, sagte sie freudig, schlüpfte in ihren Wintermantel und tanzte aus dem Büro hinaus. »Danke und einen schönen Abend«, flötete sie und war weg.

Inzwischen waren Christina und Ramona unter den Lauben ein Stück weiterspaziert. Plötzlich griff sich Ramona an die schmerzenden Schläfen. »Was für ein ätzender Zeitgenosse«, stöhnte sie. »Wenn ich an diesen Rüpel denke, wird mir gleich übel.«

Nachdenklich betrachtete Christina ihre Liebste, die wirklich total erledigt aussah. »Reg dich nicht auf. Bitte nimm dir das nicht so zu Herzen«, bat sie mit ruhiger Stimme, obwohl es in ihr alles andere als ruhig aussah. In Wirklichkeit tobte in ihr nämlich ein Tornado der unterschiedlichsten Gefühle. Nur sollte das Ramona auf gar keinen Fall mitkriegen.

»Es ist wirklich nicht schön, dass wir es mit so einem Prinzipienreiter zu tun haben und ich sogar ab und an mit ihm zusammenarbeiten muss.« Sie atmete ein paar Mal tief ein und aus.

Dann schenkte sie Ramona ein ermutigendes Lächeln. »Aber davon lassen wir uns den Abend nun wirklich nicht kaputt machen.« Zärtlich nahm sie Ramonas Hand in ihre und streichelte mit dem Daumen über ihren Handrücken. »Lass uns noch ein wenig durch die Gassen spazieren und Schaufenster anschauen. Danach hätte ich Lust auf Pasta oder Pizza«, sagte sie und schaute Ramona fragend an.

Allmählich konnte auch Ramona wieder lächeln. »Dann gehen wir zum Italiener, oder?«

Christina zog Ramona in einen dunklen Hauseingang. Keine Menschenseele war zu sehen. Sanft küsste sie ihre Liebste auf die Lippen. »Sehr gern, wenn Pizza oder Pasta für dich auch stimmen?«, fragte sie, während ihre Lippen sich erneut Ramonas näherten. »Für mich zumindest stimmt alles.«

Ramona ließ sich von Christina sanft an die Hauswand drücken. »Passt perfekt«, japste sie in einer freien Sekunde, bevor sie von Christina wieder geküsst wurde.

Nur ungern lösten sich die beiden wieder voneinander. Eine Weile schlenderten sie noch durch die Gassen. Christina riss sich mächtig zusammen, damit Ramona ihr nicht anmerkte, wie die Begegnung mit Erik Meier sie belastete. *Der Typ ist nicht zu unterschätzen. Er mag mich nicht. Das hat er mir unmissverständlich zu verstehen gegeben. Weder mich noch meine Lebensweise. Ich muss aufpassen. Nicht, dass er mir noch Probleme macht.* Innerlich seufzte sie. *Ich liebe Ramona über alles und ich liebe meine wiedergefundene Tätigkeit als Seelsorgerin und Pfarrerin. Es passt alles so wunderbar, die Menschen, die Landschaft, einfach alles. Jedenfalls hat es gepasst, bis dieser Meier aufgetaucht ist. Als hätte er es auf mich abgesehen. Er soll mich bloß in Ruhe lassen.* Fröstelnd rieb sie sich die Arme. »Ganz schön kalt«, flüsterte sie.

»Mir ist auch kalt«, stimmte Ramona zu. Suchend musterten ihre Augen die Umgebung. Dann zeigte sie auf die gegenüberliegende Straßenseite. »Na, wer sagt's denn, schau mal dort drüben, eine Pizzeria.«

Christina lächelte. »Na, dann wird uns hoffentlich bald wärmer werden«, sagte sie munter, überquerte mit Ramona die Straße und rettete sich mit ihr in die wärmende Gaststätte.

Obwohl sie die leckere Pizza und ihre Zweisamkeit sehr genossen und sich angeregt unterhielten, wich die Anspannung nicht ganz aus ihren Gesichtern.

Ramona legte eine Hand auf Christinas Hand. »Dieser Meier ist mir nicht geheuer, ganz und gar nicht«, sagte sie und schob sich ein Stück Pizza in den Mund.

»Leider kann ich dir da nur beipflichten«, meinte Christina.

Ramona blickte ihr fest in die Augen. »Er will dich dazu bringen, altmodische und trockene Gottesdienste abzuhalten.« Missbilligend schüttelte sie den Kopf. »So wie das die meisten Pfarrer eben machen.« Sie hielt inne. »Und es geht ihm offensichtlich gegen den Strich, dass wir ein Paar sind.« Sie trank einen Schluck Mineralwasser. »Ich hoffe, dass er nicht zu großen Einfluss auf unsere Kirchengemeinde hat«, fügte sie hinzu und wischte sich mit der Serviette den Mund ab. »Denn wir haben es so gut miteinander. Da brauchen wir nicht so ein Ekel, das uns in die Suppe spuckt.« Ramona faltete die Serviette zusammen und knallte sie auf den Tisch. »Ich mag diesen Meier nicht. Von ihm ist sicher nichts Gutes zu erwarten.«

Christina atmete tief durch. »Ganz ruhig, mein Schatz. Ich mag den Kerl doch auch nicht. Aber ob ich will oder nicht, ich muss mich irgendwie mit ihm arrangieren. Schon meines Amtes wegen. Ich kann ihn ja nicht einfach auf den Mond schießen«, sagte sie und grinste schief.

»Nein, leider nicht«, bedauerte Ramona. »Es wäre zu schön, wenn wir das mit ihm machen könnten.« Genervt strich sie sich durch ihr kurzes Haar.

»Du siehst richtig süß aus, wenn du dich aufregst«, meinte Christina lächelnd.

Ramona verschränkte die Arme vor der Brust. »Ich verstehe nicht, wie du bei diesem Thema so ruhig bleiben kannst«, sagte sie, immer noch ziemlich aufgebracht.

Wenn du wüsstest! Ich bin alles andere als ruhig, aber egal. Christina zuckte die Schultern. »Man muss die Leute nehmen, wie sie nun mal sind. Warum soll ich mich jetzt in etwas hineinsteigern, was vielleicht niemals passieren wird?«, fragte sie und starrte Ramona durchdringend an.

»Tsss …«, Ramona zog eine Grimasse. »Trotzdem ist mir der Kerl nicht geheuer.«

Christinas Lippen wurden schmal. »Mir geht es doch genauso«, sagte sie und schenkte Ramona einen zärtlichen Blick. »Wollen wir zahlen und nach Hause fahren? Ich bin gespannt, wie es Amari und den Kätzchen in der Zwischenzeit ergangen ist.«

Ramona nickte. »Ja, lass uns zahlen und heimgehen.«

Eine gute Stunde später kamen die beiden schließlich im Pfarrhaus an. Es hatte schon wieder geschneit. Die Landschaft zeigte sich Christina und Ramona einmal mehr, als wäre sie einem Märchen entsprungen. Es war einfach ein Traum.

Während der Autofahrt hatten Christina und Ramona weiter über Erik Meier diskutiert. Sie hatten beschlossen, dass Christina ihren Weg unbeirrt weitergehen sollte. Christina nahm sich fest vor, Dominiks Fußstapfen zu folgen, egal, ob das Herrn Meier nun gefiel oder nicht.

Im Pfarrhaus war alles dunkel. Amari war nirgends zu sehen. Ganz leise öffneten Christina und Ramona Amaris Zimmertür einen kleinen Spalt und spähten hinein. Beruhigt stellten sie fest, dass Amari tief und fest schlief. Auf einer Wolldecke, mitten auf ihrem Bett, schlummerten die drei Katzenbabys.

Christina und Ramona nickten sich lächelnd zu und zogen sich in ihr Schlafzimmer zurück. Christina bedankte sich beim Herrn für diesen Tag, obwohl er nicht nur Erfreuliches für sie parat gehalten hatte. Aber so war nun mal das Leben. Es war nicht immer ein Wunschkonzert. Nein, manchmal schlug das Schicksal in seiner vollen Härte zu. Und manchmal mussten hohe Hürden genommen werden, bevor man ans Ziel kam.

Ramona schmiegte sich eng an ihre Liebste und streichelte zärtlich über ihren Bauch.

Unter Ramonas Liebkosungen begann sich Christina, wohlig zu rekeln. Endlich konnte sie sich ein wenig entspannen und sie genoss die Zärtlichkeiten in vollen Zügen. Sanft wie eine Feder glitten Ramonas Fingerspitzen weiter nach unten, streichelten die Innenseiten von Christinas Schenkeln und tasteten sich zögernd zu ihrer Mitte vor.

Genießerisch ließ Christina sich von Ramona verwöhnen, alsbald begann es, in ihr zu beben und zu brennen. Sie verzehrte sich nach ihrer Liebsten und wollte sie nur noch ganz nah bei sich spüren.

Kapitel 5

Nachdem sich Christina und Ramona die halbe Nacht geliebt hatten, waren sie zufrieden aneinandergeschmiegt eingeschlafen.

Mit einem Ruck schreckte Ramona Stunden später auf und schaute ungläubig auf den Wecker. »Oh nein! Mist!« Mit einem Satz sprang sie aus dem Bett.

Christina wurde von dem Lärm, den sie dabei machte, unsanft aus dem Schlaf gerissen und begann sich zu strecken. Völlig verschlafen rieb sie sich die Augen. »Was ist denn los? Ist etwas passiert? Was hast du denn?«, fragte sie schlaftrunken und musste sich ziemlich anstrengen, um endlich die Augen aufzukriegen.

Ramona hüpfte bereits in ihre Jeans und griff nach dem Pullover. »Ich hab verschlafen. Und das ausgerechnet heute. Bestimmt steht mein Lieferant schon vor dem Bistro. Vor dem *geschlossenen* Bistro.« Sie rannte ins Bad.

Als Christina halbwegs wach war, lief sie Ramona hinterher. Ramona hatte inzwischen ihre Katzenwäsche beendet und drückte Zahnpasta aus der Tube. »Ich rege mich grade fürchterlich über mich selbst auf«, nuschelte sie, während sie sich die Zähne putzte.

Im Eiltempo rannte Christina zurück ins Schlafzimmer und streifte sich ihre Kleider über.

Wenig später stand sie wieder neben Ramona. »Dein Auto steht ja bei dir zu Hause«, sagte sie, »ich fahr dich schnell.«

Ramona winkte ab. »Du hast doch selber genug um

die Ohren.« Sie rannte kreuz und quer durchs Haus und sammelte die Sachen ein, die sie für heute brauchte. »Ich gehe zu Fuß«, rief sie ziemlich außer Atem. »Morgenjogging soll ja gesund sein.«

»Nichts da«, sagte Christina, »keine Widerrede. Ich fahr dich jetzt und gut ist's.« Damit griff sie bereits nach dem Autoschlüssel.

Ramona schien etwas erwidern zu wollen, überlegte es sich dann aber anders.

Normalerweise legten die beiden die Strecke von der Kirche zum Bistro gerne zu Fuß zurück, bei Wind und Wetter. Es war ein Spaziergang von etwa einer halben Stunde, der ihnen ausreichend Bewegung und frische Luft verschaffte. Aber heute hatte der Tag überstürzt begonnen. Ein gewisses Knistern lag in der Luft, das Christina noch nicht richtig deuten konnte.

Ein paar Minuten später fuhr sie auf den kleinen Parkplatz vor dem Bistro. Beide atmeten erleichtert auf. Es hatte die ganze Nacht heftig geschneit und sah ganz danach aus, als würde der Lieferant mit seinem Lastwagen heute etwas länger brauchen, um den Berg heraufzukommen.

Glück gehabt! Erst jetzt kam der Lastwagen um die Ecke gefahren. »Puh, das war ganz schön knapp«, meinte Ramona, als sie ausstieg. Sie schenkte Christina noch einen zärtlichen Blick. »Vielen Dank, mein Schatz. Du hast mich echt gerettet.«

»Fühlt sich gut an, dich zu retten«, scherzte Christina. »Bis später. Wenn ich es schaffe, komme ich im Lauf des Tages auf eine Tasse Tee bei dir vorbei. Falls alle Stricke reißen, bis heute Abend bei mir, okay?« Hoffnungsvoll schaute sie Ramona an.

»Ja, bis spätestens heute Abend bei dir«, erwiderte Ramona mit weicher Stimme und schenkte Christina einen liebevollen Blick.

Zufrieden fuhr Christina in Richtung Kirche davon. Auf der Fahrt stellte sie das Autoradio an und sang die Ballade, die gerade aus den Lautsprechern erklang, gut gelaunt mit.

Unvermittelt unterbrach sie jedoch ihre Gesangsversuche und runzelte irritiert die Stirn, als ihr ein Auto ziemlich rasant entgegenkam und an ihr vorbeipreschte. Neugierig warf sie einen Blick in den Rückspiegel. *Wer war das denn?* Unruhig klopfte sie mit den Fingern aufs Lenkrad. *Sieht fast so aus, als wäre das Auto von der Kirche hergekommen. Eigenartig. Womöglich was Wichtiges? Blöd. Gerade jetzt, wo ich mal einen Moment nicht da war.* Sie strich sich durch ihren blonden Schopf. *Aber immer kann ich ja auch nicht zu Hause sein.*

Sie hatte nicht viel erkennen können. Nur dass es ein roter Volvo-Kombi gewesen war. Es war alles so schnell gegangen, dass sie auch nicht sehen konnte, wie viele Personen im Fahrzeug saßen.

Vielleicht jemand, der auf dem Friedhof war? Ein Besucher von auswärts? Beschwingt sang sie wieder mit der Stimme mit, die aus dem Radio ertönte. Wenig später parkte sie ihr Auto in der Garage, griff nach einer Tüte Vogelfutter und marschierte damit los.

Sie schlenderte über den Friedhof, dann durch den Park und füllte die Vogelhäuschen mit Körnern wie jeden Morgen. Im Vorbeigehen zog sie, auch das ein morgendliches Ritual, die Zeitung aus dem Briefkastenschlitz. Singend betrat sie das Pfarrhaus, weil sie das Lied immer noch im Ohr hatte, und setzte Wasser für eine Kanne Tee auf.

Während sie im Schnelldurchlauf die Zeitung durchblätterte, wunderte sie sich, weshalb es so still im Haus war. *Schläft Amari vielleicht noch? Sie muss wirklich total erschöpft sein, so viel wie sie hier schläft.* Allmählich beschlich sie ein ungutes Gefühl. *Die Arme wird doch nicht etwa krank sein? Ich werde mir später, wenn sie aufgestanden ist, Zeit für sie nehmen. Schließlich müssen wir uns auch Gedanken darüber machen, wie es weitergehen soll. Diese Zwangsverheiratung werde ich mit allen Mitteln verhindern. Das darf ich nicht zulassen.* Der Tee stand zum Trinken bereit. Leise schlich Christina zum Gästezimmer. Vor der Tür blieb sie stehen und horchte. Nichts. *Soll ich zu ihr gehen? Oder sie lieber schlafen lassen?* Einen langen Moment überlegte sie hin und her.

Doch ihre fürsorgliche Ader gewann schließlich die Oberhand. Leise klopfte sie an die Tür. Keine Antwort. Nun pochte sie etwas lauter. Immer noch keine Reaktion. Eigenartig. *Amari hat aber einen tiefen Schlaf. Und das um diese Uhrzeit?* Sie schloss kurz die Augen. *Oder ist das heute womöglich bei Teenagern ganz normal? Wenn ich ehrlich bin, kenne ich mich mit Teenies doch gar nicht aus.* Sie haderte weiterhin mit sich selbst und wusste nicht so recht, was sie tun sollte. Auf keinen Fall wollte sie Amaris Privatsphäre verletzen. Aber sie hatte ja die Verantwortung für das Mädchen übernommen. *Nicht, dass sie ernsthaft krank ist, und ich am Schluss die Schuld dafür trage.*

Mit einem zwiespältigen Gefühl drückte sie ganz leise die Türklinke nach unten und lugte durch einen schmalen Spalt ins Zimmer. Augenblicklich stockte ihr der Atem. Sie riss die Tür ganz auf.

Wo war Amari? Und warum lagen ihre Mütze und ein Handschuh am Boden? *Amari ist ein sehr ordentliches Mädchen. Ich habe bei ihr noch nie Kleidungsstücke herumliegen sehen. Normalerweise faltet sie immer alles zusammen und legt die Sachen auf den Stuhl.*

Abrupt wurde sie aus ihren Grübeleien gerissen, als es aus der Kiste, die in der Ecke stand, vorwurfsvoll miaute. Christina eilte ins Zimmer, nahm die Schachtel mit den drei Kätzchen hoch und stellte sie, ohne groß zu überlegen, nach nebenan ins Bad. Noch ein kurzer Blick, ob der Klodeckel auch wirklich geschlossen war, damit den Kleinen nichts passieren konnte, dann rannte sie panikartig durchs ganze Haus. »Amari, Amari, wo bist du? Antworte mir!« Stürmisch riss Christina eine Tür nach der anderen auf. Systematisch suchte sie das ganze Haus ab. Von Amari keine Spur.

Endlich ließ sie sich in der Küche wie einen Kartoffelsack auf einen Stuhl plumpsen. Allmählich wurde ihr klar, dass Amari wohl gegangen war. *Amari, was ist passiert? Warum verschwindest du, und vor allem, ohne mir Bescheid zu sagen?*

Doch so schnell konnte und wollte Christina nicht aufgeben. Sie zog ihre Winterstiefel an und schlüpfte hastig in den Mantel. Dann rannte sie die Treppe hinunter, aus dem Haus und zielstrebig weiter in Richtung Kirche. *Hoffentlich war Amari dort!* Sie wünschte sich, sie wie beim ersten Mal, dort anzutreffen. Völlig außer Atem riss sie die große Kirchentür auf. »Amari! Amari, wo bist du?«, rief sie.

Völlig unerwartet wurde ihr schwindelig und sie musste sich an einer Sitzbank festhalten. Sonst wäre sie wohl umgefallen. Vor ihr stand nämlich jemand, aber es war sicher nicht Amari. Nein, da stand niemand anders als der furchterregende Herr Meier, breitschultrig und in voller Lebensgröße.

Christina sah sofort, dass mit ihm nicht gut Kirschen essen war. Er schaute mürrisch drein und musterte sie aus eiskalten Augen. *Wenn Blicke töten könnten!*, schoss es Christina durch den Kopf.

Verfolgt mich dieser Typ eigentlich Tag und Nacht? Ständig muss er mir auf die Pelle rücken! Warum eigentlich? Verdrießlich blickte sie nach oben. *Oh Herr, steh mir bei! Es wäre schön, wenn ich für das alles eines Tages eine Erklärung bekäme. Vielleicht von dir?*, flehte sie lautlos. *Noch schöner wäre es, wenn du diesen Herrn Meier bald aus meinem Leben verschwinden lassen könntest.* Vor ihrer Brust zeichnete sie ein Kreuz, wie um den Eindringling abzuwehren. *Entschuldige, aber es wäre beruhigend, wenn du mich erhören könntest,* seufzte sie innerlich und wappnete sich, was als Nächstes passieren würde.

Mit mahlenden Kiefern kam Erik Meier auf Christina zu. In seinem Gesicht zeichneten sich die widersprüchlichsten Gefühle ab. Vorwurfsvoll zeigte er auf den Opferstock, den jemand aufgebrochen hatte. Dann wandte er sich wieder Christina zu. In seinen Augen standen Hohn und Verachtung. »Sie sind echt ein hoffnungsloser Fall, Frau Pfarrerin. Gratuliere«, sagte er ironisch angesichts der Sachbeschädigung. »Sehen Sie sich das an! Der Opferstock wurde geplündert.« Er schüttelte den Kopf und ließ Christina dabei nicht aus den Augen. »Bestimmt diese Schwarze«, sagte er herablassend und warf Christina einen vernichtenden Blick zu.

Plötzlich warf er theatralisch die Hände in die Luft. »Aber Sie gewähren ja jedem Dahergelaufenen Asyl und nehmen jeden streunenden Hund bei sich auf.« Böse blitzte er Christina an. »Sie müssen noch viel lernen. So geht das nicht. So wird das nichts. Mit ihrer Träumer-Einstellung werden Sie hier nicht weiterkommen. Diese Schwarze, diese miese Kröte ist kriminell und …«, sein Blick schweifte wieder zum Opferstock hinüber, »mit dem Geld einfach abgehauen, durchgebrannt.« Unsanft packte er Christina mit seinen kräftigen Pranken an den Schultern und schüttelte sie. »Ein elendiges Pack ist das. Verstehen Sie das doch endlich!«

»Aua!«, schrie Christina und wich hastig ein paar Schritte zurück. »Hände weg! Was fällt Ihnen ein! Fassen Sie mich ja nicht noch mal an!«, fauchte sie aufgebracht, während es ihr heiß und kalt den Rücken hinunterlief. *Mein Gott, was für ein Grobian.*

Meiers Gesichtsausdruck versteinerte sich. Sichtbar begann an seiner Stirn eine Ader zu pochen. »Ich hab die Kleine doch gesehen, wie sie vor mir davongerannt ist. Er hielt Christina eine Mütze hin. »Die hier hat sie unterwegs verloren«, fuhr er aufgebracht fort und presste dann die Lippen zusammen. »Elendes Ausländerpack«, knurrte er und stampfte auf den Boden.

Jetzt wurde Christina hellhörig. *Hier stimmt doch was nicht. Das ist ja gar nicht Amaris Mütze! Amaris Mütze liegt oben im Zimmer auf dem Boden. Und Amari hatte nur eine Mütze bei sich, als sie gekommen ist.* Sie hielt Meiers Blick stand. *Aber ich lasse mir nichts anmerken. Soll er doch ruhig glauben, dass er recht hat.* Sie strich sich übers Gesicht. *Mir ist im Moment nur schleierhaft, was hier gespielt wird. Aber ich weiß genau, dass hier irgendwas faul ist.*

»Ich muss dringend einige Sachen klären«, sagte Christina gespielt ruhig zu Herrn Meier und zeigte auf die vorgefundene Verwüstung. »Entschuldigen Sie mich jetzt bitte. Ich habe wirklich keine Zeit mehr für Sie.« Es gelang ihr fast nicht, ihm gegenüber die Form zu wahren, denn sie fühlte nur zu deutlich, dass hier etwas im Argen lag.

So schnell ließ der Präsident des Kirchenverbandes sich jedoch nicht abwimmeln, sondern er verfolgte Christina bis vor die Haustür. »Das will ich Ihnen auch geraten haben, Frau Pfarrerin. Bringen Sie dieses Malheur wieder in Ordnung, und zwar schleunigst!« Nun warf er Christina einen ermahnenden Blick zu. »Und der nächste Gottesdienst wird ordentlich abgehalten, so, wie ich das will. So, wie es in den anderen Kirchgemeinden auch üblich ist.« Seine Augen verwandelten sich in schmale Schlitze, und er hob drohend den Zeigefinger. »Wenn nicht, so gnade Ihnen Gott«, zischte er kaum hörbar.

Christina öffnete mit zitternden Fingern die Haustür.

Auf der Schwelle drehte sie sich ein letztes Mal zu Meier um. »Ich habe zu tun. Lassen Sie mich jetzt bitte in Ruhe«, sagte sie mit fester Stimme und knallte ihm die Tür vor der Nase zu. *Was für ein Ekelpaket. Nach allem, was der Kerl sich bis jetzt geleistet hat, schaffe ich es nicht einmal mehr, ihm eine vorgespielte Freundlichkeit zu zeigen. Er widert mich zutiefst an.* Sie stöhnte auf, nahm rasch ihr Handy und drückte mit fahrigen Fingern auf Ramonas Nummer. *Bitte, geh ran!*

»Christina, schön, deine Stimme zu hören«, meldete Ramona sich erfreut. »Damit hab ich, ehrlich gesagt, nicht so schnell gerechnet.« Ihre Stimme klang unbeschwert. »Schließlich haben wir uns erst vor Kurzem verabschiedet.«

»Du, bei mir geht grade alles drunter und drüber«, brachte Christina hastig hervor. »Amari ist weg! Und unser Lieblingsfreund Meier ist wieder aufgekreuzt. Außerdem wurde der Opferstock geplündert«, ratterte sie die Ereignisse herunter und fing an, am ganzen Körper wie Espenlaub zu zittern. »Ich bin fix und fertig«, sagte sie und begann zu schluchzen. »Was für ein Tag! Der reinste Horror!« Sie wischte sich mit dem Ärmel über die Nase.

»Oje! Bitte bleib dran und warte kurz«, rief Ramona. Sie schien den Ernst der Lage sofort erfasst zu haben.

Im Hintergrund hörte Christina, wie Ramona mit Lisbeth sprach, verstand aber kein Wort.

»Bist du noch da?«, ertönte es einen Augenblick später.

»Ja, bin ich«, antwortete Christina erschöpft.

»Lisbeth übernimmt das Bistro. Ich bin schon auf dem

Weg zu dir«, erklärte Ramona und beendete das Gespräch, ohne dass Christina noch etwas hätte erwidern können.

Lisbeth hatte sich sofort bereit erklärt, für Ramona einzuspringen. Schließlich kannte sie das Bistro und die damit verbundenen Arbeiten inzwischen in- und auswendig, da sie seit Jahr und Tag Ramonas Stammkundin war.

Wenig später hielt Ramona die zitternde Christina in den Armen und streichelte ihr zärtlich über den Rücken. Christina brauchte eine ganze Weile, bis sie sich wieder fing. Dann erzählte sie Ramona ausführlich und der Reihe nach, was sich in der letzten Stunde ereignet hatte. Für ihren Geschmack war das alles ein bisschen zu viel auf einmal gewesen.

Fassungslos hörte Ramona zu. Sie war ziemlich ratlos.

In das Schweigen der beiden Frauen hinein tönte plötzlich ein klägliches Miauen. »Die Kätzchen!«, rief Ramona. »Haben die bei der ganzen Aufregung überhaupt schon ihre Milch bekommen? Und sag mal, wo sind sie eigentlich? Etwa im Bad?«

Christina nickte matt. »Ich hab einfach die Kiste geschnappt und sie ins Bad gestellt. Ich war so durcheinander, weil Amari weg war. Keine Ahnung, ob sie sie vorher noch gefüttert hat.« Müde rieb sie sich die Augenlider. »Bist du so lieb und gibst ihnen was? Das wäre sehr lieb von dir.«

»Klar«, sagte Ramona. Sie ging gleich ins Bad und holte die Kiste.

Gerade wollte sie das erste Katzenkind hochheben, als

sie einen Zettel unten im Karton entdeckte. Neugierig begann sie, die Nachricht zu entziffern, die offenbar in großer Eile hingekritzelt worden war.

»Christina!«, rief sie. »Amaris Eltern haben ihre Tochter gefunden und sie gegen ihren Willen von hier weggeholt.« Wortlos reichte sie Christina den Zettel. Amaris Zeilen lauteten: »Meine Eltern haben mich gefunden und mitgenommen. Bitte helft mir! Lasst mich nicht im Stich! Wenn ich in Somalia verheiratet werde, bring ich mich um!« Es folgte eine Telefonnummer mitsamt Adresse.

Christina drehte die Notiz um. Auf der Rückseite stand noch mehr. Sie las es Ramona vor: »Meine Eltern dürfen nicht erfahren, dass ihr ein Paar seid. In Somalia werden Homosexuelle bestraft. Lasst mich nicht im Stich! Amari.«

Ramona sah alarmiert aus. »Mensch, das ist ja eine knifflige Angelegenheit.« Sie atmete tief durch. »Aber das Mädchen ist clever. Immerhin hat sie uns informiert. Wir müssen sie unbedingt da rausholen. Lass uns gleich zu der Adresse fahren. Es ist unsere Pflicht, Amari beizustehen.« Wild entschlossen sah sie Christina an.

»Ich fahre besser allein dorthin. Geh du nur wieder ins Bistro«, erwiderte Christina.

Energisch stemmte Ramona die Hände in die Hüften. »Ganz bestimmt lass ich dich nicht allein dorthin fahren. Bist du verrückt? Was ist, wenn dir was zustößt?« Sie sah Christina durchdringend an. »Natürlich machen wir das gemeinsam. Zu zweit, und nicht im Alleingang«, gab sie Christina mit entschlossener Stimme zu verstehen.

Christina stieß einen Seufzer aus. »Wenn du meinst.« Ein wenig widerstrebend stimmte sie Ramona zu und erzählte ihr anschließend von dem roten Volvo-Kombi, der ihr entgegengekommen war und den sie noch nie zuvor gesehen hatte. »Vielleicht saß ja Amari in dem Wagen«, vermutete sie. »Bist du sicher, dass du mich begleiten willst?«

»Hab ich doch gesagt«, antwortete Ramona. »Ich muss nur noch schnell Lisbeth Bescheid sagen.«

Nach einem kurzen Anruf war alles geklärt. »Lisbeth ist wirklich ein Schatz«, freute sich Ramona. »Auf sie ist einfach Verlass.« Sie trank schnell ihren Tee aus und griff nach dem Rucksack.

Christina zog sich wintertauglich an, während ihre Gedanken wie so oft in letzter Zeit Karussell fuhren. *Hoffentlich finden wir Amari! Aber wenn sie entführt worden ist, müssen wir vorsichtig sein. Nicht dass wir sie noch zusätzlich in Gefahr bringen.* Ihr stockte der Atem. *Hoffentlich sitzt sie nicht schon im nächsten Flieger nach Somalia.* Wenig später saßen sie in Christinas Auto und Ramona tippte die Adresse ins Navi.

Während der Fahrt stimmten sie ihr Vorgehen ab und besprachen einig Einzelheiten. Vor allem, wie sie das Gespräch beginnen wollten. Unbedingt mussten sie auch beachten, sich nicht als Paar auszugeben und nichts in dieser Hinsicht durchblicken zu lassen. Amari hatte das sicherlich nicht umsonst betont.

Am Ziel angekommen, entdeckte Christina sofort den roten Kombi auf dem Parkplatz. »Da hab ich Amari vorhin tatsächlich nur haarscharf verpasst«, meinte sie und regte sich über sich selbst auf. *Herr, warum hast du das zugelassen?*

»Wenn jemand an dieser Misere schuld ist, dann wohl ich«, stöhnte Ramona und verzog das Gesicht. »Hätte ich nicht verschlafen, hättest du mich nicht fahren müssen und Amari wäre jetzt noch in Sicherheit.«

Christina schenkte ihr ein zärtliches Lächeln. »Bitte, du bist nicht schuld. Auf gar keinen Fall. Du brauchst kein schlechtes Gewissen zu haben. Es ist einfach dumm gelaufen.«

Mit einem mulmigen Gefühl standen Christina und Ramona wenig später vor der Tür mit dem Namensschild ›Taio Tapiwa‹.

Christina straffte die Schultern und drückte auf die Klingel. In der Wohnung ging es offenbar hoch her, man hörte eine lautstarke Auseinandersetzung, bis sich schließlich Schritte näherten.

Als jemand plötzlich die Tür aufriss, erschraken Christina und Ramona. Vor ihnen stand Amari, die wohl gegen den Willen ihrer Eltern geöffnet hatte.

Amari starrte die beiden an. »Meine Eltern sind stinkwütend«, flüsterte sie, packte Christina am Arm und zog sie regelrecht in die Wohnung. Ramona huschte blitzschnell hinterher.

Auch wenn es vielleicht nicht der richtige Moment war, *musste* Christina sich Klarheit verschaffen. Sie zog Amari kurz zur Seite und stellte sie gleich wegen der Opferstockgeschichte zur Rede.

»Sei bitte ehrlich zu mir, Amari«, flüsterte sie hinter vorgehaltener Hand. »Hast du was mit der Sache zu tun?«

Amari starrte Christina an. Sogleich schossen ihr Tränen in die Augen und sie schüttelte empört den Kopf. »Was? Ich soll Geld gestohlen haben?« Flehend blickte sie Christina an. »Ich hab nichts geklaut! Du glaubst mir nicht, stimmt's? Vielleicht weil ich schwarz bin?« Sie ließ die Schultern hängen.

Beruhigend streichelte Christina Amari über die Wange. »Pst, alles gut. Ich musste dich einfach danach fragen. Aber ich glaube dir.« Sie schenkte Amari ein aufmunterndes Lächeln. »Und mit deiner Hautfarbe hat das rein gar nichts zu tun«, sagte sie entschieden.

Amaris Gesichtsausdruck entspannte sich. Erleichtert atmete sie auf.

Christina und Ramona waren zunächst einmal froh, dass Amari noch nicht im Flieger saß und auch nichts mit den entwendeten Almosen zu tun hatte.

Dann versuchten Christina und Ramona über eine Stunde lang, mit Amaris Eltern ein klärendes Gespräch zu führen, weshalb ihre Tochter von zu Hause weggelaufen war.

Ganz offensichtlich hatten sie ihre eigenen Vorstellungen und hingen an den Traditionen ihres Heimatlandes. Das war eben eine völlig andere Kultur, deren Bräuche und Wertvorstellungen Christina und Ramona fremd waren. Gewisse Verständigungsprobleme erschwerten das Ganze zusätzlich, denn Amaris Eltern sprachen nur gebrochen Deutsch.

Zuletzt gerieten sie immer mehr in Rage. Obwohl Christina versuchte, sie zu beschwichtigen, wurden sie und Ramona kurzerhand aus der Wohnung geschmissen. Hinter ihnen knallte die Tür so heftig zu, dass sie fast aus den Angeln gefallen wäre.

Aufgewühlt liefen Christina und Ramona die Treppe hinunter. »Ich gebe mich ganz sicher nicht geschlagen«, knurrte Christina mit hochrotem Kopf. »Das nächste Mal bringe ich einen Dolmetscher mit. Amari muss geschützt werden. Zur Not werde ich die Behörden einschalten.« Wütend stampfte sie mit dem Fuß auf. »Schließlich leben wir in der Schweiz und nicht irgendwo im Busch.«

»Beruhige dich«, ermahnte sie Ramona. »Es wird bestimmt eine Lösung geben. Ich stehe auf jeden Fall hinter dir.«

Christina wollte gerade etwas erwidern, da blieb sie abrupt auf der Stufe stehen und hielt Ramona am Arm zurück. »Das darf jetzt nicht wahr sein«, stöhnte sie entsetzt. Ihr Magen zog sich sogleich zusammen.

Vor Christina und Ramona stand Erik Meier im Treppenhaus und versperrte ihnen den Weg.

Wieder einmal hob er drohend den Zeigefinger. »Ich sage es Ihnen jetzt zum letzten Mal«, keifte er. »Sie stehen unter meiner Beobachtung. Hören Sie auf, sich in Angelegenheiten einzumischen, die Sie nichts angehen.« Nun warf er auch Ramona einen vernichtenden Blick zu. »Vielleicht sind Sie ja die Vernünftigere«, sagte er. Dann machte er eine wegwerfende Handbewegung. »Aber wahrscheinlich ist bei Ihnen beiden Hopfen und Malz verloren.«

»Das reicht!«, rief Christina und sah ihrem Gegenüber kampfeslustig in die Augen. »Ich kümmere mich um die Angelegenheiten, die mir wichtig sind. Und ich halte

meine Gottesdienste so ab, wie *ich* das für richtig finde.«
Ihre Augen verwandelten sich in schmale Schlitze. »Ich
lasse mich von Ihnen nicht einschüchtern. Sie haben mir
diesbezüglich nichts vorzuschreiben oder gar Befehle
zu erteilen.« Selbstbewusst hielt sie Meiers Blick stand.
»Lassen Sie mich und meine Lebensgefährtin endlich in
Ruhe! Dann ist uns allen geholfen«, sagte sie mit klarer
Stimme, nahm Ramona an der Hand und quetschte sich
an Meier vorbei.

Doch dann hielt sie noch einmal inne und drehte sich
zu ihrem Widersacher um. »Und übrigens mögen die
Menschen die Gottesdienste so, wie sie bei uns stattfinden. Das war schon bei Dominik, meinem Vorgänger, so
und stimmt auch weiterhin für unsere Kirchengemeinde.
Sie können die Leute gern fragen, wenn Sie Zweifel daran haben.«

Meier lachte verächtlich und warf den Kopf in den
Nacken. Er schien sich bestens zu amüsieren. »Ach,
Dominik. Der war doch nur ein Träumer und Künst-
ler, ein Lebenskünstler und dem Titel ›Pfarrer‹ nicht
würdig.« Bis auf wenige Schritte näherte er sich Christina. Sie konnte sein Aftershave riechen. »Sie gehen
zu weit, Frau Pfarrerin. Glauben Sie mir ruhig.« Auf
seiner Stirn zeichneten sich tiefe Furchen ab. »Ich will
das nicht«, sagte er und fügte hinzu: »Auch mein Vorgänger im Verbandssekretariat war ein Fantast. Genau vom selben Schlag wie Dominik.« Erneut spießte
er Christina mit seinem Zeigefinger fast auf. »Wenn
Sie Ihren nächsten Gottesdienst nicht so abhalten,
wie ich das will und wie es in anderen Kirchen üblich

ist, werden Sie Ihr blaues Wunder erleben.« Er hatte sich in Rage geredet und sein Kopf lief rot an. Sein Gesicht ähnelte nur noch einer Fratze, als er hervor presste: »Und denken Sie in einer freien Minute einmal darüber nach, Privates und Geschäftliches besser zu trennen.« Verächtlich schaute er zu Ramona hinüber. »Sie unterliegen nämlich der Schweigepflicht, werte Frau Pfarrerin. Da geht es nicht, dass Sie sich von Ihrer Geliebten zu seelsorgerischen Besuchen begleiten lassen.« Offensichtlich war er mit sich selbst höchst zufrieden, dass er den beiden zum Abschluss noch eins reinwürgen konnte.

Christina hielt seinem gehässigen Blick weiterhin stand. Auch wenn sie nach außen hin gelassen wirkte, fing es in ihr nun arg an zu brodeln. *Lass mich endlich in Ruhe, du elendige Giftschleuder.* Sie sprach innerlich zum Herrn: *Kannst du mir bitte bald eine Erklärung liefern, womit ich diesen Kerl verdient habe? Warum muss er mir das Leben dermaßen schwer machen?* Aber Gott ließ sich offensichtlich Zeit mit einer Antwort auf diese brennende Frage.

Auf Erik Meiers kantigem Gesicht breitete sich ein dreckiges Grinsen aus, während an seiner Schläfe sichtbar eine Ader zu pochen begann.

Oje! Was kommt denn jetzt noch?, schoss es Christina durch den Kopf. *Der Typ ist so was von hartnäckig. In der Hinsicht ist er unschlagbar.*

Obwohl - in einem Punkt musste sie ihm wohl oder übel recht geben. Mit der Schweigepflicht, da musste sie aufpassen, denn das war ihr selbst enorm wichtig. Und bei den neuen Datenschutzverordnungen geriet man schnell in Teufels Küche.

Christina nahm sich vor, in Zukunft besser aufzupassen, damit sie sich nicht nochmals angreifbar machte.

Doch dann kam ihr der wundervolle Weihnachtsgottesdienst in den Sinn, den Dominik vor wenigen Monaten abgehalten hatte. Für Christina, die damals von den schlimmen Ereignissen in ihrer Vergangenheit arg mitgenommen war und sich sehr davor gefürchtet hatte, diesen Weihnachtsgottesdienst zu besuchen, weil sie Angst hatte, er könnte bei ihr alte Wunden aufreißen, war es ein herrliches Erlebnis gewesen.

Dieser Weihnachtsgottesdienst war so ganz anders, als sie es bis dahin kannte. Er hatte im Park neben der Kirche stattgefunden, unter freiem Himmel. Das hatte vor allem daran gelegen, weil auch Tiere teilnehmen durften und ihren Segen bekommen sollten.

Ihre Gedanken schwelgten in der Erinnerung. *Das war so ein schöner Moment für mich. Zusammen mit Ramona, Serafina, Stella und Amigo in diesem traumhaften Park. Nie hätte ich es gewagt, mir auch nur für einen Sekundenbruchteil vorzustellen, dass ich eines Tages für genau diese Kirche zuständig sein würde. Und jetzt ist es Realität.* Sie strich sich eine Haarsträhne hinters Ohr. *Alles könnte so schön sein, wenn mir dieser Meier nicht ständig dazwischenfunken würde. Warum kann er mich nicht einfach in Ruhe lassen?*

Jäh wurde Christina aus ihren tröstlichen Erinnerungen gerissen, als Herr Meier einen neuen Angriff startete: »Ich weiß genau, wo Sie herkommen.« Anzüglich hob er eine Augenbraue. »Und ich weiß über Ihre abartige Lebensweise bestens Bescheid. Aus erster Quelle.« Wieder suchte er Christinas Blick. »Oder haben Sie etwa schon vergessen, was für eine Meinung Ihre frühere Kirchengemeinde von Ihnen hat?«, fragte er provozierend langsam und grinste fies.

Christina erstarrte und strich sich müde über die Augen. »Was soll das?«, fragte sie bissig. *Der Kerl wird doch nicht etwa in meiner Vergangenheit herumschnüffeln. Oh doch. Genau das hat er getan. Aber warum hat er ein so großes Problem mit mir? Das scheint ja fast persönlich zu sein, denn wieso sollte er mich sonst auf Schritt und Tritt belauern?*

An Meiers hochmütigem Gesichtsausdruck konnte man ablesen, wie überlegen er sich in diesem Augenblick fühlte. Die Antwort auf Christinas Frage blieb er ihr schuldig. Sichtlich mit sich im Reinen, stellte er den Kragen seiner Jacke hoch. »Schönen Tag noch«, sagte er mit beißendem Spott und marschierte hoch erhobenen Hauptes an Christina und Ramona vorbei.

Christina musste sich draußen erst einmal auf eine Mauer setzen. Sie fühlte sich richtig elend und ihre Knie zitterten.

Ramona setzte sich neben ihre Freundin und legte einen Arm um ihre Schultern.

Da begann Christina, am ganzen Körper zu schlottern. »Der reinste Albtraum«, brachte sie mühsam hervor. »Der Kerl schnüffelt doch tatsächlich in meiner Vergangenheit herum.« Verzweifelt vergrub sie das Gesicht in den Händen. »Hast du das gehört? Er hat Informationen aus erster Quelle. Was will er damit sagen?« Kraftlos schmiegte sie sich an Ramona, während ihr die Tränen über die Wangen liefen.

Tröstend drückte Ramona ihre Liebste eng an sich. »Pst ... ganz ruhig.« Sie hauchte ihr einen Kuss aufs Haar und streichelte Christinas Rücken. »Der Mistkerl soll dich gefälligst in Ruhe lassen! Er soll uns beide in Ruhe lassen und von der Bildfläche verschwinden.« Mitfühlend schaute sie Christina an. »Bitte gib mir deinen Autoschlüssel. Ich fahre uns jetzt nach Hause.«

Christina nickte, hakte sich bei Ramona unter und ging mit steifen Schritten zum Auto. Völlig fertig sank sie auf den Beifahrersitz.

Ramona warf ihr einen besorgten Blick zu. »Das war einfach zu viel für heute.« Zärtlich streichelte sie Christinas Oberschenkel. »Einfach zu viel für einen einzigen Tag«, sagte sie.

In Christinas Kopf überschlugen sich weiterhin die Gedanken. Die schrecklichen Bilder von damals kehrten zurück, als wäre alles erst gestern passiert. *Meier hat wirklich ganze Arbeit geleistet! Dabei dachte ich, ich hätte mit dem Thema abgeschlossen.*

Ramona entschied sich, kurz beim Pfarrhaus vorbeizufahren, um die Kätzchen zu holen. Sie fand es besser, wenn Christina die Nacht bei ihr verbrachte. Ihr Chalet erschien ihr momentan einfach sicherer.

Kaum lag Christina in Ramonas Armen, schlief sie auch schon vor Erschöpfung ein.

Kapitel 6

In den nächsten Tagen fühlte sich Christina immer unwohler und todmüde. Sie war dermaßen angeschlagen, dass der von ihr vorbereitete Sonntagsgottesdienst durch einen anderen Pfarrer, der in diversen Gemeinden bei Krankheit und Urlaub Vertretungen übernahm, abgehalten werden musste.

Die Konflikte mit Meier gingen Christina an die Nieren und zehrten an ihrer Substanz. Durch seine Schikanen wurde sie unausweichlich an ihren früheren Wirkungsort erinnert, wo sie eines Tages die Demütigungen einfach nicht mehr ausgehalten hatte.

Auch die unschöne Trennung von ihrer Exfreundin Lea kam wieder hoch. Und jetzt wollte Lea wieder mit ihr zusammen sein! Dabei war für Christina damals eine Welt zusammengebrochen. Fast alle Gemeindemitglieder hatten sich Christina in den Weg gestellt, nachdem sie sich nach über zwei Jahren heimlicher Beziehung zu Lea bekannte. Sie wollten partout keine lesbische Pfarrerin dulden. Damals hatte die Kirche null Toleranz gezeigt, und somit war ihr nichts anderes übrig geblieben, als zu gehen.

Aber die absolute Krönung war es gewesen, dass Christina von Lea wie eine heiße Kartoffel fallen gelassen wurde.

Auch damals hatte diese bleierne Müdigkeit sie erfüllt und sie hatte sich allein gelassen gefühlt. Konnte es sein, dass sich die Geschichte nun wiederholte?

Christina bekam hohes Fieber und sie war total heiser. Vom Arzt wurde ihr strikte Bettruhe verordnet, damit sie zu neuen Kräften kommen konnte und nicht auch noch Gefahr lief, sich eine Lungenentzündung zu holen.

Während Christina gegen ihren Willen das Bett hütete, kreisten die Gedanken in ihrem Kopf nonstop weiter. *Ja, es stimmt. Ich muss in Zukunft Privates und Geschäftliches besser trennen. Auch wenn ich Ramona voll und ganz vertraue, darf ich kein Risiko eingehen. Wenn ich meine Schweigepflicht nochmals verletze, wird Meier mir einen Strick daraus drehen.* Einen langen Moment starrte sie die Lampe an der Decke an. *Ab sofort werde ich mit kirchlichen Sachen vorsichtiger umgehen und Ramona nicht mehr in jede Einzelheit einweihen. Wenn sie nicht zu viel weiß, kommt sie gar nicht erst in die Versuchung, aus Unvorsichtigkeit vielleicht doch mal etwas auszuplaudern.* Sie runzelte die Stirn. *Eigentlich bin ich mir ja sicher, dass Ramona nichts ausplaudert. Aber ich muss in Zukunft mehr achtgeben, um sie und mich nicht in noch größere Schwierigkeiten zu bringen.* Sie fühlte sich unendlich müde und schon bald fielen ihr vor Erschöpfung die Augen zu und sie versank in einen unruhigen Schlaf.

Ramona machte sich große Sorgen um ihre kranke Freundin. Sie war jede freie Minute bei ihr und umsorgte sie liebevoll.

Allmählich besserte sich Christinas Gesundheitszustand. Ramona war sehr erleichtert, und Christina freute sich, wieder am Puls des Lebens zu sein. Als sie nach ihrem ersten morgendlichen Rundgang durch den Park die Tür zur Kirche öffnete, kam ihr bereits Lisbeth entgegen.

»Schön, dich zu sehen, Christina.« Etwas kritisch schaute sie die junge Pfarrerin an. »Bist du wieder wohlauf?«

Christina nickte und lächelte. »Guten Morgen, Lisbeth. Danke der Nachfrage. Ja, es geht mir wieder ganz ordentlich«, sagte sie und setzte sich hin. »Noch etwas schlapp auf den Beinen, aber es wird schon werden.«

»Ich freu mich auf den nächsten Gottesdienst«, sagte Lisbeth und setzte sich neben Christina. »Hoffentlich wieder mit dir«, betonte sie. »Dein Vertreter hat ja eine furchtbar langweilige und staubtrockene Predigt gehalten«, flüsterte sie hinter vorgehaltener Hand. »Ein paar Männer sind sogar eingeschlafen und haben vor sich hin geschnarcht.« Ausgelassen begann sie zu kichern. »Kein Vergleich zu deinen Gottesdiensten«, meinte sie und hielt den Daumen nach oben. »Die strotzen nur so vor Lebendigkeit, und das gefällt mir. Also tu mir bitte den Gefallen und übernimm das Zepter bald wieder«, sagte sie aufmunternd lächelnd.

Christina stieß einen tiefen Seufzer aus. »Das werde ich, versprochen. Und danke für dein Lob«, sagte sie und lächelte zurück. Dann blickte sie zu Boden. »Es gibt da allerdings jemanden, der mir das Leben schwer macht«, flüsterte sie und strich sich das Haar aus der Stirn. »Jemand, dem meine Art von Gottesdienst gar nicht gefällt«, fügte sie leise hinzu.

Lisbeths Augen verdunkelten sich. »Bestimmt dieser lästige Herr Meier, oder?«, fragte sie.

»Ja, genau.« Überrascht hob Christina eine Augenbraue. Lisbeths Bemerkung hatte sie stutzig werden lassen. »Kennst du ihn?«, fragte sie irritiert und studierte eingehend Lisbeths Gesicht.

Lisbeth nickte. »Jetzt schon. Er hat versucht, sich nach dem letzten Gottesdienst bei fast allen Kirchenbesuchern einzuschleimen.« Missbilligend schüttelte sie den Kopf. »Und obendrein hat er den Gottesdienst deines Stellvertreters in den höchsten Tönen gelobt.« Sie blickte nach links und rechts. »Dieser Mann ist mir so was von unsympathisch.« Sie schaute Christina fest in die Augen. »Bitte tu mir einen Gefallen, Christina. Lass dich von dem Kerl bloß nicht unterkriegen«, sagte sie in einem Ton, als wäre das eine Kampfansage.

Christina hielt sich eine Hand an die Schläfe. »Ich gebe mein Bestes«, versprach sie. »Aber Herr Meier wird nicht so schnell aufgeben, fürchte ich.«

Sie rieb sich die schmerzende Schläfe. Dann kam ihr Lisbeths frühere Kollegin Erika Hauser in den Sinn.

Voll Zuneigung schaute sie Lisbeth in die Augen. »Möchtest du Erika nicht gern mal wiedersehen?«, fragte sie, stand auf und nahm ein paar Kerzen in die Hand.

Lisbeth erstarrte. »Wie kommst du denn jetzt auf Erika?«, fragte sie verdattert und errötete.

Christina zuckte die Schultern. »Nur so«, antwortete sie und steckte eine Kerze in den Ständer.

»Aha«, murmelte Lisbeth.

»Jetzt sag schon, würdest du Erika gern wiedersehen?«, hakte Christina nach.

Lisbeth wand sich und zupfte an ihrem Schal. Bei dieser Frage schien ihr nicht ganz wohl in ihrer Haut zu sein.

Christina beobachtete Lisbeth still. *Ich sehe den Glanz*

in deinen Augen, liebe Lisbeth. Sie ließ sich aber nichts anmerken.

Nach einer Weile antwortete Lisbeth doch. »Irgendwie wär's schon schön«, flüsterte sie verlegen und strich sich durch ihre Locken. »Aber vielleicht ist es besser, wenn alles so bleibt, wie es ist«, meinte sie ein wenig resigniert und streifte sich die Mütze über den Kopf. »Ich muss jetzt einkaufen gehen«, sagte sie und verabschiedete sich ziemlich hastig von Christina.

Christina steckte die nächste Kerze in den Ständer. *Interessant.* Sie lächelte still in sich hinein. *Auf jeden Fall sind da Gefühle im Spiel, und diese Gefühle sind aufregend.*

Der Rest des Tages verging wie im Flug. Nun freute sich Christina darauf, Ramona zu sehen. Sie wollten einen Ausritt mit den Pferden machen. Auch, wenn sie sich noch nicht ganz fit fühlte, wollte Christina unbedingt die stille Natur genießen. Schließlich hatte sie lange genug im Bett gelegen. Es sollte ein gemütlicher Ausritt werden, wobei Christina das Tempo vorgeben würde, damit sie sich auf keinen Fall überanstrengte.

Christina hatte ihre anfängliche Scheu vor Pferden dank Ramonas gutem Gespür und diversen Hilfestellungen langsam, aber sicher immer mehr abgebaut. Gesunden Respekt hatte sie noch immer vor diesen großen Tieren, aber das war auch gut und wichtig.

Zu Serafina, einem der drei von Ramona geretteten Irish Tinker, hatte Christina eine ganz besonders innige Beziehung. Serafina war ein sehr ausgeglichenes und zugleich sensibles Pferd. Christina fühlte sich auf ihrem Rücken wunderbar aufgehoben und ließ sich von Serafina gern durch die traumhafte Landschaft tragen. Da hatten sich wirklich zwei gesucht und gefunden. Aus ihnen war inzwischen ein gut eingespieltes Team geworden.

Ramona mochte es sehr, die Pferde für den Ausritt vorzubereiten. Sie selbst ritt immer ohne Sattel, da sie ihren Tinkern die größtmögliche Freiheit schenken wollte. Ganz bewusst verzichtete sie deshalb auch auf Zaumzeug mit Trense. Ein leichtes Lederhalfter reichte ihr völlig aus.

Aber damit sich Christina auf Serafina wirklich sicher fühlte, legte Ramona nun einen weichen Sattel auf Serafinas Rücken. »Gutes Mädchen«, sagte sie mit sanfter Stimme und tätschelte Serafina lobend den Hals. Dann schweifte ihr Blick zu Christina. »Serafina ist für dich bereit«, sagte sie, ging auf ihr Herzblatt zu und küsste sie zärtlich auf die Lippen. »Was für ein herrlicher Abend! Ein Ausritt zusammen mit dir, und das auch noch bei Vollmond«, flüsterte sie, legte die Arme um Christinas Nacken und schenkte ihr einen weiteren Kuss. Dann zuckte sie lässig die Schultern. »Irgendwie kann ich einfach nie genug von dir bekommen«, raunte sie und sah ihrer Liebsten noch tiefer in die Augen. »Außerdem erinnert mich diese Stimmung …«, sie schaute in den Himmel hoch, »der Vollmond und alles, an unseren allerersten Ausritt«, begann sie zu schwärmen und schaute verträumt in die Ferne. Nach einer Weile wandte sie sich wieder Christina zu. »Erinnerst du dich noch?«

Christina lächelte. »Wie könnte ich diesen wundervollen Abend mit dir und unsere erste Nacht je vergessen?«, sagte sie und streichelte Ramona zärtlich über die

Wange. Ihr Blick fiel auf Serafina. »Aber damals war mir ganz schön mulmig zumute, das allererste Mal in meinem Leben auf einem Pferd«, meinte sie und lächelte zufrieden. »Doch heute, dank deiner fürsorglichen Unterstützung ...«, sagte sie, löste sich etwas widerstrebend von Ramona und schwang sich, inzwischen ziemlich elegant, in den Sattel.

Vom Pferderücken aus zwinkerte sie Ramona zu. »Wie sieht's aus, Chefin?«, fragte sie keck. »Serafina und ich wären startklar.« Sie hauchte Ramona einen Luftkuss zu, den diese fröhlich erwiderte.

Nebeneinander ritten sie nun schon eine ganze Weile durch die Nacht. Ramona saß auf Amigo. Gemächlich trottete Stella, das älteste Pferd, hinter ihnen her durch den Schnee, der geheimnisvoll funkelte und glitzerte. Der Vollmond verlieh dieser zauberhaften Bergkulisse bei sternenklarem Himmel einmal mehr eine unbeschreibliche Schönheit, die wirklich ein Geschenk des Himmels war.

Nach einem kurzen, aber steilen Aufstieg gönnten sich Christina und Ramona eine Pause, stiegen von den Pferden ab, gingen aufeinander zu und nahmen sich in die Arme. Schweigend hielten sie sich fest.

»Was für eine tolle Aussicht«, flüsterte Christina und schaute auf das Dorf hinunter.

Ramona tat es ihr gleich. »Es freut mich so sehr, dass du dich hier bei mir, in dieser Abgeschiedenheit, so wohl fühlst.« Sie räusperte sich. »Und dass es dir hier oben nicht zu langweilig und einsam ist.« Sie schmiegte sich enger an Christina.

Christina drückte Ramona noch fester an sich. »Es ist ein Gottesgeschenk, hier oben in dieser wunderschönen Berglandschaft wohnen zu dürfen.« Mit einem frechen Grinsen auf den Lippen gab sie Ramona einen sanften Schubser. »Und mit dir wird mir bestimmt nie langweilig. Ganz im Gegenteil«, raunte sie ihr liebevoll ins Ohr.

Ramonas Blick versank einmal mehr in den Augen ihrer Liebsten, während sich ihre Lippen Christinas Lippen näherten und mit ihnen zu einem langen Kuss verschmolzen.

Nach dem Ausritt brachten sie Stella, Serafina und Amigo in den Stall zurück, fütterten die drei Pferde und leisteten ihnen noch ein wenig Gesellschaft.

Als sie später das Chalet betraten, feuerte Ramona sofort den Holzofen im Wohnzimmer an, damit sie ihre kalt gewordenen Glieder wieder aufwärmen konnten. Diese wohlige Wärme genossen beide sehr. Zudem verzauberte das Spiel der Flammen den Raum in eine romantische Oase, die zum Verweilen, Träumen und Lieben einlud.

Von hinten umarmte Christina ihre Freundin und bedeckte Ramonas Nacken mit federleichten Küssen. Lustvoll begann sie, an Ramonas Ohrläppchen zu knabbern.

Ramona drehte sich zu Christina um und schaute sie mit einem zärtlichen Blick fragend an.

Christina nickte und hauchte ihr einen Kuss auf die Lippen. Sie räusperte sich. »Ich würde dich jetzt unglaublich gern vor dem Kamin lieben«, flüsterte sie, während ihre Fingerspitzen zärtlich über Ramonas Wange streichelten.

Ramona nickte nach kurzem Zögern und ließ ihre Hände unter Christinas Pullover gleiten. Dann fing sie an, sanft Christinas Brüste zu streicheln und zu massieren.

Christina sog scharf die Luft ein. Ihre Knospen verwandelten sich augenblicklich in harte Murmeln. Verlangend streckten sie sich Ramona entgegen und forderten ungeduldig nach mehr.

»Du fühlst dich so wundervoll an«, raunte Ramona mit erregter Stimme, griff nach einer flauschigen Decke und ließ sie zu Boden gleiten. Dann warf sie Christina einen verführerischen Blick zu, nahm sie an der Hand und führte sie zu dem samtigen Lager. Einladend zwinkerte sie Christina zu und zog ihr rasch den Pullover über den Kopf. Geschickt öffnete sie Christinas BH und ließ ihn zu Boden flattern. Ihre Lippen senkten sich zu Christinas Knospen, die sie voller Sehnsucht und Verlangen empfingen.

Christina legte sich hin und schloss genüsslich die Augen. Im Ofen knisterte das Feuer, während die Flammen Schatten an die Wände warfen. Noch einmal öffnete Christina kurz die Augen. Durch das Dachfenster lächelte sie dem silbrigen Mond entgegen, der ihrer Haut einen zarten Schimmer verlieh.

Ramonas Zungenspitze begann erst zärtlich, dann leidenschaftlich die Knospen ihrer Geliebten zu liebkosen.

Christina zuckte auf und ein lautes Stöhnen entrang sich ihrer Kehle. Erneut schloss sie die Augen und legte den Kopf zurück. Sie fühlte sich ihrer Liebsten unglaublich nah, ließ sich fallen. Die Zeit schien stehen zu bleiben.

Kapitel 7

Die folgenden Tage verliefen in trügerischer Ruhe. Das Bergdorf zeigte sich von seiner schönsten Seite, märchenhaft verschneit und auch menschlich einladend. Trotzdem beschäftigte Christina Leas Brief ununterbrochen und sie fragte sich, wie sie angemessen darauf reagieren sollte. Sie hatte sich mit ihrer Ex-Freundin zu einem Gespräch auf neutralem Boden verabredet, in einem Café in Zürich, wo Lea jetzt wohnte. Denn am Donnerstag hatte sie dort sowieso einen besonderen Termin. Sie wollte Erika Hauser aufsuchen. Beides musste sie, zumindest vorläufig, vor Ramona geheim halten. Einmal, damit Ramona nicht doch in die Versuchung kam, Lisbeth etwas zu stecken, zum anderen, um sie durch das Treffen mit Lea nicht zu verunsichern, denn ihre Liebe war ja noch jung. Außerdem wollte sie natürlich Meier keine neue Breitseite liefern durch eine Verletzung der Schweigepflicht.

Gestern hatte Lea ihr nun eine E-Mail geschickt, dass sie sich nicht gut genug fühle, um das Haus zu verlassen. Ob Christina nicht zu ihr kommen könne? Christina hatte gezögert. War das nur eine Finte von Lea, um sie in ihrer Wohnung zu überrumpeln? Oder gar in ihr Bett zu zerren? Nein, das konnte Christina sich nun doch nicht vorstellen. Sie hatte ihre Finger einen Moment über der Tastatur schweben lassen, dann sagte sie Lea zu, bei ihr vorbeizuschauen. »Ich freue mich schon so auf dich!«, war es prompt zurückgekommen. Das würde kein leichtes Gespräch werden, vermutete Christina. Auch bei ihrem anderen Vorhaben fragte sie sich, ob es Erfolg haben oder in einem Flop enden würde.

»Schatz, heute Abend muss ich in die Stadt«, sagte Christina beiläufig am Frühstückstisch zu Ramona und trank einen Schluck Kaffee. »Kirchenratssitzung«, erklärte sie ihr knapp.

Ramona schnitt sich ein Stück Brot ab. »Aha, Kirchenratssitzung.« Gespielt schmollend verzog sie den Mund. »Okay. Dann wird es bei dir wohl spät werden«, stellte sie fest, schaute Christina aber dennoch fragend an.

Christina fühlte sich nicht sonderlich wohl in ihrer Haut, aber sie konnte Ramona unmöglich erzählen, dass sie für Lisbeth die Liebesbotin spielen wollte. Gerade jetzt, wo Meier sie auf Schritt und Tritt verfolgte. Und von dem Treffen mit Lea wollte sie ihr erst recht nichts erzählen. Was, wenn Ramona dies in den falschen Hals bekäme? Daher schenkte sie Ramona einen weichen Blick. »Ja, kann es. Leider. Vor halb elf werde ich kaum zu Hause sein«, murmelte sie und streichelte ihr zärtlich über die Schulter. »Ich liebe dich.«

»Und ich liebe dich«, sagte Ramona und küsste sie. »Wenn ich es schaffe, werde ich wieder einen Ausritt machen«, sagte sie und lächelte. »Wirst du später bei mir übernachten?«, fragte sie und schaute Christina mit einem Dackelblick an.

Um Christinas Mundwinkel begann es, belustigt zu zucken. »Möchtest du das denn?«, fragte sie keck.

»Machst du dich etwa über mich lustig?«, fragte Ramona und warf Christina einen gespielt düsteren Blick zu.

Christina legte die Arme um Ramonas Nacken und zog sie sanft an sich. »Nie, nie im Leben würde ich mich über dich lustig machen«, antwortete sie und zwinkerte ihrer Freundin schelmisch zu.

Wenig später verabschiedete sich Christina von ihr.

Nachdem sie alles erledigt hatte, was wegen ihrer Krankheit liegen geblieben war, und auch noch die Kätzchen versorgt hatte, die sich prächtig entwickelten, fuhr sie den Berg hinunter Richtung Zürich. Nicht nach Bern, wo normalerweise die Kirchenratssitzungen abgehalten wurden.

Klammheimlich hatte Christina die Adresse von Erika Hauser ausfindig gemacht. *Je mehr ich darüber nachdenke, desto weniger weiß ich, wie ich das anstellen soll. Was soll ich denn zu ihr sagen? Hallo, ich bin Christina und kenne zufällig eine alte Freundin von Ihnen, Lisbeth Bachmann. Sagt Ihnen der Name vielleicht noch irgendetwas?* Seufzend fuhr sie sich mit der Hand übers Gesicht. *Als hätte ich nicht genug eigene Probleme. Was, wenn sich Frau Hauser gar nicht mehr an Lisbeth erinnert? Wenn sie mir überhaupt nicht zuhören will?*

Einen Moment lang dachte Christina ernsthaft darüber nach, umzudrehen und die beiden Unterredungen sausen zu lassen. Dieser Gedanke kam ihr allerdings erst, als sie nur noch zehn Kilometer von ihrem Zielort entfernt war. Deshalb redete sie sich ein letztes Mal gut zu, straffte die Schultern und ließ sich von ihrem Navigationsgerät zu Erika Hausers Adresse lotsen.

In dem Reihenhaus brannte Licht. Eine ältere Dame saß allein am Esstisch und trank Tee.

Erleichtert, dass Frau Hauser daheim war, blieb Christina eine gefühlte Ewigkeit im Auto sitzen und überlegte krampfhaft, wie sie das Gespräch mit ihr beginnen sollte.

Schließlich nahm sie all ihren Mut zusammen und stieg aus dem Wagen. Zielstrebig schritt sie auf das Haus zu und klingelte. Es dauerte nicht lange und die zierliche Dame öffnete die Tür einen kleinen Spalt.

»Sie wünschen?«, fragte sie mit freundlicher Stimme, schien aber etwas verunsichert zu sein. »Kann ich Ihnen helfen?«

Christina räusperte sich und hielt Frau Hauser ihren Personalausweis entgegen. »Guten Abend, Frau Hauser«, sagte sie und lächelte. »Ich bin Christina Gerber, Seelsorgerin und Pfarrerin.« Einen langen Moment hielt sie inne. »Sie sind doch Erika Hauser?«, fragte sie verlegen und warf einen Blick auf das Namensschild neben der Klingel.

Die Frau nickte. »Ja, ja, das bin ich.« Verwirrt musterte sie Christina. »Aber … weshalb bekomme ich denn Besuch von Ihnen? Einer Pfarrerin?« Ängstlich blickte sie Christina an. »Kennen wir uns? Ist irgendetwas Schlimmes passiert?«, fragte sie plötzlich aufgeregt.

Christina machte eine beschwichtigende Geste. »Nein, nein, darum geht es nicht«, entgegnete sie, um die angespannte Situation zu entschärfen. »Und nein, wir kennen uns nicht … noch nicht.« Sie lächelte immer noch. »Aber das lässt sich hoffentlich ändern«, sagte sie mit weicher Stimme.

Frau Hauser schaute Christina fest in die Augen. »Worum geht es denn?« Sie runzelte die Stirn. »Ich habe keinen blassen Schimmer, was Sie von mir wollen?«

Christina schaute zum Himmel hoch und flehte innerlich wie so oft den Herrn um Hilfe an.

Und siehe da, die zündende Idee fiel ihr buchstäblich in den Schoß. »Am besten frage ich Sie einfach direkt«, sagte Christina und atmete tief durch. »Kennen Sie Lisbeth Bachmann, sie wohnt im Berner Oberland?« *Jetzt ist die Katze aus dem Sack.*

Frau Hauser musste mehrmals schlucken. Dann begannen ihre Augen, eigenartig zu glänzen. »Lisbeth … na klar kenne ich Lisbeth«, antwortete sie. Dann schaute sie Christina ängstlich an. »Was … was ist mit Lisbeth?«, stotterte sie. »Ist ihr vielleicht etwas zugestoßen?«

Christina winkte ab. »Keine Angst. Lisbeth geht es gut.«

Frau Hauser atmete erleichtert aus und legte eine Hand auf ihre Brust. »Da bin ich aber froh«, sagte sie und lächelte jetzt. »Bitte, Frau Pfarrerin, kommen Sie doch in die gute Stube.« Sie machte eine einladende Geste.

»Vielen Dank. Ich will Sie auch gar nicht lange stören«, entgegnete Christina, betrat das Haus und zog die Schuhe aus. »Und bitte sagen Sie einfach Christina zu mir. Einverstanden?«

Frau Hauser hob zweifelnd die Augenbrauen. »Wenn Sie meinen. Ist wohl nicht mehr so förmlich wie vor fünfzig Jahren«, sagte sie lächelnd. »Aber dann bin ich für Sie auch Erika«, meinte sie gut gelaunt und reichte Christina die Hand.

Wie bescheuert bin ich eigentlich, einer eleganten, älteren Dame das Du aufzudrängen, rügte sich Christina.

Doch zu ihrem Erstaunen sagte Erika: »Es ist gut, dass nicht mehr alles so konservativ und engstirnig wie früher ist. Da fühle ich mich gleich zwanzig Jahre jünger.« Sie zeigte in ihrem Wohnzimmer auf einen freien Stuhl. »Bitte nimm Platz, Christina. Wie wär's mit einer Tasse Tee?«

Entspannt nickte Christina und setzte sich hin. »Gern«, antwortete sie und fühlte sich schon um einiges wohler als noch vor einer Viertelstunde. *Was für eine herzliche Frau Erika doch ist! Ich kann gut verstehen, dass Lisbeth sich damals in sie verliebt hat. Die beiden passen wirklich ausgesprochen gut zusammen, auch heute noch,* dachte sie.

Erika schenkte ihnen beiden Tee ein und setzte sich zu Christina. »Und jetzt erzähl mir bitte alles von Anfang an. Warum bist du hier? Und was ist mit Lisbeth?«

Oje! Wo beginne ich denn jetzt bloß? Am besten sage ich es direkt, ohne großes Drumherum, entschied schließlich ihr Bauchgefühl.

»Lisbeth hat mir von dir erzählt. Ich glaube, sie würde dich gern wiedersehen«, sagte sie daher ohne Umschweife.

Erika stockte der Atem. Dann räusperte sie sich. »Ja, das wäre schön«, meinte sie schlicht. Sie räusperte sich. »Ist Lisbeth noch mit Friedrich zusammen?«

Christina schüttelte den Kopf. »Friedrich ist vor ein paar Jahren gestorben«, kam es ihr leise über die Lippen.

»Oh. Dann ist Lisbeth jetzt also allein? Wie ich auch?«, fragte sie leise.

Christina nickte und wartete.

»Ich lebe schon viele Jahre allein.« Erika strich sich

durch das dunkelgraue Haar. »Ich habe mich damals von meinem Mann getrennt«, sagte sie und trank einen Schluck Tee. »Wir haben uns einfach zu sehr auseinandergelebt.«

Christina runzelte die Stirn. Sie war sich nicht sicher, wie sie weiter vorgehen sollte, um ja nichts falsch zu machen.

Erika lächelte. »Was geht denn jetzt in deinem hübschen Kopf vor?«, fragte sie, nun ebenfalls ziemlich direkt.

Christina schwieg und blickte auf den Teppich. *Ich kann doch jetzt nicht mit der Tür ins Haus fallen,* dachte sie.

»Ich bin hart im Nehmen«, meinte Erika und zwinkerte Christina aufmunternd zu. »Bring es ruhig auf den Punkt«, forderte sie unmissverständlich.

Christina schluckte. *Erika gehört definitiv nicht zu den Menschen, die um den heißen Brei herumreden.* »Wirklich so direkt?«, fragte sie sicherheitshalber nach.

Erika lachte. »Raus mit der Sprache!«

Christina setzte sich aufrecht hin. »Weißt du eigentlich, dass Lisbeth all die Jahre über an dich gedacht hat? Weil sie Gefühle für dich hat? Schon immer hatte?«

Erika schloss die Augen und errötete bis unter die Haarwurzeln. Dann wandte sie sich Christina zu. »Das sind ein bisschen viele Fragen auf einmal«, meinte sie schließlich. Mit beiden Händen fuhr sie sich durchs Haar. Dann stand sie auf und begann, im Wohnzimmer auf und ab zu gehen. Am Fenster blieb sie schließlich stehen und schaute in die Dunkelheit hinaus.

Auf Christinas Stirn bildeten sich Schweißperlen.

Minuten später drehte sich Erika wieder zu Christina um und schaute ihr tief in die Augen. »Vor fünfzig Jahren«, sagte sie seufzend, »war eine ganz andere Zeit.« Nervös knabberte sie an ihrer Unterlippe. »Aber ich habe auch viel an Lisbeth gedacht ... sehr oft. Und jetzt habe ich Herzklopfen, wenn ich an sie denke. Es fühlt sich so an, als wäre sie mir ganz nah«, flüsterte sie, ging zum Tisch zurück und setzte sich wieder hin. Verwirrt starrte sie Christina an. »Aber warum sagt denn Lisbeth so etwas zu dir? Steht ihr beide euch besonders nahe? Oder wie kommt das?«

Gelassen zuckte Christina die Schultern. »Vielleicht liegt es ja daran, dass ich mit einer Frau liiert bin.« *Oje! Was mache ich hier eigentlich genau? Jetzt geht es ganz schön ans Eingemachte. Hoffentlich war es kein Fehler, hierherzukommen ...*

Erikas Augen wurden gleich zwei Nummern größer. »*Du* bist mit einer Frau zusammen? Als Pfarrerin?« Erika schien ziemlich verwirrt. Lange starrte sie Christina ungläubig an. Dann entspannte sich ihr Gesicht allmählich wieder und sie begann zu lächeln. »Wow! Das nenne ich mal einen gewaltigen Fortschritt«, sagte sie und klopfte auf den Tisch. »Vor fünfzig Jahren durfte vieles nicht sein, musste vieles unter den Teppich gekehrt und totgeschwiegen werden.« Dann schüttelte sie amüsiert den Kopf. »Das sind ja Neuigkeiten! Und ich dachte schon, dass mir einmal mehr ein langweiliger Fernsehabend bevorsteht. Was für ein spontaner Programmwechsel«, scherzte sie.

Um Christinas Mundwinkel zuckte es.

»Ich vermisse Lisbeth«, bekannte Erika mit zittriger Stimme und errötete erneut. »Lisbeth hat mir immer viel bedeutet.« Sie schloss kurz die Augen. »Ich möchte sie gern wiedersehen«, meinte sie und hielt inne. »Aber ich befürchte, dass mir dazu der Mut fehlt.« Sie seufzte.

Das läuft ja wie am Schnürchen!, dachte Christina erfreut. Sie nahm Stift und Notizblock aus ihrer Tasche. »Ich schreibe dir meine Adresse und Telefonnummer auf.« Sie lächelte verschmitzt. »Nächsten Sonntag möchte ich einen ganz besonderen Gottesdienst zum Thema Liebe abhalten. Und ich würde mich sehr freuen, wenn du vorbeischauen würdest. Sofern du Lust und Zeit hast«, sagte sie und schenkte Erika einen zuneigungsvollen Blick. »Außerdem bin ich mir sicher, dass sich Lisbeth ebenfalls freuen würde, dich nach all den Jahren wiederzusehen«, fügte sie mit einfühlsamer Stimme hinzu.

In Erikas Gesicht spiegelten sich unterschiedliche Gefühle. »Ich ... ich weiß nicht«, stammelte sie und schaute verlegen zu Boden. »Es sind so viele Jahre vergangen, seit ...«, sagte sie und verstummte einen Moment. »Vielleicht ist es doch besser, wenn alles beim Alten bleibt«, murmelte sie kaum hörbar.

Christina zuckte die Schultern und ließ das soeben Gesagte kommentarlos im Raum stehen. *Es ist nicht gut, wenn ich jetzt unnötig Druck ausübe. Erika soll das alles erst einmal sacken lassen. Und dann wird sie hoffentlich ihren Gefühlen entsprechend handeln.*

Insgeheim wünschte sich Christina ganz fest, dass Erika den Weg in ihre Kirche finden würde. Herzlich verabschiedete sie sich von der netten älteren Dame und machte sich auf den Weg zu dem nächsten schwierigen Gespräch.

Kaum hatte sie an Leas Wohnung geklingelt, öffnete sich von innen die Tür. »Hallo Christina. Schön, dass du gekommen bist«, sagte Lea erfreut, aber mit ein wenig unsicherer Stimme. Sie ging einen Schritt auf Christina zu.

Verkrampft lächelte Christina. »Guten Abend, Lea«, murmelte sie befangen und betrachtete die Frau, wegen der sie so viel riskiert hatte. Ein wenig blass sah Lea schon aus. Aber ob es richtig gewesen war, zu ihr zu kommen? Zaghaft reichte sie Lea die Hand. Sie schaffte es nicht, sie zu umarmen, obwohl sie realisierte, dass Lea sich das wünschte. Auf gar keinen Fall wollte sie mit einer Umarmung ein falsches Zeichen setzen.

In Christina kamen alte Erinnerungen hoch. Schmerzlich zog sich in ihr alles zusammen. Die widersprüchlichsten Gefühle schossen in Höchstgeschwindigkeit durch sie hindurch.

»Hier bin ich also«, sagte sie mit fester Stimme, um souverän zu wirken. Auf einmal war sie sich nicht mehr sicher, ob sie dieses Treffen gut hinter sich bringen würde. Denn da stand sie nun, Lea, die Frau, die sie einmal geliebt hatte. So sehr, dass sie für immer mit ihr zusammen sein wollte. Deshalb war es ihr wichtig gewesen, das unwürdige Versteckspiel zu beenden, um Lea zu beweisen, wie viel sie für sie empfand. Im Nachhinein stellte sich dies als ein großer Fehler heraus, vielleicht der bisher größte in ihrem Leben.

Mit einem Lächeln winkte Lea Christina in die Wohnung. »So komm doch endlich rein«, sagte sie und schaute Christina ergeben an.

Christinas Eingeweide zogen sich erneut schmerzhaft zusammen. Sie wollte diese Aussprache so schnell wie möglich hinter sich bringen.

»Ich habe Tee für uns gekocht. Wir könnten es uns am Kamin gemütlich machen«, meinte Lea mit zärtlicher Stimme.

Christina bemerkte, wie sich ihre Nackenmuskulatur verspannte. *Vergiss nicht, warum du hier bist!*, ermahnte sie sich. Sie wandte sich Lea zu. »Schön wohnst du hier«, sagte sie, um irgendetwas zu sagen. Aber nach Tee und Kaminfeuer war ihr jetzt wirklich nicht zumute. Sie begann, auf den Zehenspitzen vor und zurück zu wippen. »Nett von dir, mit dem Tee und so.« Sie schaute auf die Uhr. »Aber ich bin spät dran und ziemlich müde. Ich muss ja auch noch ins Berner Oberland zurückfahren. Und mit dem Schnee auf den Straßen und dem Eis, außerdem ist es schon dunkel«, stammelte sie vor sich hin. Das Wiedersehen mit Lea tat ihr nicht gut. Der Schmerz von damals begann, sich mehr und mehr in ihr auszudehnen.

»Bitte, Lea«, brach es aus ihr heraus, »es wird kein *Uns* mehr geben. Ich habe mich neu verliebt und bin sehr glücklich.« Sie schnappte nach Luft.

Lea schluckte mehrmals. Dann griff sie nach Christinas Hand. »Christina, erinnere dich doch! Wir haben uns so intensiv geliebt. Das mit uns war … ist etwas ganz Besonderes.« Ihre Lippen näherten sich Christinas. »Du kannst das doch nicht alles vergessen haben. Erinnere dich!«

Christina riss sich von Lea los und ging auf Distanz. »Lass das bitte.« Mit beiden Händen strich sie sich die Haare aus dem Gesicht. »Ich will mit dir nicht über unsere gemeinsame Vergangenheit diskutieren. Es bringt nichts … nichts mehr. Es ist besser, wenn ich jetzt gehe. Bitte lass mich in Ruhe und melde dich nicht mehr bei mir«, sagte sie und fühlte, wie dieses Treffen ihr zusetzte. Es tat ihr leid, Lea eine solch harte Abfuhr erteilen zu müssen. Normalerweise war sie sehr darauf bedacht, mit Verständnis und in einem freundlichen Dialog Probleme anzugehen und zu lösen. Hier aber empfand sie es am sinnvollsten, Lea klipp und klar mitzuteilen, was Sache war.

Lea schossen Tränen in die Augen. »Bitte, Christina, ich hab damals einen großen Fehler gemacht. Das, was ich dir angetan habe, tut mir unendlich leid.« Mit dem Rücken zur Wand rutschte sie wie ein nasser Sack zu Boden. Mit tränenverschmiertem Gesicht schaute sie Christina flehend an. »Noch nie hat mich jemand so tief berührt, so innig geliebt wie du. Und noch nie zuvor habe ich einen Menschen so intensiv geliebt wie dich. Das mit dir … das mit uns … war vom ersten Moment an … einfach so wundervoll, so himmlisch. Ich kann das gar nicht in Worte fassen«, schluchzte sie.

Christina fühlte sich hundeelend. Sie spürte, wie es ihr den Boden unter den Füßen wegziehen wollte. Leas Anblick verpasste ihr einen Stich mitten ins Herz. Am liebsten hätte sie Lea in die Arme genommen, aber das konnte sie nicht. Sie wollte nicht zu Lea zurück. Jedes Trösten hätte für Lea ein Signal in die falsche Richtung bedeuten können, nämlich, dass sie erneut Hoffnung schöpfen konnte. Mit einer für sie unüblichen Härte sagte Christina schließlich: »Lea, ich gehe jetzt. Für dich wünsche ich mir, dass du eine neue Liebe findest. Aus dir und mir wird kein Paar mehr werden. Nie mehr!« Sie presste die Lippen zusammen. »Bitte begreif und versteh das. Leb wohl«, sagte sie und musste sich enorme Mühe geben, nicht selbst in Tränen auszubrechen. Sie wandte sich von Lea ab, straffte den Rücken und verließ, ohne sich noch einmal umzudrehen, Leas Wohnung. Sie zog die Tür hinter sich ins Schloss und eilte die Treppe hinunter. Sie brauchte dringend frische Luft. Unten auf dem Gehsteig angekommen, lehnte sie sich mit wackeligen Beinen an die Hausmauer und atmete tief ein und aus.

Es dauerte mehrere Stunden, bis Christina danach wieder in ihrem Zuhause, oben auf dem Berg, angekommen war. Zuerst schlüpfte sie in frische Kleidung, dann nahm sie sich Zeit für die Katzenbabys, um auf andere Gedanken zu kommen. Die Kätzchen waren nicht nur ein ganzes Stück gewachsen, sondern inzwischen auch sehr zutraulich geworden.

Von unterwegs hatte Christina bei Ramona angerufen. Sie musste sie heute einfach noch sehen. Ramona hatte selbst einen stressigen Tag hinter sich und war deshalb noch gar nicht zum Ausreiten gekommen. Und da der Mond genauso schön schien wie am Vortag und es zudem fast windstill war, hatte Christina ihr den Vorschlag gemacht, dass sie wieder gemeinsam mit den drei

Tinkern über die Felder ziehen könnten. Sie wollte jetzt noch Zeit mit ihrer Liebsten verbringen. Auch wenn sie Ramona nichts von den beiden Unterredungen verraten wollte, die nun zum Glück hinter ihr lagen. Ramona war von Christinas Vorschlag sofort begeistert und wollte die drei Pferde und alles andere für den Ausritt vorbereiten.

Endlich beim Chalet angekommen, eilte Christina im Laufschritt zum Stall, wo Ramona Serafina gerade sattelte. Als sie wieder beide Hände freihatte, umarmte sie ihre Liebste innig.

»Schön, endlich wieder bei dir sein zu dürfen«, sagte Christina zärtlich und küsste Ramona leidenschaftlich. Sie schaute in den sternenklaren Himmel. »Ein traumhafter Abend. Ich freu mich so, mit dir durch die Nacht zu reiten.« Sie rieb sich die Hände. »Es ist aber ganz schön kalt.«

Ramona lachte. »Dir wird bald warm werden. Serafina wird dich schon auf Trab halten«, entgegnete sie schmunzelnd, zog sich einen Helm über und reichte Christina ihren Kopfschutz. »Und? Wie war dein Abend? Alles gut gelaufen bei der Kirchenratssitzung?«, fragte sie und streifte sich Handschuhe über.

Christina schloss kurz die Augen. Ein Schauer schoss durch ihre Gliedmaßen. *Eigentlich könnte ich Ramona ja erzählen, wo ich war. Aber jetzt habe ich ihr schon die Unwahrheit gesagt. Was würde sie von mir denken? Es ist wohl doch besser, wenn ich erst mal bei meiner Geschichte bleibe.* Obwohl sich in ihrem Bauch ein ungutes Gefühl bemerkbar machte, umarmte sie Ramona und hauchte ihr einen Kuss auf die Lippen. »Ja, die Sitzung lief ganz gut. Aber jetzt möchte ich nicht mehr daran denken, sondern mit dir den restlichen Abend und die Nacht verbringen«, sagte sie, während ihre Zungenspitze zärtlich über Ramonas Ohrläppchen fuhr. Sie versuchte, ihr schlechtes Gewissen beiseitezuschieben und setzte sich auf Serafina.

Ramona schwang sich auf Amigo.

Während sie mit den Tinkern durch die verschneite Landschaft stapften, sagte Christina plötzlich: »Im nächsten Gottesdienst möchte ich über die *Liebe in all ihren Farben* erzählen.« Christina füllte ihre Lungen mit der herrlich frischen Bergluft.

Ramona sagte einen langen Moment nichts. »Grundsätzlich finde ich deine Idee gut«, meinte sie dann zögerlich. »Aber vielleicht solltest du bei deiner Planung Herrn Meier nicht ganz vergessen«. Sie stieß einen Seufzer aus. »Der wird von deinem Thema bestimmt alles andere als angetan sein«, sagte sie nüchtern.

»Es kann doch nicht sein, dass der Typ mir vorschreibt, was ich zu tun und zu lassen habe.« Missmutig verzog Christina das Gesicht. In ihr begann es zu brodeln. »Was soll an dem Thema denn bitteschön verkehrt sein?«, fragte sie und schüttelte verärgert den Kopf.

Ramona lächelte. »Das Thema ist selbstverständlich gut. Gar keine Frage. Nur dieser Meier wird dafür kaum Verständnis zeigen.« Dann fügte sie beschwichtigend hinzu: »Aber meinen Segen hast du. Mach es so, wie du es für richtig hältst.«

Kapitel 8

Die Zeit bis zum folgenden Sonntag verging ohne größere Vorkommnisse. Trotzdem war Christina an diesem Sonntagmorgen sehr nervös. Etwas beschäftigte sie nämlich wie verrückt: Sie hatte keine Ahnung, ob Erika den Gottesdienst nun besuchen würde oder nicht, obwohl sie sich das natürlich ganz fest wünschte.

Christina hatte Erika zwar ihre Telefonnummer samt E-Mail-Adresse und Postanschrift hinterlassen, aber weder einen Anruf noch sonst irgendeine Mitteilung von ihr bekommen.

In zwei Stunden würde der Sonntagsgottesdienst beginnen. Christina fühlte sich wie auf Nadeln. Aufgeregt stand sie im Bad vor dem Spiegel und warf sich einen kritischen Blick zu. *Wenn ich nur wüsste, ob Erika kommt oder nicht? Und wenn sie kommt, wie wird Lisbeth auf sie reagieren? Werden die zwei sich überhaupt wiedererkennen? Oder muss ich da womöglich noch Hilfestellung leisten?* Sie fuhr sich mit der Bürste durchs Haar. *Ach, Christina. Was für Gedanken machst du dir denn schon wieder? Erst einmal muss Erika überhaupt kommen. Alles andere wird sich dann schon ergeben, oder vielleicht auch nicht.* Gleichzeitig plagten sie Zweifel. *Vielleicht wäre es besser gewesen, wenn ich das Ganze hätte sein lassen.* Um den unliebsamen Gedanken ein Ende zu bereiten, spritzte sie sich eine halbe Ewigkeit kaltes Wasser ins Gesicht.

Um Lisbeth und Erika einen Anstoß zu geben, würde

sie diesen Gottesdienst der Liebe in all ihren Farben widmen, wie sie Ramona bereits verraten hatte. Der Liebe, die einfach sein durfte, weil es Liebe war.

Frühzeitig traf Christina in der Kirche ein und bereitete alles ordnungsgemäß vor. Ramona half ihr wie immer, wenn es ihr möglich war. Diese Zeit nahm sie sich gerne für Christina.

Danach setzte Ramona sich in die zweite Reihe und wartete geduldig. Langsam, aber sicher trudelten alle Dorfbewohner ein, begrüßten Christina freundlich und freuten sich, dass es ihrer Frau Pfarrerin wieder gut ging.

Die Glocken begannen zu läuten. Die Kirche war schon gut gefüllt, als sie von einer Frau betreten wurde, die versuchte, sich hinter ein paar Leuten zu verstecken, dabei den Hut ins Gesicht zog und schließlich in der letzten Reihe Platz nahm.

Christinas Herz begann höher zu schlagen. *Das ist Erika. Wie schön. Sie ist tatsächlich gekommen. Wer weiß, wie viel Überwindung es sie gekostet hat, hierher zu finden.* Augenblicklich wurde sie von einem warmen Gefühl des Glücks sanft durchflutet. Ihre Augen suchten nun die Kirche nach Lisbeth ab. Und siehe da! Ebenfalls in der letzten Reihe, jedoch auf der anderen Seite des Ganges saß sie und blätterte das Gesangsbüchlein durch.

Danke, Herr! Christina atmete tief ein. Sie faltete die Hände und betete in Gedanken. *Lieber Herr im Himmel, bitte steh mir bei und versteh bitte, dass ich den Liebesengel spiele ... für das späte Glück von Lisbeth und Erika. Vielleicht kannst du dieses Glück ja auch noch ein bisschen positiv beeinflussen,* flehte sie. So ganz wohl war ihr bei der Sache nämlich nicht. Schließlich hatte sie mächtig in die Privatsphäre zweier Menschen eingegriffen. Mit unbekanntem Ausgang.

Die Glocken verstummten. Christina wollte eben das Wort an die Gemeinde richten, als sich noch einmal die geschlossene Kirchentür öffnete. Und wer kam da so spät als Letzter hereinspaziert? Natürlich Erik Meier. Er ging den Gang entlang, grüßte jede Reihe einmal links, einmal rechts, lächelte dabei falsch und setzte sich schließlich in der ersten Reihe ganz außen hin.

Christina nickte ihm zur Begrüßung kurz zu. Schnell drehte sie sich dann von ihm weg und ging einen Moment in sich, riss sich dann aber zusammen und wandte sich den Anwesenden zu: »Liebe Kirchengemeinde, schön, dass Sie so zahlreich erschienen sind. Das freut mich von Herzen.« Sie lächelte warm. »Heute möchte ich über die Liebe, und zwar über die Liebe in all ihren Farben reden«, erklärte sie, griff nach dem Gesangsbuch und schlug es auf. »Lassen Sie uns diesen Gottesdienst mit dem Lied ›Liebe ist nicht nur ein Wort‹ auf Seite zehn beginnen.«

Die Orgel begann zu spielen. Christina stimmte das Lied an. Kurz darauf sangen alle voller Freude mit.

Christinas Blick schweifte durch die Kirche, hin zu Lisbeth, weiter zu Erika, die irgendwie einen nervösen Eindruck machte, Christina aber freundlich zunickte.

Dann schaute sie kurz zu Meier hinüber, der ihr einen düsteren Blick zuwarf. Zuletzt schenkte sie Ramona ein Lächeln.

Das Lied neigte sich dem Ende, und Christina stieg die

paar Treppenstufen zu der kleinen Kanzel empor. Dann begann sie zu reden. Sie sprach von der Liebe ganz allgemein, von der Liebe zu Gott und von Nächstenliebe. Sie sah, wie die meisten Besucher zustimmend nickten und interessiert zuhörten. Für einen langen Moment blieb ihr Blick an Lisbeth hängen.

Christina atmete tief durch. »Ja, meine liebe Kirchengemeinde, die Liebe ist etwas Wundervolles. Sie ist ein Geschenk des Himmels, ein Geschenk Gottes. Die Liebe ist bunt. Nicht nur schwarz-weiß. Nein, sie ist voller bunter Farben. Die Liebe in all ihren Farben darf sein, wie jede andere Liebe auch.« Sie hielt kurz inne. »In der heutigen Zeit darf es keine Ausgrenzung mehr geben, wenn sich zwei Männer oder zwei Frauen lieben, denn diese Liebe darf einfach sein, weil sie ist und so völlig in Ordnung ist, wie sie eben ist.« Sie strich sich durchs Haar und schaute kritisch nach unten. »Ich für meinen Teil bin dankbar, dass sich in den letzten fünfzig Jahren diesbezüglich einiges getan hat ... positiv entwickelt hat, denn wie Sie alle wissen, lebe ich selbst zusammen mit meiner geliebten Partnerin Ramona ... eben die Liebe in all ihren Farben«, sagte sie mit weicher Stimme und lächelte.

Christina sah, wie Lisbeth überrascht die Augenbrauen hob und schließlich verlegen zu Boden blickte.

Erika schaute Christina fest in die Augen und machte nun schon einen etwas entspannteren Eindruck. Es schien, als würde sie Christinas Worte auf sich wirken lassen.

In der ersten Reihe jedoch stand jemand wutentbrannt

auf und verließ wie ein Pferd schnaubend die Kirche. Wie konnte es auch anders sein?

In der zweiten Reihe verzog Ramona peinlich berührt das Gesicht und deutete aufgebracht auf den überstürzten Aufbruch ihres »besonderen Freundes«. Es schien, als würde sie sich große Sorgen um Christina machen.

Doch Christina winkte ruhig ab und wandte sich wieder der Gemeinde zu, die ihr sichtlich zustimmte.

»Ich bedanke mich, dass Sie sich die Zeit genommen haben, meinem heutigen Gottesdienst beizuwohnen. Ihnen allen wünsche ich einen erholsamen und schönen Sonntag«, sagte Christina abschließend.

Alle lächelten Christina zu und erhoben sich allmählich von ihren Sitzbänken. Die große Tür öffnete sich, und die Ersten spazierten mit einem zufriedenen Ausdruck im Gesicht aus der Kirche.

War es Schicksal oder vielleicht doch etwas anderes? Zwei Damen standen in der hintersten Reihe gleichzeitig auf und trafen kurz darauf im Gang aufeinander. Obwohl sie sich seit mehreren Jahrzehnten nicht gesehen hatten, erkannten sie sich auf Anhieb wieder.

Erika musste ja eine Vorahnung gehabt haben, aber auch Lisbeth schien keine Sekunde zu zweifeln.

»Erika? Bist du es wirklich?«, fragte Lisbeth ganz aufgeregt und schaute einen Moment um sich. Dann hielt sie Erika am Arm zurück und zog sie in die hinterste Sitzreihe. »Du bist es wahrhaftig«, flüsterte sie und bekam feuchte Augen. »Schön, dich wiederzusehen.«

Erika lächelte verlegen. »Hallo Lisbeth.« Nervös strich sie eine Falte an ihrem Mantel glatt. »Ich freue mich auch, dich nach all den Jahren wiederzusehen«, meinte sie mit zittriger Stimme.

Christina beobachtete das Zusammentreffen der beiden Frauen aus einiger Entfernung und hatte das beruhigende Gefühl, dass das Wiedersehen der beiden glückte. Zuversichtlich ging sie auf Ramona zu. »Wie hat dir mein Gottesdienst gefallen?«, fragte sie und versank in Ramonas wunderschönen Augen.

Ramona hob die Brauen. »*Mir* hat er sehr gut gefallen.« Etwas skeptisch schaute sie Christina an. »Aber du hast schon mitbekommen, wer ebenfalls im Gottesdienst saß?«, fragte sie und musterte Christina eindringlich. »*Ihm* hat deine Predigt offenbar alles andere als gefallen«, seufzte sie. »Hast du mitbekommen, wie wütend er abgerauscht ist?«

»Ja, habe ich«, sagte Christina. Sie schloss kurz die Augen. »Er soll mich endlich in Ruhe lassen.« Dann ging sie mit Ramona zusammen nach draußen zu den anderen.

Ramona streichelte ihr über den Rücken. »Schatz, entschuldige mich bitte für ein paar Minuten, aber ich muss dringend auf die Toilette«, sagte sie und lief in Richtung Pfarrhaus.

Unvermittelt stand Erik Meier vor Christina. Aufgebracht und mit hochrotem Kopf. »Dieses Mal sind Sie eindeutig zu weit gegangen. Die Liebe in all ihren Farben ... tssss ... sind Sie eigentlich komplett verrückt geworden?« Er fuchtelte mit den Fäusten durch die Luft. Seine Augen verengten sich. »Ich habe Sie gewarnt. Sie werden schon noch sehen, was Sie davon haben.« An seiner Schläfe pochte gut sichtbar eine Ader. Abrupt wandte er sich von Christina ab, ließ sie wie bestellt und nicht abgeholt stehen und stampfte davon.

Ehe Christina einen klaren Gedanken fassen konnte, stand auch schon Lisbeth vor ihr, die diskret auf Erika deutete. »Du musst gar nichts sagen«, meinte Lisbeth ein wenig streng und musterte die Pfarrerin. »Und damit du gar nicht erst in Versuchung kommst zu lügen, frage ich auch nicht weiter nach.« Verschwörerisch zwinkerte sie Christina zu. »Aber da«, sie zeigte nochmals auf Erika, »hattest doch eindeutig du deine Finger im Spiel.«

Christina schaute Lisbeth mit einer Unschuldsmiene an und zuckte ahnungslos die Schultern.

Lisbeth schmunzelte. »Zu deiner Beruhigung … ich freue mich sehr, Erika wiederzusehen. Danke«, flüsterte sie, wandte sich von Christina ab, ging zu Erika hinüber und spazierte mit ihr Arm in Arm davon.

Wenigstens eine gute Nachricht, dachte Christina. *Aber dieser Meier ist mir wirklich ein Graus. Was für ein engstirniger Kerl, und das in der heutigen Zeit.* Sie bekam eine Gänsehaut. *Wir leben doch nicht mehr im Mittelalter!* Von Weitem sah sie Ramona auf sich zukommen. Mit einem Lächeln winkte sie ihr zu. Die erneute Konfrontation mit Meier wollte sie lieber für sich behalten.

Ramona schaute Christina tief in die Augen. »Du siehst müde aus«, meinte sie besorgt.

»Ehrlich gesagt, bin ich das auch«, entgegnete Christina.

»Alles gut bei dir?«, fragte Ramona nach.

Christina nickte und bemerkte ein Ehepaar, das ihr

zuwinkte und sich mit ihr noch unterhalten wollte. »Bis gleich«, sagte sie zu Ramona und ging zu den beiden hinüber.

Kapitel 9

In den nächsten Tagen gingen Christina und Ramona ihren alltäglichen Tätigkeiten nach.

Amari, das somalische Mädchen, lag Christina nach wie vor am Herzen.

Es konnte nicht falsch sein, mit einem Landsmann, der der Sprache mächtig war, bei Amaris Eltern nachzuhaken. Die Vorstellung, dass eine Minderjährige mit einem womöglich erheblich älteren Mann verheiratet werden sollte, den sie noch nie zuvor in ihrem Leben gesehen hatte, stieß ihr sauer auf. So weit durfte es nicht kommen.

Daher traf sich Christina eines Vormittags in einem Berner Vorort mit Mojo, der ihr von der Gemeindeverwaltung empfohlen worden war, im Café. Mojo wurde oft vor Gericht und bei der Polizei als Dolmetscher hinzugezogen. Nachdem Christina ihn über alles Wichtige informiert hatte, fuhren sie gemeinsam zu Amaris Eltern. Christina hatte ein gutes Gefühl, denn Mojo wirkte auf sie vernünftig, ruhig und der hiesigen Kultur angepasst. Hoffentlich würde er Amaris Eltern in die richtige Richtung lenken können.

Die Muttersprache von Amaris Eltern klang für Christina sehr speziell, weil sie ihr völlig fremd war. Außerdem gestikulierten alle wild mit Händen und Füßen, um das Gesagte zu unterstreichen. Kurzerhand überließ sie Mojo die Führung, denn es entging ihr nicht, dass Amaris Eltern sowieso nur auf ihn hörten und sie wie Luft behandelten. *So etwas ist mir noch nie passiert! Man könnte meinen, ich sei unsichtbar.*

Aber wenigstens wurde sie dieses Mal nicht gleich wieder aus der Wohnung geworfen, so wie beim ersten Besuch. Allmählich entspannte sich die Situation. Endlich gaben die Eltern das Versprechen ab, noch einmal über die Verheiratung ihrer Tochter nachzudenken, signalisierten aber auch, dass ihnen die somalischen Traditionen schon sehr wichtig seien und Andersdenkende diese zu respektieren hätten. Die zwei älteren Töchter seien schließlich auch verheiratet worden und hätten dabei sogar besonders gut abgeschnitten.

Christina war von Natur aus ein toleranter Mensch. Trotzdem schüttelte sie innerlich den Kopf. Ihr war aber auch klar, dass sie bei der Familie mit zu viel Druck nichts erreichen würde. Auf Menschen Druck auszuüben war sowieso nicht ihr Ding. Sie suchte immer das Gespräch, zeigte Verständnis und überlegte, wie sie konstruktiv mit den Leuten zusammenarbeiten konnte.

Für Mojos Unterstützung war sie jetzt sehr dankbar. Er lebte schon lange in der Schweiz, war weltoffen und hinterfragte auch die Gebräuche aus seinem Heimatland. Selbst als Mann verabscheute er Zwangsverheiratungen. Amaris Eltern gegenüber wurde er deshalb auch sehr deutlich und ließ sie wissen, dass solche Verheiratungen für ihn persönlich ein Verbrechen seien. So etwas war in seinen Augen einfach menschenunwürdig.

Nach dem zweistündigen Gespräch verabschiedeten sich alle einigermaßen freundlich voneinander. Beim Gehen flüsterte Christina Amari noch unauffällig zu:

»Wenn es Probleme gibt, weißt du ja, wo du mich findest. Hier ist noch meine Handynummer«, murmelte sie und steckte Amari eine Notiz zu. »Die Kirche steht immer für dich offen«, sagte sie leise. »Mir ist wichtig, dass du das weißt.«

Amari nickte und lächelte zaghaft. »Danke«, erwiderte sie kaum hörbar und steckte den Zettel schnell in ihre Hosentasche.

Einigermaßen beruhigt fuhr Christina wenig später den Berg hoch. Sie freute sich, denn Ramona würde gleich zum Spaghetti-Essen zu ihr kommen. Ramona hatte extra organisiert, dass Lisbeth und Erika für zwei Stunden das Bistro hüteten. Man sah die beiden nun immer öfters in vertrautem Umgang miteinander. Sie hatten sich offensichtlich viel zu erzählen und viel nachzuholen.

Die beiden Damen genossen es zudem, Ramona im Bistro zu entlasten und die Gäste zu verwöhnen. Ramona nahm daher ihre Hilfe gerne an und freute sich, den Mittag mit Christina verbringen zu können.

Bester Laune bahnte Ramona sich ihren Weg durch den Schnee, direkt aufs Pfarrhaus zu. Ihr Blick schweifte zum Briefkasten, denn ein Umschlag ragte aus dem Briefkastenschlitz. Da Ramona im Vorbeigehen schon öfter Christina die Post mit ins Haus gebracht hatte, zog sie auch dieses Kuvert wie selbstverständlich aus dem Briefkastenspalt.

Augenblicklich gruben sich tiefe Furchen in Ramonas Stirn. Diese Postsendung sah eigenartig aus. Der Briefumschlag war nicht zugeklebt, und der Inhalt steckte nur lose im Umschlag und schaute zur Hälfte heraus.

Ramona zog die Blätter aus dem Kuvert und warf beiläufig einen Blick auf das erste Schreiben. Dann hielt sie in ihrer Bewegung inne.

Normalerweise war es nicht Ramonas Art, in der Post anderer Leute herumzuschnüffeln, schon gar nicht in der ihrer Liebsten. Aber da stand eine seltsame Überschrift, nämlich: »Du bist ein Unmensch.«

Dieser Satz trieb Ramona dazu, den ganzen Inhalt zu lesen. »Denkst du, nur weil du Pfarrerin bist, kannst du mit jeder Frau machen, was du willst? Du hast mir Schreckliches angetan. Da nützt auch deine billige Entschuldigung nichts. Am Donnerstag bist du ohne Skrupel wieder über mich hergefallen, obwohl ich dir mehrmals gesagt habe, dass ich das nicht will. Ich überlege mir ernsthaft, dich anzuzeigen. Ein Schuldeingeständnis von dir habe ich ja bereits. Zur Erinnerung lege ich dein Entschuldigungsschreiben von damals bei - in Kopie. Du kannst es dir übrigens in die Haare schmieren.«

Auf dem Blatt war mit Filzstift ein schwarzes Kreuz aufgemalt. Darunter stand: »Ich hoffe, dass du dafür in der Hölle schmoren wirst, denn für so etwas kann der liebe Gott ganz sicher kein Verständnis haben. Du bist für die Kirchengemeinde nicht mehr tragbar! Ich melde mich wieder, aber ich denke nicht, dass ich dich mit einem blauen Auge davonkommen lasse. Zu schlimm ist das, was du mir angetan hast.«

Ramona wurde es ganz anders. Sie rieb sich die Augen und überflog die soeben gelesenen Zeilen nochmals. Dann warf sie einen verwirrten Blick auf das zweite Blatt. »Bitte entschuldige«, stand dort. »Ich habe einen großen Fehler gemacht. Ich hätte dir niemals so nahekommen dürfen. Ich habe dich gegen deinen Willen angefasst. Die Angelegenheit tut mir heute zutiefst leid. Das hätte nie passieren dürfen. Ich weiß nicht, warum ich das getan habe, was in mich gefahren ist. Bitte, wenn du mir nicht verzeihen kannst, können wir die Sache vielleicht anderweitig regeln. Ohne großes Aufsehen und einvernehmlich. Mir wäre sehr daran gelegen, dass niemand davon erfährt. Gern erwarte ich deinen Vorschlag. Christina Gerber.«

Wie konnte das sein? Ramonas Hände zitterten. Was um Himmels willen war hier vorgefallen? Wann war das gewesen? Und was war am Donnerstagabend geschehen? Christina sollte sich an einer Frau vergriffen haben? Zum wiederholten Male? Kreidebleich ließ sich Ramona auf die Sitzbank vor dem Haus nieder und schloss wie betäubt die Augen. Erinnerungen stiegen in ihr auf, die sie längst bewältigt geglaubt hatte. Auch sie war einmal Opfer sexueller Nötigung geworden. Die Scham, die Schande, die damit einhergegangen waren, brannten wieder in ihr. Sie hatte so sehr das Bedürfnis verspürt, sich alles von der Seele zu reden. Aber wie lange hatte es damals gebraucht, bis ihr irgendjemand überhaupt glaubte?

Da öffnete sich schwungvoll die Tür.

»Ramona«, rief Christina mit fröhlicher Stimme, »ich hab dich schon kommen sehen. Warum kommst du nicht rein? Die Spaghetti sind fast fertig. Wir können gleich essen.« Abrupt hielt sie inne. Binnen Sekunden wurde ihr heiß und kalt. »Ist … ist irgendetwas passiert? Du bist ja völlig erstarrt«, stotterte sie.

Ramona stand auf und blitzte Christina an. »Ist das deine Unterschrift?«, fauchte sie. Wild fuchtelte sie mit dem Papier vor Christinas Nase herum. »Beantworte bitte meine Frage«, sagte sie aufgebracht und begann, am ganzen Körper zu zittern.

Nichts ahnend nickte Christina und lächelte. »Ja klar ist das meine Unterschrift.« Sie runzelte die Stirn. »Aber Schatz, was soll denn die Frage?«, meinte sie nun irritiert. Verunsichert schaute sie Ramona an. »Worum ... geht's denn überhaupt?«, stotterte sie, da Ramonas Miene eisig wurde. »So rede doch mit mir. Was ist los?«

Ramona drückte Christina die Post in die Hand. »Lies selbst!«, zischte sie. »Von wegen Kirchenratssitzung. Eine schöne Sitzung muss das gewesen sein«, rief sie, während ihr Tränen in die Augen sprangen.

Mit zittrigen Händen begann Christina zu lesen. Ihre Gesichtsfarbe wurde immer blasser. Mit tausend Fragezeichen starrte sie schließlich Ramona an. »Ich habe keine Ahnung, was das zu bedeuten hat«, beteuerte sie. Sie schloss kurz die Augen. »Ich verstehe nur noch Bahnhof. Ich weiß nicht ...« Sie verstummte.

»Handelt es sich auf dem Entschuldigungsschreiben um deine Unterschrift? Ja oder nein?«, fragte Ramona angriffslustig.

»Ja ... doch. Aber ich kann mir das beim besten Willen nicht erklären.« Beschwörend warf Christina die Hände in die Luft. »Bitte, so glaube mir doch. Ich habe nichts Derartiges getan.«

Ramonas Augen funkelten Christina wild an. »Wenn

du tatsächlich bei der Kirchenratssitzung warst, lässt sich das ja leicht beweisen«, sagte sie gereizt.

Oh Gott! Das darf doch alles nicht wahr sein. »Kirchenratssitzung ist ein dehnbarer Begriff«, stammelte sie. Dann schaute sie beschämt zu Boden. »Was am Donnerstagabend besprochen wurde, unterliegt der Schweigepflicht«, versuchte sie, irgendwie ihren Kopf aus der Schlinge zu ziehen.

Aber Ramona bemerkte sofort, dass Christina versuchte, koste es, was es wolle, sich aus der vertrackten Situation herauszureden. »Verkauf mich nicht für blöd«, herrschte sie ihre Lebensgefährtin an. »Donnerstagabend war also gar keine Kirchenratssitzung, oder?«, stellte sie fest, nachdem sie für sich eins und eins zusammengezählt hatte. Sie fuhr sich über die Stirn. »Du hast mich angelogen«, schluchzte sie und schluckte. Tränen rannen ihr über die Wangen. »Ich will jetzt allein sein.« Mit hängendem Kopf ging sie davon.

Christina eilte Ramona hinterher und hielt sie am Arm zurück. »Bitte, mein Schatz ...«

Doch noch ehe Christina weitersprechen konnte, riss sich Ramona los. »Komm mir jetzt bloß nicht mit *mein Schatz*«, knurrte sie und warf Christina einen bitterbösen Blick zu. »Lass mich einfach in Frieden. Ich gehe nach Hause. Und ich will dich heute nicht mehr sehen.« Dann rannte sie davon, als ginge es um ihr Leben.

Wie vom Donner gerührt blieb Christina stehen. Sie musste sich an der Hausmauer abstützen, damit sie nicht umfiel. Hitzewellen, Übelkeit und Schwindel mischten sich miteinander und ließen sie fast zu Boden sinken.

Christinas Hände tasteten sich langsam nach hinten, dann ließ sie sich schwer auf das Mäuerchen fallen. *Verdammt ... was hat das denn jetzt wieder zu bedeuten?* Sie schaute zum Himmel hoch und verschränkte die Hände zum Gebet. »Herr, entschuldige mein Fluchen. Ich weiß, das gehört sich nicht«, murmelte sie und knetete ihre Hände. *Aber was soll das alles bedeuten? Wozu diese Prüfungen?* Mit feuchten Augen starrte sie in die Ferne. *Ramona ... liebe Ramona. Bitte beruhige dich wieder! Ich habe doch nichts getan. Jedenfalls nicht das, was mir da vorgeworfen wird. Ich habe niemanden genötigt. So etwas würde ich nie im Leben tun.*

Eine halbe Ewigkeit blieb Christina wie ein Häufchen Elend sitzen und starrte vor sich hin. *Ich kann das alles gar nicht glauben - und erst recht nicht verstehen. Wer ist die Frau, die so etwas Ungeheuerliches über mich behauptet? Und warum macht sie so etwas?* Mühsam schleppte sie sich schließlich ins Haus, wo sie sich samt Schuhen aufs Sofa fallen ließ. Aber auch dort drehte sich ihr Gedankenkarussell nonstop weiter. *Das wird sich alles klären lassen. Das Rätsel wird sich lösen, muss sich lösen.* Sie stieß einen schweren Seufzer aus. *Morgen werde ich mit Ramona reden. Morgen ist ein neuer Tag, und dann wird sich alles logisch erklären lassen.*

Kapitel 10

Nach einer zermürbenden Nacht erwachte Christina mit pochenden Kopfschmerzen. *Ramona … Ramona.* Sie tastete nach links. Doch da lag niemand neben ihr. Dann erinnerte sie sich schlagartig an die Ereignisse des vorherigen Tages.

Und alles wegen dieses doofen Missverständnisses! Ich muss sofort mit ihr reden. Sie muss mir einfach zuhören. Ich habe doch nichts Schlimmes getan. Was mich aber am meisten enttäuscht: Weshalb hat sie dieser miesen Briefeschreiberin überhaupt geglaubt? So gut müsste sie mich doch nun wirklich kennen, dass ich nie im Leben so etwas machen würde …

Christina grübelte und grübelte, kam jedoch keinen Schritt weiter. Nebenbei schaute sie auf die Uhr. *Oje, bestimmt ist Ramona schon im Bistro.* Wie von einer Tarantel gestochen sprang sie aus dem Bett und lief ins Bad.

Als Christina das Haus verließ, stolperte sie fast über die auf dem Fußabtreter liegende Zeitung. Suchend schaute sie sich um. Weit und breit war niemand zu sehen. *Warum liegt die Zeitung denn auf einmal vor der Tür? Weshalb steckt sie nicht im Briefkasten wie sonst immer?*, fragte sie sich, während sie die Zeitung aufhob.

Die Schlagzeile auf der ersten Seite gab ihr den Rest. Augenblicklich musste sie sich auf die Bank vor der Haustür hinsetzen. Ihr war unsagbar schwindelig und sie kippte fast aus den Schuhen. Nach einigen gezielten Atemübungen las sie schließlich, was da geschrieben stand. Der Titel allein war bereits die reinste Katastrophe: »Lesbische Pfarrerin vergeht sich weiter an Frauen! Wie auch schon an ihrem früheren Arbeits- und Wohnort.« Weiter stand da, dass Christina mehrmals einer Frau an ihrem damaligen Wohnort aufgelauert und sie sexuell genötigt habe. Als sie nicht bekam, was sie wollte, hätte sie sie schließlich sogar vergewaltigt. Dies alles sollte sich im März vor zwei Jahren abgespielt haben.

Dies sei nebst der freizügigen Lebenseinstellung von Christina einer der Hauptgründe gewesen, weshalb sie damals ihre Tätigkeit als Pfarrerin aufgeben musste und weggezogen sei.

In der Umgebung ihres jetzigen Arbeitsverhältnisses stünden ähnliche Anschuldigungen im Raum, hieß es in dem Artikel weiter. Der Redaktion der Zeitung liege eine sichere Quelle vor.

Christina fühlte sich ohnmächtig und wie erschlagen. *Was für ungeheuerliche Behauptungen! Wo kommen denn diese Gerüchte her? Wer ist für diese Rufmordkampagne verantwortlich?* Das alles hatte innerhalb kürzester Zeit ein solches Ausmaß angenommen, das Christina es nicht mehr unter Kontrolle hatte. *Mein Ruf wird hier gerade aufs Grausamste ruiniert. Ich weiß bald nicht mehr, wo mir der Kopf steht.*

Mühsam schleppte sie sich zum Auto. *Ramona, Ramona. Oje! Im Bistro liegen Zeitungen aus. Hoffentlich hast du das noch nicht gelesen!*

Leider sollte es bei dem frommen Wunsch bleiben. Ramona schlug sich entsetzt die Hand vor den Mund, als sie den Artikel las.

Lisbeth und Erika, die gerade zusammen das Bistro betraten, merkten natürlich sofort, dass mit Ramona etwas nicht stimmte, und eilten zu ihr hinter den Tresen.

Links und rechts von Ramona postiert, lasen sie mit immer größer werdenden Augen, was in der Zeitung über Christina geschrieben stand.

Ramona nahm die Zeitung und schmiss sie erbost auf den Boden. »Ich weiß nicht, ob ich jetzt weinen oder schreien soll. Am besten beides zusammen«, sagte sie, aber mit einigermaßen gedämpfter Stimme, damit nicht gleich sämtliche Gäste ihren Gemütszustand eins zu eins mitbekamen. Sie zog es vor, in die Küche zu verschwinden, wo sie ihren Gefühlen freien Lauf ließ und heftig zu schluchzen begann.

Lisbeth und Erika erkannten den Ernst der Lage sofort. Sie warfen sich ein paar vielsagende Blicke zu und sprachen sich kurz ab. Erika kümmerte sich um den Bistrobetrieb, während Lisbeth zu Ramona in die Küche ging und sich ihrer annahm.

Inzwischen hatte Ramona auf einem Stuhl Platz genommen und hielt ihr Gesicht hinter den Händen versteckt. Wie ein Wasserfall rannen ihr die Tränen über die Wangen, sie schien völlig aufgelöst.

Lisbeth legte eine Hand auf Ramonas Schulter. »Ich verstehe, dass du komplett durch den Wind bist, Ramona. Aber glaubst du denn wirklich, dass Christina so etwas getan hat? So etwas Furchtbares?«, fragte sie kaum hörbar.

Mit verweinten Augen schaute Ramona zu Lisbeth hoch. »Ich habe keine Ahnung, was stimmt und was nicht«, murmelte sie undeutlich. »Ich bin bei solchen Angelegenheiten immer ziemlich misstrauisch. Und außerdem war Christina wegen der Kirchenratssitzung nicht ehrlich zu mir«, sagte sie trotzig. »Sie verheimlicht mir etwas. Das spüre ich ganz genau!«

Lisbeth hob beschwichtigend die Hände. »Oje! Das scheint mir ein schwieriger Fall zu sein«, stöhnte sie und wollte sich bereits neben Ramona hinsetzen. Doch just in diesem Moment schnellte Ramona vom ihrem Stuhl hoch, griff nach ihrer Handtasche und der Jacke. »Ich muss hier raus. Ich brauche dringend frische Luft, sonst drehe ich noch durch«, sagte sie und wollte die Küche verlassen.

»Ramona, so bleib doch hier«, bat Lisbeth und hielt Ramona am Arm fest. »Renn jetzt nicht davon. Das bringt doch nichts.«

»Ich weiß nicht mehr, wo mir der Kopf steht«, bekannte Ramona und rieb sich die schmerzende Schläfe. »Was, wenn an der Geschichte etwas Wahres dran ist und der Artikel womöglich stimmt?«, fragte sie und schaute Lisbeth mit tränenverschleierten Augen an. »Christina hat von Anfang an so ein Wahnsinnsgeheimnis um ihre Vergangenheit gemacht«, erklärte sie, während ihr die Tränen erneut über die Wangen liefen. »Was, wenn nur ein Bruchteil davon wahr ist?«, murmelte sie verzweifelt.

In diesem Moment streckte Erika den Kopf zur Küche herein. »Ich kann mir gar nicht vorstellen, dass Christina so etwas Schreckliches getan haben soll.« Sie schüttelte den Kopf. »Nein«, sagte sie entschieden, »das ist doch erstunken und erlogen.«

Schulterzuckend schauten sich Lisbeth und Erika an. Erika verdrehte die Augen, schob die Tür wieder zu und kümmerte sich weiter um die Gäste.

Es machte klingeling, soeben war jemand zur Eingangstür hereingekommen. Das Bistro wurde von Christina regelrecht gestürmt. Ihre Augen suchten den Raum nach Ramona ab, entdeckten sie aber nirgends. Allmählich wurde Christina bewusst, dass die Blicke sämtlicher Gäste neugierig auf sie gerichtet waren. Ein paar Leute starrten sie regelrecht an, während andere sich hinter der Zeitung verschanzten oder dringend auf die Toilette mussten.

Die wissen alle Bescheid, wurde Christina schlagartig klar. *Alle haben diese Schlagzeile und die ungeheuerlichen Behauptungen gelesen. Was für ein Desaster! Die reinste Katastrophe!* Sie musste sich am Tresen festhalten, um nicht umzukippen.

Ramona bekam in der Küche mit, dass sich draußen im Bistro etwas abspielte. Einen Spalt weit öffnete sie die Schiebetür und schaute vorsichtig in den großen Raum.

Christinas und Ramonas Blicke begegneten sich. Beide starrten sich entsetzt und mit Tränen in den Augen an, blieben jedoch wie angewurzelt stehen.

Als sich Christina endlich aus ihrer Schockstarre löste und zu Ramona in die Küche gehen wollte, bimmelte die Türklingel erneut.

Eine Frau kam hereingelaufen, die noch niemand von ihnen zuvor gesehen hatte. Aus ihren Augen sprühten der Pfarrerin glühende Funken entgegen. »Du Unmensch, du Monster!«, schrie die Unbekannte Christina wie eine

Furie an. »Weißt du eigentlich, was du mir angetan hast? Meinst du, nur weil du einen Vertrag mit dem da oben hast, kannst du dir hier unten alles erlauben?« Sie knallte Christina die Zeitung, deren Inhalt die Pfarrerin längst kannte, vor die Füße. »Und deine Entschuldigung von neulich ist wirklich das Allerletzte. Ein paar bedeutungslose Floskeln. Mehr nicht. Völlig gefühlskalt und ohne Anteilnahme.«

Christina war völlig perplex und wusste überhaupt nicht mehr, wo oben und unten war. Die Situation überrumpelte sie komplett. Ramona starrte sie nun noch entsetzter an als vorher. Offensichtlich war ihr nichts von dem Szenario entgangen.

»Das ist ja ein gottverdammter Horror!«, schrie Ramona, stürmte aus der Küche heraus und blieb aufgelöst vor Christina stehen. Blanke Wut war in ihrem Gesicht zu lesen.

Christina schaute kurz zu den Gästen und schlug gleich mehrere Kreuze. Sie blickte gen Himmel. *Bitte verzeih, Herr. Aber manchmal gibt es Situationen, da möchte auch ich am liebsten nur noch fluchen«, dachte sie.*

Ramona begann, am ganzen Körper zu zittern.

Christina wollte sie in die Arme nehmen, doch die andere Frau keifte schon wieder los: »Du bist ein Unmensch!«, schrie sie erneut.

»Lassen Sie mich bitte in Ruhe. Ich kenne Sie doch gar nicht«, entgegnete Christina unwirsch und wollte sich um Ramona kümmern.

Doch ihre Freundin hatte die Flucht ergriffen. Christina sah gerade noch, wie sie in ihr Auto stieg. Christina riss die Tür auf und rannte hinaus. Leider ein paar Sekunden zu spät. Ramona fuhr bereits mit aufheulendem Motor davon.

Christina griff in ihre Jackentasche und tastete nach dem Autoschlüssel. *Ich muss zu Ramona. Sofort.* Als sie gerade ihre Autotür öffnen wollte, wurde sie energisch am Arm festgehalten. Die Fremde stand wieder vor ihr.

»Gib es wenigstens zu! Gib es vor all den Leuten zu! Wenn nicht, werde ich dich anzeigen«, schrie sie mit sich überschlagender Stimme und funkelte Christina vernichtend an.

Christina hielt sich an der Autotür fest. In die Ecke gedrängt sah sie sich nach links und rechts um und beobachtete, wie die Menschen um sie herum immer mehr und mehr wurden und näherkamen. Eine richtige Menschenansammlung in diesem kleinen, sonst so überschaubaren Bergdorf. Es kam ihr vor, als würde sie von unendlich vielen Augenpaaren angestarrt, die ihr plötzlich richtig Angst machten. *Ich kann nicht mehr. Was für ein Albtraum!* Sie wollte sich gerade hinters Lenkrad setzen, als Erika wie aus dem Nichts auftauchte und ihr ruckartig den Autoschlüssel aus der Hand riss.

Mit festem Blick schaute Erika Christina in die Augen. »In diesem Zustand fährst du mir keinen Meter.« Nun schaute sie Christina mitfühlend an. »Du musst dich erst beruhigen.« Sie stieß einen Seufzer aus. »So wie Ramona auch.«

Die Schaulustigen bildeten einen Kreis um sie. Am liebsten hätte sich Christina in Luft aufgelöst oder wäre im Erdboden versunken. Sie rannte zwischen den Leuten durch, auf und davon, einfach weg von diesem schmachvollen Ort.

Kurz hörte sie noch, wie die Menschen zu tuscheln begannen, und sie fühlte, wie sie ihr hinterherstarrten. Doch Christina rannte weiter und weiter, fast so, als würde sie um ihr Leben rennen.

Ziellos irrte sie lange Zeit in der Gegend herum. Irgendwann stand sie vor Ramonas Chalet. Völlig außer Atem klingelte sie. Keine Reaktion. Dann hämmerte sie mit den Fäusten gegen die Tür. »Ramona, mach auf! Ich hab doch nichts getan!«, rief sie und sackte in sich zusammen. Völlig am Ende kauerte sie vor der Tür, senkte den Kopf und umschlang mit den Armen die Knie.

Nach endloser Zeit ging in der oberen Etage ein Fenster auf. Eine völlig erschütterte und tränenverschmierte Ramona schaute nach unten. »Bitte, Christina, geh nach Hause«, sagte sie resigniert. »Ich brauche Ruhe. Und du auch, so wie du aussiehst. Ich kann heute echt nicht mehr. Mir rauscht nur noch der Kopf. Und klar denken ist bei mir im Moment Fehlanzeige«, sagte sie tonlos. »Ich versuche ja, dir zu glauben, aber so leicht kann ich nicht über meinen Schatten springen. In den letzten vierundzwanzig Stunden hat sich einfach zu viel ereignet. Gib mir Zeit zum Nachdenken.« Sie schloss das Fenster, ohne Christinas Reaktion abzuwarten.

Noch einen langen Moment blieb Christina fassungslos vor der Tür sitzen. Dann erhob sie sich mit letzter Kraft und schleppte sich irgendwie nach Hause. Die Zeit zog einfach an ihr vorbei. Mechanisch fütterte sie die Kätzchen. *Was geschieht eigentlich gerade in meinem*

Leben?, fragte sie sich immer und immer wieder. Dann faltete sie die Hände zum Gebet. »Herr, wenn du mich hörst, dann hilf mir bitte!«, flehte sie inständig und umarmte alle Kätzchen gleichzeitig.

Kapitel 11

Am darauffolgenden Morgen erwachte Christina völlig gerädert.

Ramona lag nun schon die zweite Nacht nicht neben ihr und sie fehlte ihr ganz fürchterlich. Diese elendige Funkstille traf Christina mitten ins Herz und ließ sie beinahe verzweifeln. Auch ihr Gedankenkarussell lief weiterhin auf Hochtouren. *Ich muss unbedingt herausfinden, wer mir da so übel mitspielt. Und ich muss Ramona alles plausibel erklären, sodass sie es verstehen kann und mir hoffentlich glaubt. Es kann doch nicht sein, dass ich Ramona wegen einer völlig an den Haaren herbeigezogenen Sache verliere! Sie müsste mich doch eigentlich gut genug kennen, um zu wissen, dass an dieser Geschichte nichts dran ist.*

Um das lähmende Gefühl der Ohnmacht abzuschütteln, stellte sie sich unter die kalte Dusche. »Brrrr!«, schrie sie und erlitt fast einen Herzstillstand. Nach Luft ringend stellte sie den Wasserstrahl nun doch etwas wärmer ein.

Frisch geduscht schaute sie sich kritisch im Spiegel an. *Und jetzt werde ich herausfinden, was für ein mieses, abgekartetes Spiel hier gespielt wird.* Entschlossen straffte sie sich.

Um der Wahrheit auf die Spur zu kommen, traf sie am späteren Vormittag bei der Zeitungsredaktion ein. *Von irgendwoher muss die Redaktion diese Fehlinformationen ja herhaben.*

Freundlich stellte sie sich der Empfangsdame vor und

versuchte, Näheres zu erfahren. Doch ihr Gegenüber rollte nur genervt die Augen. »Hören Sie«, sagte sie von oben herab und musterte Christina arrogant, »von mir werden Sie ganz bestimmt nichts erfahren.« Sie grinste anzüglich und schüttelte unnachgiebig den Kopf. »Ich kann Ihnen aber versichern, dass wir über eindeutige Beweise verfügen.« Sie hob die Augenbrauen. »Wir berichten nur Fakten. Recherchierte Fakten. Unsere Quelle ist topzuverlässig«, behauptete sie und deutete Christina mit der Hand den Weg zum Ausgang. »Eine lesbische Pfarrerin«, murmelte sie. »Ich weiß wirklich nicht, was sich der liebe Gott dabei gedacht hat.« Ein weiterer vernichtender Blick traf Christina.

Blöde Tussi. Deinen Kommentar kannst du dir echt sparen. In Christina kochte der Zorn hoch, aber sie riss sich zusammen und marschierte in Richtung Ausgangstür. *Bloß nicht die Nerven verlieren.* Doch das war leichter gedacht als getan. Sie spürte, wie in ihr langsam, aber sicher ein Tornado zu wüten begann. Noch ehe sie die Tür erreichte, machte sie eine Kehrtwende, ging zügigen Schrittes an der zickigen Empfangsdame vorbei und riss die erstbeste Bürotür auf.

»Um Himmels willen«, schrie sie und schlug rasch ein Kreuz vor Gesicht und Brust. Mit einem Knall zog sie die Tür wieder zu. »Eine schöne Redaktion seid ihr hier«, sagte sie zu der Empfangsdame. »Vielleicht sollte ich auch mal eine Story schreiben. Zum Beispiel darüber, was hier während der Arbeitszeit getrieben wird. Und wie tiefschürfend hier ‚recherchiert‘ wird, nämlich zwischen den Beinen der Sekretärin«, sagte sie. »Nur zu

Ihrer Information, da drinnen vergnügen sich gerade zwei miteinander.« Hoch erhobenen Kopfes strebte sie nun wirklich dem Ausgang zu.

Aus dem Augenwinkel heraus sah sie, wie die Empfangsdame vom Stuhl hochsprang, besagte Tür aufriss und erstarrte. »Max was tust du denn hier?«, ertönte ihre Stimme schrill. Und noch dazu mit dieser doofen Ziege, dieser Barbiepuppe. Wir beide sind doch ein Paar«, schrie sie in einer Lautstärke, dass nun wohl oder übel das ganze Haus Bescheid wusste. »Du Hurensohn!«

Die Empfangsdame rauschte schluchzend an Christina vorbei.

Diesen Gang hätte ich mir sparen können, dachte Christina. *Offenbar haben sich alle gegen mich verschworen.*

Ziellos irrte sie durch die Straßen und bekam kaum mit, was sich um sie herum abspielte. *Warum muss in meinem Leben gerade alles aus den Fugen geraten? Kann es wirklich sein, dass mich jemand dermaßen auf dem Kieker hat?*

»So warte doch mal!«, erklang es plötzlich.

Wie aus dem Nichts trat Amari vor Christina hin und versperrte ihr den Weg. »Christina, schön dich zu sehen«, sagte sie mit ihrer melodiösen Stimme und umarmte sie überschwänglich. Ihre rehbraunen Augen strahlten.

In Christinas Gesicht schlich sich ein verhaltenes Lächeln. Widerstandslos ließ sie sich von Amari drücken, bis sie fast keine Luft mehr bekam.

Nach einer geraumen Weile löste sich das Mädchen von Christina. »Ich glaube kein Wort von dem, was da in der Zeitung über dich steht«, verkündete sie und schaute Christina mitfühlend an.

Christina schloss peinlich berührt die Augen. »Na toll. Du weißt also auch schon Bescheid«, seufzte sie und verzog gequält das Gesicht. »Dann gehörst du wohl zu den wenigen Menschen, die mich nicht verdammen«, murmelte sie und wischte sich über die Augen. »Dafür danke ich dir.«

Amari hakte sich bei Christina unter. Gemeinsam spazierten sie weiter durch die Gassen. »Du bist so ein lieber Mensch. Du kannst doch keiner Fliege was zuleide tun«, sagte Amari mit sanfter Stimme. »Das ist voll gemein, was da mit dir passiert.«

Christina lachte hohl auf. »Leider sehen das nicht alle so«, seufzte sie, blieb stehen und schaute Amari in die Augen. »Mein Ruf ist jedenfalls ruiniert. Egal, ob etwas Wahres an der Geschichte dran ist oder nicht. Selbst wenn sich das alles als Irrtum herausstellen sollte, ein fader Beigeschmack wird immer bleiben.« Niedergeschlagen ließ sie den Kopf hängen.

»Du Arme, kann ich irgendetwas für dich tun?«, fragte Amari mitfühlend.

Resigniert schüttelte Christina den Kopf. »Ich wüsste nicht, was. Wird schon wieder werden«, sagte sie wenig zuversichtlich. Dann besann sie sich. »Aber wie geht's denn dir? Und wie läuft's mit deinen Eltern?«

»Mir geht's richtig gut«, antwortete Amari strahlend. »Meine Eltern treffen sich jetzt immer häufiger mit Mojo, du weißt schon, dem Dolmetscher. Sie haben sich mit ihm angefreundet«, erklärte sie erfreut. »Und wir werden dieses Jahr nicht nach Somalia reisen.« Ihre Augen leuchteten. »Das Thema ist zwar noch nicht ganz vom

Tisch, aber meine Eltern sind zum Glück nicht mehr so uneinsichtig wie vorher.« Ein Blick auf ihre Armbanduhr ließ sie aufschrecken. »Die Schule fängt gleich an! Ich muss mich beeilen.« Schnell, aber herzlich verabschiedete sie sich von Christina und verschwand rennend um die nächste Ecke.

Zu Hause sah Christina, dass ihr Anrufbeantworter blinkte. *Ramona, hast du angerufen?* Mit verhaltener Hoffnung drückte sie eine Taste auf dem Gerät und spitzte die Ohren.

Nachdem sie die Nachricht abgehört hatte, ließ sie sich erschöpft aufs Sofa fallen. Ihr Chef, Peter Zwahlen von der Anstellungsbehörde in Bern, hatte ihr aufs Band gesprochen. Christina hatte ihn bis dato erst zweimal gesehen, nämlich beim Bewerbungsgespräch und bei der anschließenden Vertragsunterzeichnung. Direkt hatte sie normalerweise nichts mit ihm zu tun. Zwahlen wusste über Christinas Lebensumstände Bescheid und hatte sich bislang nie negativ darüber geäußert.

Aber die momentane Situation schien ihm nun doch zu turbulent zu werden. Jedenfalls bat er Christina, am nächsten Tag bei ihm vorbeizuschauen. Er müsse etwas Wichtiges mit ihr besprechen.

Christina holte die Kätzchen zu sich aufs Sofa und kraulte sie ausgiebig. *Jeder will auf einmal etwas von mir. Da wurde eine fürchterliche Lügen-Lawine losgetreten.* Sie warf einen Blick aufs Handy. *Ramona, bitte melde dich endlich bei mir. Ich fühle mich so unglaublich isoliert. Dabei habe ich gar nichts Böses getan.*

Da sie Ramona aber nicht bedrängen wollte, entschied

sie sich schweren Herzens, darauf zu verzichten, bei ihr vorbeizuschauen oder sie anzurufen. Das Letzte, was sie wollte, war, Ramona unter Druck zu setzen. Sie versuchte, einen klaren Kopf zu bekommen, was ihr allerdings überhaupt nicht gelingen wollte.

Kapitel 12

Auch in dieser Nacht tat Christina kaum ein Auge zu, sondern studierte pausenlos an ihrer verflixten Gesamtsituation herum.

Ramona ließ nichts von sich hören. Jedes Mal, wenn Christina einen Blick aufs Handy warf, schrie ihr Herz empfindlich auf, wenn sie wieder keine Nachricht von Ramona bekommen hatte. Dies raubte ihr immer mehr die Kraft.

Dass sie schon bald bei ihrem Chef antraben musste, machte die Sache nicht besser. Seine auf dem Anrufbeantworter verewigte Stimme verhieß nichts Gutes. Obwohl er ihr nicht mitgeteilt hatte, was er konkret von ihr wollte, verspürte Christina einen dumpfen Druck auf der Brust.

Nur mit großer Anstrengung schaffte sie es, sich aus dem Bett zu kämpfen, sich halbwegs ordentlich anzuziehen, ihre Haare zu entwirren und so ein einigermaßen passables Erscheinungsbild hinzubekommen. Am liebsten hätte sie sich mit den drei Katzen den ganzen Tag im Bett verkrochen.

Auf dem Weg zu ihrem Termin fuhr Christina fast schon gegen ihren Willen zu Ramonas Bistro. Sie verlangsamte die Fahrt und warf einen sehnsüchtigen Blick durchs Fenster ins Innere. Doch von Ramona fehlte jede Spur! Lisbeth und Erika kümmerten sich um die Gäste. *Wo bist du denn, Ramona? Warum meldest du dich nicht bei mir?*

Christina erschrak, als ihr bewusst wurde, dass ihr Auto fast zum Stillstand gekommen war. Schnell drückte sie aufs Gaspedal, fuhr am Bistro vorbei und den Berg hinunter. Während der Autofahrt überschlugen sich ihre Gedanken erneut. *Kann Ramona womöglich wegen der ganzen Sache nicht arbeiten? Ist sie krank? Das würde ich natürlich gut verstehen, schließlich bekomme ich ja selbst kaum mehr was auf die Reihe. Aber ich darf mich jetzt nicht komplett verrückt machen. Das tun im Moment schon andere. Bei meinem Chef muss ich einen souveränen Eindruck hinterlassen.* Sie drückte eine Taste am Autoradio. *Vielleicht war Ramona ja auch nur in der Küche,* versuchte sie, sich selbst zu beschwichtigen. Dabei kam sie der Stadt immer näher. Nun musste sie ihre wirren Gedanken so gut wie möglich in den Hintergrund drängen.

Innerlich bis aufs Äußerste angespannt, saß Christina schließlich Herrn Zwahlen gegenüber, der immer wieder ihr Personaldossier durchblätterte, während es nervös in seinem Gesicht zuckte.

»Ich muss Ihnen ja wohl nicht erklären, worum es geht«, sagte er mit schleppender Stimme und hielt inne. »Dieser Bericht, Sie wissen schon, der in der Zeitung erschienen ist …« Er senkte den Kopf und atmete tief durch. »Für unsere Kirche ist das die reinste Katastrophe.« Vorwurfsvoll schaute er Christina an. »Frau Gerber, wie konnte es nur so weit kommen? Ich erwarte eine Erklärung von Ihnen.«

Christina beharrte auf ihrem Standpunkt. »Nichts von dem, was da drin steht, ist wahr«, antwortete sie und hielt Herrn Zwahlens Blick stand.

Der rümpfte die Nase. »Ihr guter Ruf als Pfarrerin ist auf jeden Fall ruiniert, und der Ruf der Kirche gleich mit«, erklärte er und legte das Dossier zur Seite. »Um die Angelegenheit einigermaßen glimpflich für alle über die Bühne zu bringen, rate ich Ihnen dringend, ihr Amt als Pfarrerin mit sofortiger Wirkung niederzulegen.« Er hob mahnend die Augenbrauen. »Am besten wäre es, Sie zögen weg aus dem Bergdorf«, meinte er und betrachtete eingehend die Tischplatte. »Es tut mir leid, aber ich sehe keine andere Möglichkeit. Nur so kann mit der Zeit Gras über die unschöne Sache wachsen.«

Gierig schnappte Christina ein paar Mal nach Luft. »Aber ich habe doch gar nichts getan«, protestierte sie und starrte Ihren Chef fassungslos an. »Ich soll also gehen? Für etwas büßen, wofür ich gar nichts kann?«, fragte sie ungläubig und konnte das soeben Gehörte noch gar nicht richtig erfassen. »Ich bin völlig unschuldig!«, beteuerte sie abermals.

»Die Wogen müssen sich erst wieder glätten«, sagte Herr Zwahlen und winkte ab. »Glauben Sie mir, es ist das Beste für Sie, wenn Sie die Kirchengemeinde verlassen«, betonte er noch einmal und lächelte dünn.

Christina stand auf und stützte sich an der Schreibtischplatte ab. *Was für einen Chef habe ich da eigentlich? Er lässt mich doch tatsächlich wie eine heiße Kartoffel fallen. Ein bisschen mehr Courage hätte ich ihm schon zugetraut.* Sie ließ die Schultern hängen. *Aber er sitzt am längeren Hebel.* »Das kann doch unmöglich Ihr letztes Wort sein«, versuchte Christina es erneut. Als Zwahlen nicht reagierte, schüttelte sie traurig den Kopf. »Sie lassen mich

also einfach so hängen. Habe ich das richtig verstanden?«
Die Entrüstung stand ihr ins Gesicht geschrieben.

Ihr Vorgesetzter stand nun ebenfalls auf und warf
Christina einen tadelnden Blick zu. »Frau Gerber, Sie
sind an Ihrer Misere doch selber schuld. Seien Sie doch
vernünftig«, sagte er und schlug mit der Handfläche auf
den Tisch. »Ihre Lebensweise entspricht nicht gerade
der Norm, und schon gar nicht der Norm des Christen-
tums.« Er blickte zu Boden. »Und die Gestaltung Ihrer Gottesdienste ist ja auch eher ungewöhnlich.« Sein
Gesicht hatte sich gerötet. »Ich will, dass da oben auf
dem Berg alles wieder in geordneten Bahnen abläuft.
Sie sind ein Paradiesvogel. Und nach dem Zeitungsar-
tikel sind Sie nicht mehr tragbar«, redete er weiter, bis
ihm allmählich die Argumente ausgingen. Er atmete tief
durch. »Wir haben das alles viel zu lange geduldet. Das
hat schon mit Dominik angefangen. Bitte tun Sie uns
allen den Gefallen und gehen Sie.« Mit einer schroffen
Handbewegung zeigte er Christina unmissverständlich
den Weg zum Ausgang.

Christina kam sich vor wie im falschen Film. Hatte sie
das alles gerade richtig verstanden?

»Bitte gehen Sie jetzt. Ich habe noch zu tun«, hörte
Christina die Worte ihres Vorgesetzten in ihren Ohren
hallen. Seine Stimme war so frostig, dass Christina ein
kalter Schauer durch den ganzen Körper fuhr.

Hilflos blickte sie sich um. Einmal mehr musste sie
sich abstützen, um nicht den Halt zu verlieren. »Sie lassen mich also tatsächlich im Stich?«, fragte Christina
nochmals. »Sie ziehen es nicht einmal in Erwägung, dass

ich unschuldig sein könnte«, stellte sie deprimiert fest. »Mir fehlen wirklich die Worte.«

»Was soll das Gerede noch?, begehrte Zwahlen auf. »Der Schaden in der Kirche ist längst angerichtet.« Demonstrativ schaute er auf seine Uhr. »Bitte gehen Sie jetzt. Ich habe noch einen wichtigen Termin«, fuhr er Christina an und hätte sie wohl am liebsten eigenhändig aus seinem Büro befördert.

Christina riss sich zusammen und schaute ihm fest in die Augen. »Ich bin ja schon weg«, sagte sie. »Aber damit Sie eines ganz klar wissen …«, sie machte eine Pause. »Zu keinem Zeitpunkt habe ich eine Frau belästigt, genötigt, geschweige denn vergewaltigt.« Ihre Augen funkelten. »Und das, Herr Zwahlen, ist so sicher wie das Amen in der Kirche.« Damit verließ sie das Büro. Auf dem Heimweg kam sie wieder an Ramonas Bistro vorbei. Dieses Mal konnte sie sehen, wie Ramona gerade zwei Kaffeetassen an einen Tisch brachte. Am liebsten wäre sie sofort aus dem Auto gesprungen, um Ramona in die Arme zu schließen. Natürlich konnte sie das jetzt nicht tun. Sie wollte Ramona nicht bloßstellen, schon gar nicht vor all ihren Gästen. Wieder einmal sandte sie einen Blick nach oben. *Mensch, Herr, wann wird sich das Blatt endlich wieder zum Guten wenden?*

So sehr sie sich auch bemühte, sie schaffte es einfach nicht, gar nichts zu tun und nur abzuwarten. Sie fuhr rechts ran, öffnete ihre Tasche und griff nach dem Mobiltelefon. Nun schrieb sie eine Kurzmitteilung: »Meine geliebte Ramona, wann können wir in Ruhe miteinander reden? Bitte hör mir wenigstens einmal zu. Nur ein einziges Mal. Ich habe dir so viel zu sagen. Ich liebe dich über alles. Deine Christina.«

Erschöpft lehnte sie sich im Fahrersitz nach hinten. Es dauerte nicht lange und ihr Handy gab einen Piepton von sich. Eine SMS von Ramona! Christina spürte Angst, Unsicherheit, aber auch Hoffnung in sich. Mit zittrigen Fingern drückte sie ein paar Tasten und las die Mitteilung. »Hallo Christina, bitte lass mir noch etwas Zeit. Ich melde mich bald bei dir. Versprochen. Lieber Gruß, Ramona.«

Christina las die Kurzmitteilung mehrmals und musste schwer schlucken. *Kühl und distanziert hat mir Ramona geschrieben. Noch nie habe ich eine solche SMS von ihr bekommen,* dachte sie traurig.

Sie warf das Mobiltelefon auf den Beifahrersitz und haute verzweifelt mit der Handfläche aufs Lenkrad. *Mist! Das hat nichts Gutes zu bedeuten.*

Minutenlang starrte sie zur Frontscheibe hinaus und überlegte, was sie zurückschreiben sollte. Schließlich tippte sie Folgendes ins Handy: »Mein Schatz, ich vermisse dich so sehr. Und ich warte sehnsüchtig auf dich. Aber ich habe Verständnis und will dich nicht bedrängen.« Den letzten Satz so zu schreiben widerstrebte ihr zwar, aber es musste sein. Auch, wenn das vielleicht bedeuten könnte, dass sie noch tagelang auf eine Aussprache mit Ramona warten musste. *Hoffentlich hat der liebe Gott ein Einsehen!*

So gut es ging erledigte Christina am Nachmittag ihre Post und beantwortete ein paar E-Mails. Einmal mehr fiel sie schon am frühen Abend völlig erschöpft ins Bett.

Die Kätzchen lagen natürlich neben ihr und freuten sich über die Streicheleinheiten.

Christina wollte gerade das Licht löschen, als es unten an der Haustür klingelte.

Sie erschrak und sprang reflexartig aus dem Bett. *Ramona, bist du es?* Sie rannte ins Bad und warf einen prüfenden Blick in den Spiegel. *Egal, wie ich aussehe. Das ist wirklich nebensächlich,* redete sie sich gut zu und hechtete die Treppe hinunter. Voller Elan riss sie die Tür auf. Die Worte blieben ihr im Hals stecken, als sie erkannte, wer da vor der Tür stand.

In Sekundenschnelle schlug Christinas Vorfreude in Gereiztheit um. »Du?« Sie verstummte. Gequält schloss sie die Augen. *Nein, das glaube ich jetzt nicht! Ich sehe Gespenster.* Sie öffnete die Augen wieder. Doch ihr Gegenüber stand immer noch in voller Größe vor ihr.

»Lea … du? Was um alles in der Welt willst du hier?«, fragte sie genervt, während sich ein misstrauischer Ausdruck auf ihrem Gesicht abzeichnete. »Was willst du denn noch von mir?«

»Oh, deine Freude scheint sich ja in Grenzen zu halten«, meinte Lea mit zusammengekniffenen Lippen und wollte sich unaufgefordert Zutritt ins Pfarrhaus verschaffen.

Doch Christina versperrte ihr den Weg.

»Aber, aber«, meinte Lea honigsüß und lächelte Christina dreist ins Gesicht. »Ich habe dich vermisst.« Sie verzog die Mundwinkel. »Es war der größte Fehler meines Lebens, dich zu verlassen«, sagte sie mit einschmeichelnder Stimme und schaute Christina mit einem verführerischen Augenaufschlag an. »Aber machen wir nicht alle Fehler, Frau Pfarrerin?«, säuselte sie. »Und sollten wir nicht alle von Zeit zu Zeit vergeben?«

Christina wurde es fast schlecht, als sie das hörte. Ihr Gesichtsausdruck fror ein. Einen langen Moment starrte sie Lea sprachlos an. *Lea hat mir jetzt gerade noch gefehlt.* »Was willst du hier?«, fragte sie nochmals ruppig. »Und vor allem, was willst du von mir?«, setzte sie hinzu und stemmte die Hände in die Hüften. *Lea, warum tauchst du ausgerechnet jetzt auf? Du hast mich so bitter enttäuscht. Du hast mich verlassen, als es mir so schlecht ging wie nie zuvor in meinem Leben.* Auf einmal fühlte sie sich ganz elend.

Mit vielem hatte sie an diesem Abend gerechnet, aber nicht mit einem Besuch von Lea.

»Kann ich reinkommen? Hier draußen ist es unglaublich kalt«, sagte Lea und schaute Christina treuherzig an.

»Ganz bestimmt nicht«, entgegnete Christina schnell. Um sicher zu verhindern, dass Lea sich ins Haus drängte, stellte Christina sich im Pullover vor die Tür und zog sie demonstrativ hinter sich zu. *Sie soll gehen, und zwar möglichst schnell,* wünschte sich Christina. *Am besten auf Nimmerwiedersehen,* dachte sie und erschrak ein bisschen über sich selbst, dass sie so knallhart und bissig sein konnte.

Aber sie schaffte es einfach nicht, freundlich zu dieser Frau zu sein, die sie so grausam enttäuscht hatte.

Lea stieß einen Seufzer aus. »Dann eben nicht«, murmelte sie und musterte Christina von oben bis unten. »Ich habe, na sagen wir mal, den etwas delikaten Zeitungsbericht gelesen«, ließ sie dann die Katze aus dem Sack. »Ich möchte dir helfen«, heuchelte sie und legte eine Hand auf Christinas Arm.

Christina schüttelte es, und ihr Körper überzog sich mit einer Gänsehaut. Es fror sie dermaßen, dass sie sich die Arme reiben musste. Sie wusste nicht, ob ihr mehr nach Lachen oder Weinen zumute war. »Du willst mir helfen? Ausgerechnet *du*?«, kam es ihr irritiert über die Lippen.

»Ja. Du hast richtig gehört. *Ich* möchte und kann dir helfen.« Lea atmete tief durch und blickte Christina geradewegs in die Augen. »Du weißt, warum«, sagte sie leise und mit einschmeichelnder Stimme.

»Lea, ich habe dir bereits gesagt, dass es ein für alle Mal aus ist zwischen uns. Ich brauche deine Hilfe nicht.«

Lea sah Christina tief in die Augen. »Oh doch, du brauchst mich«, entgegnete sie eigensinnig. »Ich liebe dich. Und ich möchte dir von Herzen helfen«, erklärte sie und kam mit ihren Lippen Christinas Mund verdächtig nahe. »Und das meine ich ganz ehrlich. Ich habe dich immer geliebt, und ich werde dich immer lieben.«

Habe ich vielleicht was an den Ohren? Das kann doch alles gar nicht sein. Als hätte ich ihr nicht klar gesagt, was Sache ist. Christina zuckte mit dem Kopf zurück.

Doch Lea war ihr schon um den Hals gefallen und klammerte sich nun regelrecht an ihr fest.

»Ich liebe dich«, wiederholte sie und presste Christina gegen ihren Willen die Lippen auf den Mund.

Christina wusste nicht mehr, wie ihr geschah. Als ihr endlich klar wurde, was hier gerade vor sich ging, raschelte es laut neben ihr im Gebüsch. Äste knackten und man hörte, wie sich Schritte eilends entfernten. Etwas unsanft packte Christina Lea an den Armen und stieß sie energisch von sich. »Lass das bitte, Lea. Das hat doch keinen Sinn. Du hast mich zu sehr verletzt. Und ich habe dir bereits gesagt, dass ich eine andere Frau liebe.« Zielstrebig ging sie an Lea vorbei und blickte suchend um die Ecke. Aber es war stockdunkel, weit und breit war niemand mehr zu sehen, so sehr sie auch die Augen zusammenkniff. Im Neuschnee entdeckte sie verwischte Fußspuren nebst einigen Pfotenabdrücken. *Oder war das eben nur ein Fuchs oder vielleicht eine Katze?,* dachte sie und ging nachdenklich zurück. Lea hatte sie wegen dieser Ablenkung fast vergessen.

Aber die ließ sich nicht so leicht abwimmeln. »Du machst gerade einen großen Fehler«, sagte sie und wartete ab. »Mich wirst du nämlich so schnell nicht los.«

Christina ging an Lea vorbei und wollte die Tür hinter sich schließen, denn sie hatte keine Lust mehr, sich länger mit ihr abzugeben.

Doch Lea stellte dreist einen Fuß in die Tür. »Ich mache dir ein Angebot.« Vergnügt zwinkerte sie Christina zu. Seit ihrer letzten Unterredung hatte sie sichtlich Oberwasser bekommen. »Ein Angebot, mit dem du deinen hübschen Kopf retten könntest«, meinte sie verheißungsvoll. »Überleg es dir also gut. Ich denke, es wäre wirklich besser, wenn du mich jetzt ins Haus lassen würdest«, sagte sie und versuchte, mit einer Hand die Tür aufzustoßen.

Doch Christina hielt kräftig dagegen. »Was fällt dir ein?«

»So lass dir doch von mir helfen«, bettelte Lea nun. »Hör mir wenigstens einmal zu.«

Christina schloss genervt die Augen. *Ich will mit Lea nichts mehr zu tun haben. Auf keinen Fall lasse ich sie rein.*

»Bitte geh jetzt«, sagte Christina nach außen hin forsch. »Ich liebe dich nicht mehr.« Sie schloss nun ganz schnell die Tür hinter sich und verriegelte sie von innen.

Mit dem Rücken ans Türblatt gepresst, rutschte sie zu Boden und vergrub verzweifelt das Gesicht in den Händen. *Warum muss Lea ausgerechnet jetzt wieder in meinem Leben auftauchen?* Mit allen zehn Fingern fuhr sie sich durch die Haare. Tränen suchten sich einen Weg über ihre Wangen. *Ich will mich mit Ramona aussprechen und mit ihr wieder richtig glücklich werden. Lea soll endgültig aus meinem Leben verschwinden.*

Kapitel 13

Niedergeschlagen und von den jüngsten Wendungen schwer gezeichnet, saß Christina am nächsten Morgen am Küchentisch und trank eine Tasse Kaffee. Dabei sah sie apathisch den Kätzchen beim Balgen zu. Heute gelang es nicht einmal den Samtpfoten, den Ansatz eines Lächelns in ihr Gesicht zu zaubern.

Appetit hatte Christina seit mehreren Tagen nicht mehr. Dementsprechend kraftlos und deprimiert fühlte sie sich.

Hoffentlich gibt es heute nicht noch eine Hiobsbotschaft. In letzter Zeit muss ich ja schon fast täglich mit einem neuen Angriff gegen mich rechnen, dachte sie und raufte sich die Haare, die bereits in sämtliche Himmelsrichtungen abstanden. Es folgte ein Blick auf den Anrufbeantworter. Keine Mitteilung. Ein Blick aufs Handy. Keine Mitteilung. Also wieder nichts von Ramona. Einen langen Moment starrte Christina zum Fenster hinaus.

Selbst das sonst so schöne Wetter hier oben in den Bergen hatte sich heute ihrem Allgemeinzustand angepasst, was dem Ganzen irgendwie die Krone aufsetzte. Zäher Nebel hatte sich auf das Dorf gesenkt, sodass man nicht einmal mehr bis zum nächsten Hof sehen konnte. Ihr bot sich ein Bild, als wäre um sie herum über Nacht eine dicke Mauer errichtet worden und sie säße nun wie in einem Verlies gefangen. *Ich brauche jetzt endgültig Klarheit. Ich kann und will nicht mehr warten! Meine Geduld ist am Ende.* Mit einem großen Schluck trank sie die Tasse leer. Dann starrte sie auf den Kalender, der ihr gegenüber an der Wand hing. Sie verzog nachdenklich das Gesicht. *Heute hat Ramonas Bistro geschlossen. Sie wird bestimmt zu Hause sein. Also nichts wie los.*

Wenig später saß Christina bereits im Auto. Normalerweise ging sie die Strecke gern zu Fuß und genoss dabei die schöne Landschaft. Doch was war überhaupt noch normal in Christinas Leben? Sie fühlte sich schlapp und angegriffen. Physisch und psychisch. Auf keinen Fall wollte sie das Risiko eingehen, heute von irgendjemandem im Dorf gesehen oder gar angesprochen zu werden. Am liebsten ging sie zurzeit mit Scheuklappen nach draußen und war jedes Mal erleichtert, wenn sie wieder zu Hause war und die Tür hinter sich schließen konnte.

Dieses Mal würde sie sich von Ramona nicht abwimmeln lassen. Das nahm sie sich fest vor. Bei Ramonas Zuhause angekommen, sah sie, dass das Auto ihrer Freundin im Carport stand.

Stella, Serafina und Amigo waren auf der Weide und kamen freudig auf Christina zugetrabt. Christina hätte die drei gern gestreichelt, aber sie wäre nur halbherzig bei der Sache gewesen. Zuerst musste sie mit Ramona reden. Die Chancen schienen gut, dass sie wirklich zu Hause war.

Christina klingelte. Keine Reaktion. Mehrmals rief sie Ramonas Namen und klopfte an die Tür. *Ich weiß doch, dass du daheim bist.* Nun hielt Christina den Daumen ununterbrochen auf der Klingel. *Bitte mach endlich auf.*

Nach einer halben Ewigkeit öffnete sich die Tür einen

winzigen Spalt. *Danke, Herr im Himmel. Schön, dass du ein Einsehen mit mir hast.* Sie erhaschte einen Blick auf Ramona.

»Ach ... Christina«, seufzte Ramona matt.

Der Anblick ihrer Liebsten zerriss Christina fast das Herz. Ramona sah mindestens ebenso erschöpft und kaputt aus wie sie selbst. »Bitte, mein Schatz, lass uns doch endlich miteinander reden«, flehte sie.

Ramona wandte sich von Christina ab und schlich antriebslos ins Wohnzimmer. Christina nutzte die Gelegenheit und folgte ihr auf den Fersen.

In sich gekehrt und hilflos saßen die beiden nebeneinander auf dem Sofa. Jede starrte an eine andere Wand.

»Ich weiß nicht mehr, wo mir der Kopf steht, was ... was ich noch glauben soll ... und was nicht«, stotterte Ramona nach einer Weile. »Diese mehr als dubiose Kirchenratssitzung von Donnerstagabend. Deine schriftliche Entschuldigung an diese Frau ... das Opfer, mit *deiner* Unterschrift wohlgemerkt. Diese Furie, die im Bistro aufgekreuzt ist. Der Zeitungsbericht. Und dann zu allem Übel ...« Sie verstummte und begann, nervös an ihrer Unterlippe zu knabbern.

Sie setzte sich aufrechter hin und sah Christina eindringlich an. »Es ist so viel passiert«, seufzte sie. »Vielleicht zu viel.« Ihr Blick schweifte zu Boden.

Christina nahm Ramonas Hände in ihre. »Schatz, ich habe niemanden belästigt und schon gar nicht vergewaltigt«, beteuerte sie zum x-ten Mal ihre Unschuld und schaute Christina um Verständnis bittend an.

Ramona stand auf und ging zum Fenster hinüber. Minutenlang starrte sie nach draußen und wippte auf den Zehenspitzen.

Christina hielt diesen Anblick nicht mehr aus. Innerlich zerriss es sie fast. Sie stand auf und ging zu ihr hinüber. Nun starrten sie beide wortlos in den zähen Nebel.

»Wie wichtig ist dir dein Job als Seelsorgerin und Pfarrerin?«, fragte Ramona nach einer Weile. »Und bitte, Christina, gib mir eine ehrliche Antwort.«

Christina hielt einen langen Moment inne. *Was soll diese Frage? Was hat sie in diesem ganzen Chaos verloren? Hier geht es doch nicht um meinen Job, sondern um Ramona und mich ... um uns.* Sie rieb sich das Kinn und ließ sich mit der Antwort Zeit. »Ich weiß nicht, warum du mich das ausgerechnet jetzt fragst. Haben wir beide nicht ganz andere Probleme?« Fragend schaute sie Ramona an.

Ramona zuckte die Schultern und schluckte, sagte aber nichts.

Christina drehte sich einmal um die eigene Achse. »Also gut.« Sie machte eine Pause. »Für mich ist es der schönste Job, den ich mir vorstellen kann«, sagte sie und musterte Ramona von der Seite. »Aber das weißt du doch längst. Ich dachte, das Thema sei vom Tisch«, murmelte sie vor sich hin und verstand immer noch nicht, warum Ramona ausgerechnet das hatte wissen wollen, in Anbetracht dessen, was sonst noch alles zwischen ihnen im Argen lag. Ramona wandte sich Christina zu. Nur ganz kurz schaffte sie es, ihr in die Augen zu schauen. »Vielleicht gibt es ja eine Möglichkeit, dass du hier weiterarbeiten kannst«, meinte sie und schluckte. »Ich würde mich freuen, wenn du deine Berufung weiterhin erfüllen könntest«, sagte sie mit zittriger Stimme, aber irgendwie ganz sanft.

Wie? Was? Wo? Was hat Ramona da eben gesagt? Das kann unmöglich ihr Ernst sein. Hier geht's um die Liebe, um unsere Beziehung, und nicht um meinen Job, der mir im Moment ziemlich egal ist. Christinas Augen wurden schmal. »Wie meinst du das? Ehrlich gesagt verstehe ich nur Bahnhof.« Vergeblich versuchte sie, Ramonas Blick einzufangen. »Rede doch bitte Klartext mit mir«, forderte sie ihre Freundin auf und legte eine Hand auf Ramonas Arm. »Was willst du mir sagen?«

Ramona wich ein paar Schritte zur Seite hin aus. »Vielleicht wächst ja mit der Zeit Gras über die ganze Geschichte«, murmelte sie. Dann straffte sie die Schultern und schaute Christina durchdringend an. »Aber ich bin mir nicht mehr sicher, ob wir beide noch eine Zukunft haben«, sagte sie. Ihr Körper bebte. »Ich muss nachdenken und mir über vieles klar werden«, meinte sie entschieden.

Christina stieß einen schweren Seufzer aus. »Ja, natürlich«, murmelte sie und fühlte sich schon wieder halb ohnmächtig.

Nach minutenlanger, beängstigender Stille schaute Christina Ramona tief in die Augen. »Du bist die Liebe meines Lebens«, sagte sie mit schwacher Stimme. »Bitte vergiss das nie«, flüsterte sie kaum hörbar. »Egal, was auch immer passieren wird.«

Ramona nickte, zitterte nun wie Espenlaub und hielt sich mit einer Hand am Fensterrahmen fest. »Bitte …

geh jetzt. Ich muss nachdenken«, sagte sie. Das Sprechen fiel ihr unglaublich schwer. Nun hielt sie sich sogar mit beiden Händen fest. Da sie keine Hand mehr frei hatte, sah Christina, wie ihr die Tränen über die Wangen kullerten.

Dieser Anblick riss ihr fast das Herz aus der Brust. Sie ging auf Ramona zu und wollte sie in den Arm nehmen. Doch Ramona wandte sich von ihr ab. »Bitte geh jetzt«, bat sie. »Mach nicht alles noch schlimmer, als es eh schon ist«, sagte sie und wischte sich die Tränen ab.

Christina hob die Hände in die Höhe. »So lass mich doch für dich da sein«, flehte sie und atmete tief durch.

Ramona klammerte sich ans Fensterbrett. »Bitte geh jetzt!«, forderte sie nochmals schroff und verstummte.

Christinas Herz fing an zu bluten. *Einmal mehr braucht Ramona Zeit, und Zeit kann sich unglaublich lange anfühlen. Aber ich muss sie ihr geben. Nur so besteht vielleicht ein Funken Hoffnung.* Im Türrahmen drehte sie sich noch einmal um und blieb stehen. »Bitte vergiss nicht, das Allerwichtigste in meinem Leben bist du. Nichts ist mir wichtiger als du. Denn ohne dich macht alles keinen Sinn«, betonte sie und verließ unter Tränen das Chalet.

Wie ein geprügelter Hund betrat Christina wenig später die Kirche. Deprimiert ging sie den Gang entlang und bemerkte nicht einmal, dass Lisbeth auf einer Bank saß und sie still beobachtete.

»Oje, oje, … das sieht aber gar nicht gut aus«, sagte die ältere Dame. Lisbeth stand auf und ging zu Christina nach vorn. Mitfühlend schaute sie die junge Frau an. »Du musst mir nichts erklären«, meinte sie und atmete hörbar die Luft aus. »Kann ich irgendetwas für dich tun? Kann ich dir irgendwie helfen, damit es dir besser geht?«, fragte sie mit weicher Stimme.

Christina seufzte tief. »Mir ist nicht mehr zu helfen«, antwortete sie matt und zündete eine Kerze an. »Ehrlich gesagt fühle ich mich selbst kaum noch, ich lebe in den Tag hinein und bin froh, wenn ich abends im Bett liege und das Licht löschen kann.« Kopfschüttelnd schloss sie die Augen. »Ich funktioniere einfach nur noch. Mehr schlecht als recht. Den Puls des Lebens fühle ich schon lange nicht mehr.« Sie hielt inne. »Irgendwie geht alles den Bach runter.«

Lisbeth spitzte die Lippen. »Vielleicht solltest du mal zum Arzt gehen«, schlug sie vor.

Christina winkte ab. »Lieb von dir, Lisbeth, dass du dich um mich sorgst«, flüsterte sie. »Aber ich will zu keinem Arzt. Ich muss mir einfach über einiges im Leben klar werden und vielleicht allmählich Entscheidungen treffen.« Sie fuhr sich über die Augen. »So wie Ramona das angeblich auch tun muss«, sagte sie mit dünner Stimme und begann zu schluchzen. »Ramona fehlt mir so sehr«, brachte sie mühsam hervor. »Du kannst dir nicht vorstellen, wie sehr ich sie vermisse. Sie ist doch der wichtigste Mensch in meinem Leben.«

Lisbeth nahm Christina an der Hand und setzte sich mit ihr hin. »Ja, ja, die verflixte Liebe.« Verhalten lächelte sie. »Sicherlich hast du längst mitbekommen, dass Erika und ich jetzt fest zusammen sind«, sagte sie und fing Christinas Blick ein. »Ein Paar sind, meine ich.« Sie räusperte sich.

Jetzt war es um Christina vollends geschehen. »Das freut mich für dich, Lisbeth. Sehr sogar«, entgegnete sie aufrichtig. Doch sogleich vergrub sie das Gesicht hinter den Händen. »Aber bei Ramona und mir ... keine Ahnung, was die Zukunft bringen wird. Ramona ist sich nicht mehr sicher, ob wir zusammen eine Zukunft haben«, sagte sie unter Tränen. »Sie ist sich nicht mehr sicher, ob sie mich noch liebt.«

Lisbeth riss die Augen weit auf. Irgendetwas schien ihr durch den Kopf zu gehen. Sie legte einen Arm um Christina und drückte sie sanft an sich. »Ja, ja, die Liebe. Dieses manchmal mehr als widerspenstige Ding«, meinte sie und runzelte die Stirn. Dann streichelte sie Christina über den Oberarm. »Ramona braucht Zeit«, flüsterte sie. »Gib ihr die.«

Christina stieß hörbar die Luft aus. »Ja, ich weiß. Zeit, Zeit, Zeit. Ich höre immer nur Zeit. Ich kann das Wort bald nicht mehr hören. Normalerweise vergeht Zeit schnell.« Sie verzog die Lippen. »Aber jetzt bleibt sie irgendwie stehen«, flüsterte sie und genoss sichtlich Lisbeths Nähe. »Glaubst du mir denn wenigstens, dass ich unschuldig bin?«, fragte sie verunsichert, aber mit einem Schimmer Hoffnung in der Stimme.

Lisbeth hauchte Christina einen Kuss aufs Haar. »Natürlich glaube ich dir.« Sie hielt inne. »Nur sprechen gerade alle Indizien gegen dich, nicht wahr?« Voll Mitgefühl schaute sie Christina an.

Christina nickte. »Ja, leider«, sagte sie und ließ sich von Lisbeth trösten.

»Vielleicht solltest du gegen die Verleumdungen vorgehen und Anzeige erstatten«, schlug Lisbeth vor. »Vielleicht könntest du so dem Ganzen einen Riegel vorschieben.«

Um Christinas Mundwinkel zuckte es. »Ach, das bringt doch nichts. Wie du ganz richtig gesagt hast, sprechen die Indizien gegen mich. Wer macht sich denn heute noch groß die Mühe, die Wahrheit herauszufinden. Überall wird gespart, auf jedem Amt. Da ist es doch am einfachsten, wenn man sich an die Indizien hält.« Sie seufzte tief. »Vielleicht rede ich ja jetzt auch Unsinn. Ich weiß es nicht. Eigentlich weiß ich gerade gar nicht mehr viel. Aber ich glaube nicht, dass mich eine Anzeige weiterbringt. Wahrscheinlich würde alles nur noch schlimmer werden«, meinte sie und lehnte sich an Lisbeth. *Noch schlimmer? Kann es denn überhaupt noch schlimmer werden?*

Plötzlich klingelte in Christinas Jackentasche das Mobiltelefon. Sie zuckte zusammen und nahm es in die Hand.

»Entschuldige bitte, Lisbeth«, flüsterte sie und verzog das Gesicht. »Da muss ich ran. Ist wichtig«, erklärte sie.

Lisbeth nickte verständnisvoll, während Christina aufstand und sich ein paar Meter von Lisbeth entfernte. Nun nahm sie den Anruf entgegen. »Hallo«, sagte sie und blickte sich in der Kirche um. In der Kirche, für die sie die Verantwortung trug, an einem Ort, an dem immer mysteriösere Dinge um sie herum geschahen und an dem sie sich gar nicht mehr wohlfühlte.

»Hallo Christina. Ich bin's, Amari«, ertönte es am anderen Ende. »Wie geht's dir so?«

»Es geht. Könnte besser sein«, antwortete Christina wahrheitsgetreu. Sie ging ein paar Schritte auf und ab und setzte sich weiter vorn auf eine Bank. »Aber sag, wie geht's dir denn?«

Einen Moment blieb es still in der Leitung.

»Das … das tut mir alles so leid. Die Leute sind so gemein zu dir«, sagte Amari schließlich.

Wieder schwiegen sie.

»Ach, Amari, da kannst du doch nichts dafür«, entgegnete Christina und riss sich zusammen, um einigermaßen selbstbewusst zu wirken. »Jetzt sag schon, … wie geht's dir?«, fragte sie noch einmal mit festerer Stimme. »Gibt's Neuigkeiten?«

»Mir … mir geht's gut«, sagte Amari. »Meine Eltern werden mich nicht verheiraten.« Es folgte wieder eine Pause. »Das hab ich dir und Mojo zu verdanken«, flüsterte sie. »Ich bin dir so unendlich dankbar.«

In Christinas Gesicht zeichnete sich ein kurzes Lächeln ab. »Das sind ja wundervolle Neuigkeiten. Das freut mich sehr für dich.« Sie hielt inne. »Aber es ist nicht mein Verdienst.« Wieder schaute sie sich ängstlich um. Es fiel ihr auf einmal unglaublich schwer, sich in dieser Kirche noch einigermaßen sicher zu fühlen. »Mojo hat doch den guten Draht zu deinen Eltern. Nicht ich. Er hat dieses Wunder vollbracht. Ihm hast du das zu verdanken. Nicht mir.«

»Ja, schon«, murmelte Amari. »Aber hättest du Mojo und meine Eltern nicht miteinander bekannt gemacht, wären meine Eltern nie einsichtig geworden.« Sie lachte. »Also ist es doch auch dein Verdienst.«

Christina zuckte die Schultern. »Okay, vielleicht ein kleines bisschen«, meinte sie. »Einverstanden?«

»Einverstanden.« Wieder blieb es einen Moment still. »Hast du heute Abend schon etwas vor?«, fragte Amari dann mit aufgeregter Stimme.

Christina zögerte einen Moment. »Nicht wirklich«, sagte sie resigniert. »Warum fragst du?«

»Ich würde dich gern heute noch sehen. Vielleicht könnten wir eine Kleinigkeit zusammen essen. Ich würde noch jemanden mitbringen, wenn du nichts dagegen hast.«

Christina strich sich müde übers Gesicht. »Heute? Ich weiß nicht. Ehrlich gesagt bin ich ziemlich kaputt«, murmelte sie und fühlte sich bei dem Gedanken, später nochmals ihr Zuhause verlassen zu müssen, ganz elend.

»Schade«, ertönte es am anderen Ende. »Ich hätte mich so gefreut.«

Christina fühlte Amaris Enttäuschung und wusste nicht so recht, wie sie reagieren sollte. Sie wollte Amari nicht verletzen, denn sie hatte das Mädchen inzwischen lieb gewonnen. Daher riss sie sich zusammen. »Wen würdest du denn mitbringen?«

»Überraschung«, antwortete Amari. »Kommst du also doch?«, fragte sie, schon wieder ganz aufgedreht. »Ach komm, sag bitte ja.«

Christina atmete tief ein und aus. »Okay. Ist ja schon gut. Aber können wir uns bitte in der Stadt treffen, nicht hier im Dorf?«

»Ja klar. Um sechs in der Pizzeria am Kreisel?«

Christina nickte. »Okay, ist gut.«

»Ich freu mich auf dich. Ich werde einen Tisch reservieren und drinnen auf dich warten«, sagte Amari und beendete den Anruf nun ganz schnell.

Christina wollte eigentlich noch etwas erwidern, aber dazu kam sie nicht mehr. Sie ließ das Handy in der Jackentasche verschwinden und ging zu Lisbeth zurück.

»Ich will Ramona unter gar keinen Umständen verlieren«, sagte Christina. »Aber irgendwie kommt es mir so vor, als wäre sie momentan ganz weit weg von mir, fast so, als hätte sie sich emotional von mir entfernt oder sogar verabschiedet«, flüsterte sie verzagt. »Das hier«, sie zeigte auf die Kirche, »macht ohne Ramona keinen Sinn«, kam es ihr über die Lippen. Dann fiel ihr ein: »Ich muss mich um die Kätzchen kümmern und die ganze Post erledigen. Der Stapel wird immer größer. Eine Taufe steht auch bald an.« Sie presste die Lippen zusammen. »Ich habe das Gefühl, als bräuchte ich für alles doppelt so lange oder gar dreifach.«

Lisbeth umarmte Christina warmherzig. »Ja, du siehst sehr, sehr müde aus. Du musst wieder zu Kräften kommen, Christina. Leg dich lieber hin und ruh dich aus«, sagte sie mit freundlicher Stimme und verabschiedete sich von ihr.

Als der Nachmittag zu Ende ging, hatte Christina gerade mal einen Bruchteil der Arbeit, die sie sich vorgenommen hatte, geschafft und fühlte sich deshalb nicht besonders gut. Damit ihr beim bevorstehenden Treffen mit Amari vor Müdigkeit nicht gleich die Augen zufielen, beherzigte sie Lisbeths Ratschlag und legte sich eine Stunde hin.

Frisch geduscht und in bequemer Kleidung stieg sie später ins Auto und fuhr in Richtung Bern. Leider herrschte reger Feierabendverkehr.

»Oh nein!«, stöhnte sie. »Ich werde es nicht pünktlich schaffen.«

Als sie ihren Wagen keinen Zentimeter mehr nach vorn bewegen konnte, wagte sie es, Amari eine kurze SMS zu schreiben, damit sie wusste, dass sie sich verspäten würde. Es dauerte nicht lange und Amari antwortete, dass das kein Problem sei. Sie würden sich schon mal etwas zu trinken bestellen. Christina sollte sich nicht gestresst fühlen.

Christina atmete erleichtert auf. Nur zäh kam sie vorwärts und kroch im Schneckentempo in die Innenstadt.

Mit einer halben Stunde Verspätung kam sie schließlich außer Atem in der Pizzeria an. Amari stand auf, um sich bemerkbar zu machen, und winkte Christina mit einem Lächeln zu.

Der Tisch, den Amari ausgesucht hatte, war hinter Grünpflanzen versteckt. Zielstrebig ging Christina auf Amari zu – und den jungen Mann, der bei ihr war. Sie begrüßte das Mädchen herzlich.

»Ich freue mich so, dich zu sehen«, sagte Amari.

Christina lächelte. »Die Freude ist ganz meinerseits.« Sie studierte Amaris Gesichtsausdruck. »Du bist glücklich, habe ich jedenfalls den Eindruck«, meinte sie und legte den Kopf leicht schief.

Amari strahlte nun übers ganze Gesicht. »Ja, ich bin glücklich. Sehr glücklich sogar.« Sie griff nach der Hand des jungen Mannes, der errötete und sich nun etwas schüchtern erhob.

»Das ist Reto, mein Freund«, stellte sie ihn stolz vor.

Reto machte einen etwas verlegenen Eindruck. »Guten Tag, Frau …?«, fragend schaute er Christina an.

Christina musste schmunzeln. Sie winkte ab. »Freut mich, deine Bekanntschaft zu machen, Reto.« Sie hielt inne. »Ich bin Christina«, sagte sie und schüttelte ihm die Hand.

Nun setzten sich alle hin. Amari war ganz aus dem Häuschen. »Du hast grade echt was verpasst«, platzte sie heraus. »Hier ist nämlich was passiert«, flüsterte sie hinter vorgehaltener Hand. »Ich sag dir, da ging richtig die Post ab«, fuhr sie hastig fort. »So was sieht man sonst nur im Film.« Aufgeregt klopfte sie mit den Fingern auf den Tisch. »Eine Frau hat einem Mann einen Teller Spaghetti ins Gesicht geworfen und ihm dann ihren Wein über den Kopf geschüttet. Dann hat sie ihn als Mistkerl beschimpft und ist wutentbrannt abgerauscht.«

Eigentlich fand Christina einen solchen öffentlichen Streit gar nicht so witzig, aber Amari gab ihn so lebendig gestikulierend wieder, dass sie doch grinsen musste. »Anscheinend hab ich wirklich was verpasst«, meinte sie.

Amari zeigte diskret auf einen Tisch weiter vorne. »Dreh dich mal unauffällig um. Der Kerl sitzt immer noch da wie ein begossener Pudel«, flüsterte sie.

Christina drehte sich langsam im Stuhl um. »Mensch, das ist ja hier wie im Urwald. Ich sehe vor lauter Grünzeug gar nichts«, beschwerte sie sich leise und verzog das Gesicht zu einer Grimasse.

Amari lachte laut. »Stimmt. Ich hab den besseren

Platz«, meinte sie. »Das ist das Los der Pünktlichen«, scherzte sie, als Christina protestierte.

Aber auch Christina lachte nun herzhaft. Amari schaffte es doch immer wieder, sie für einen Moment ihre Sorgen vergessen zu lassen. Sie lehnte sich nach vorn. »Wo sitzt er denn genau?«, fragte sie neugierig und kam sich ziemlich albern vor, dass sie dieses Spielchen überhaupt mitmachte.

»Neben der Bar, am ersten runden Tisch«, erklärte Amari und trank einen Schluck Wasser.

So diskret wie möglich startete Christina einen zweiten Versuch. Unauffällig blickte sie durch die Blätter einer Palme hindurch.

Da traf sie beinahe der Schlag. »Meinst du etwa den Mann im blau-weiß karierten Hemd?«, fragte sie verblüfft.

»Ja, genau den.« Besorgt schaute sie Christina an. »Aber sag mal, geht's dir nicht gut?« Sie sprang vom Stuhl hoch, ging zu Christina hinüber und legte ihr eine Hand auf die Schulter. »Du siehst aus, als hättest du einen Geist gesehen.«

Wieso muss dieser Miesmacher jetzt auch noch hier sein? Kann er nicht woanders essen gehen? Christina kam die Galle hoch. Zum Glück saß sie schon, denn sie spürte, wie sie ganz weiche Knie bekam.

»Das ist der Mann, der mich weghaben will und mich ständig schikaniert«, flüsterte sie. *Aber was ist mit der Frau, die ihm eine derartige Szene gemacht hat? Und vor allem, wer ist diese Frau?*

Amari schaute Christina entsetzt an. »Wie bitte? Das

ist dieser Scheißkerl? Dieses blöde Arschloch?«, kam es ihr unkontrolliert über die Lippen.

Christina hielt sich eine Hand vor den Mund. »Bitte nicht fluchen, Amari. Das hört der liebe Gott nicht gern.« Sie fixierte Amaris Blick. »Wie hat die Frau denn ausgehen?«

»Etwas größer als du, normale Statur, blonde lange Haare«, antwortete sie und runzelte dann die Stirn. »Aber jetzt, wo du so fragst«, sie legte einen Finger an die Lippen, »sah das eher wie eine Perücke aus. Irgendwie so unecht. Ja genau, die Frau hat eine blonde Perücke getragen.«

Christina zog die Augenbrauen zusammen. »Amari, du hast einen guten Tisch ausgesucht«, sagte sie nun lobend. »So schön versteckt, dass Herr Meier mich noch gar nicht entdeckt hat.« Sie nickte zufrieden. »Und hoffentlich bleibt das auch so.« Sie hielt sich eine Hand an den Bauch. »Jetzt habe ich aber einen Bärenhunger.« Die drei griffen nach der Speisekarte und verschafften sich einen Überblick über das Angebot.

Nachdem sie sich für zweimal Pizza und einmal Risotto entschieden hatten, schaute Christina das verliebte Pärchen eindringlich an. »Ihr zwei seid also nun richtig zusammen?«, fragte sie und drehte die Serviette in der Hand herum.

Amari nickte. »Ja, sind wir«, antwortete sie und schaute Reto verliebt an.

Wie süß sie doch sind, dachte Christina. Dieser Anblick gab ihr ein warmes Gefühl, ließ ihr verwundetes Herz aber schmerzlich aufschreien. Einerseits war es schön, dieses verliebte Pärchen vor sich zu sehen, andererseits erinnerte sie sich sofort an die ersten zärtlichen und zaghaften Annäherungen, dann Berührungen, die zwischen Ramona und ihr damals, kurz vor Weihnachten, stattgefunden hatten.

Wie gern würde sie später auf dem Nachhauseweg bei Ramona vorbeischauen. So wie in den Zeiten, als zwischen ihnen noch alles in bester Ordnung war, sie sich innig geliebt und eine harmonische Beziehung geführt hatten, die nun ziemlich im Argen lag. Christina konnte sich ja nicht einmal sicher sein, ob diese Liebe überhaupt noch sein durfte.

Nichts auf der Welt wünschte sie sich mehr, als sich mit Ramona auszusprechen, sich mit ihr zu versöhnen und sie jeden Tag zu lieben - sich jeden Tag neu in sie zu verlieben und mit ihr zu verschmelzen.

Christina schaute Amari ein wenig kritisch an. »Und deine Eltern? Wissen sie von euch beiden?«, fragte sie nach.

Amari nickte. »Ja«, sagte sie. »Sie sind dabei, es zu akzeptieren und sich damit abzufinden, dass aus ihrer Tradition nichts wird.« Sie lehnte sich auf ihrem Stuhl zurück. »Für meine Eltern ist das nicht einfach. Für sie ist es ein mühsamer und steiniger Weg.« Sie lächelte ein wenig. »Aber langsam, ganz langsam akzeptieren sie auch Reto.« Sie bedachte ihren Freund mit einem sanften Blick und zuckte die Schultern. »Meine Eltern sind halt ganz anders aufgewachsen als ich. Hier in der Schweiz müssen sie den Spagat zwischen zwei verschiedenen Kulturen machen und irgendwie schaffen. «Liebevoll fuhr sie Reto durchs Haar. »Ich fühle mich ja als Schweizerin. Nur meine Hautfarbe verrät, dass meine Wurzeln von woanders stammen.«

Christina freuten Amaris Worte. »Schön, wie du das gesagt hast. Ich würde dich jetzt so gern drücken, weil ich mich so wahnsinnig für dich freue.« Sie schenkte Reto ein strahlendes Lächeln. »Für euch beide freue ich mich«, sagte sie aufrichtig. Sie beugte sich etwas nach vorn. »Aber der nette Herr dort drüben«, sagte sie ironisch und deutete mit einer leichten Kopfbewegung nach hinten, »würde mir bestimmt wieder einen Strick daraus drehen.«

Amari schaute zu Meiers Tisch hinüber. »Er hat gerade bezahlt und verlässt nun die Pizzeria«, sagte sie und griff nach ihrem Glas.

Christinas Kopf schnellte herum. *Tatsächlich. Wo geht er jetzt hin? Was hat er vor?*«, ratterte es in ihrem Kopf.

»Entschuldigt«, sagte sie prompt, sprang vom Stuhl hoch und schnappte sich ihre Jacke. »Ich komme wieder. Aber wenn es zu lange dauert, dann esst bitte meine Pizza, bevor sie kalt wird, okay?«, und schon war sie verschwunden.

Draußen schweifte ihr Blick in jede Himmelsrichtung. Sie rannte die Straße hinunter und schaute abwechselnd nach links und rechts. Weit konnte er ja noch nicht sein. In der vierten Gasse sah sie gerade noch, wie er um die nächste Ecke bog. Den Hausmauern entlang folgte sie ihm und beobachtete, wie er in ein Auto einstieg.

Was für ein Glück, danke Herr. Christina hatte ihr Auto zufällig in derselben Straße geparkt. Geduckt eilte sie zu ihrem Fahrzeug und setzte sich hinters Lenkrad. *Was macht er denn so lange?* Es kam ihr vor, als würde Meier nun schon eine halbe Ewigkeit im Wagen sitzen. *Egal. Hauptsache ich habe ihn im Blick.* Endlich fuhr er los. Christina setzte zur Verfolgung an, mit genügend Abstand. Es dauerte nicht lange und ihr Widersacher bog vor einem großen Einfamilienhaus auf den Parkplatz ein. *Nicht schlecht, nur einen Katzensprung von seinem Büro entfernt,* dachte Christina, und parkte seitlich hinter ein paar Autos.

Meier ging aufs Haus zu.

Christina stieg ebenfalls aus und wagte sich vorsichtig bis zum Haus vor. Durch eine Hecke erhaschte sie einen Blick ins voll beleuchtete Innere.

Meier marschierte auf eine Frau zu, blieb vor ihr stehen und gab ihr links und rechts eine Ohrfeige. Dann packte er sie an den Schultern und schüttelte sie durch. Zu guter Letzt riss er an ihren Haaren und schlug sie nochmals ins Gesicht.

Christina sah, wie eine blonde Perücke in hohem Bogen durch den Raum flog. Meier hielt wütend den Zeigefinger auf die Frau gerichtet. *Oh ja, das kann er gut, dieser Mistkerl, den Finger gegen einen erheben. Und ein Schläger ist er also auch noch,* dachte Christina angewidert und näherte sich dem Ort des Geschehens noch ein paar Schritte. *Aber immer oberfromm tun, in die Kirche rennen und altmodische Gottesdienste fordern. Der Kerl soll gefälligst vor seiner eigenen Tür kehren. Am liebsten würde ich ihm jetzt die Leviten lesen. Aber ich darf nichts Unüberlegtes tun.*

Die Frau wandte sich von Meier ab und lief auf wackeligen Beinen in Richtung Fenster. Gerade noch rechtzeitig konnte sich Christina hinter einem Strauch ducken. Sie schärfte ihren Blick und schaute die Frau ganz genau an, die jetzt heulend das Fenster erreichte.

Das gibt's doch nicht! Was wird hier eigentlich gespielt? Christina ließ sich auf die Erde sacken. Es war genau die Frau, die ihr in Ramonas Bistro diese Riesenszene gemacht und sie vor allen Gästen an den Pranger gestellt hatte. Sie hatte eine andere Frisur und Haarfarbe als damals. Aber es war dieselbe Frau. *Und diese Person behauptet, dass sie ein Entschuldigungsschreiben von mir hat,* dachte Christina. *Eine Entschuldigung, die ich nie verfasst habe. Wofür denn auch? Schließlich kenne ich sie ja nicht mal.*

Christina starrte in den Sternenhimmel hoch. *Was hat sie mit Meier zu tun? Ist sie seine Komplizin, seine Geliebte?* Sie mochte Ende dreißig sein und sah nun Lea ähnlich. Zumindest war sie derselbe Typ. *Aber was für ein fieses Spiel zieht dieser feine, nach außen ach so fromme Herr Meier hier eigentlich ab? Mit mir und mit allen anderen?*

Für den Moment hatte Christina genug gesehen. Sie entschloss sich, zurück zu Amari und Reto zu gehen. Sie wollte die beiden nicht den ganzen Abend sitzen lassen. *Danke, Herr, für dieses Puzzlestück,* schickte sie im Auto ein stummes Dankesgebet gen Himmel. Sie war nun fest entschlossen, etwas gegen dieses Ränkespiel zu unternehmen. Zum Glück traf sie Amari und Reto noch an, die ihre Pizza inzwischen verputzt hatten. Aber Christina bestellte eine neue, die sie genau wie die Unterhaltung mit dem jungen Pärchen genoss.

Als alle fertig gegessen hatten, zückte Reto sein Portemonnaie. »Du bist eingeladen«, sagte er zu Christina.

Christina winkte energisch ab, aber Reto bestand darauf zu zahlen. »Bitte nimm es an, als Dankeschön von uns beiden an dich«, meinte er.

»Ich gebe mich geschlagen, vielen Dank«, sagte Christina endlich.

Amari merkte jedoch, dass Christina angesichts ihres Liebesglücks ein wenig traurig wurde. Sie hielt Christinas Hand fest. »Wie läuft's denn mit dir und Ramona?«, fragte sie fürsorglich.

Christina schluckte mehrmals. Diese Frage verpasste ihr einen Stich mitten ins Herz. »Nicht so gut«, murmelte sie, während es um ihre Mundwinkel heftig zuckte. »Gar nicht gut«, präzisierte sie.

»Können wir etwas für dich tun?«, fragte Amari besorgt und warf ihrem Freund einen Blick zu.

»Zum lieben Gott beten, dass vielleicht doch noch alles gut wird«, meinte Christina und zuckte die Schultern. »Ich befürchte nur leider, dass ein Wunder geschehen muss.« Ihr Blick glitt zu Boden.

Herzlich verabschiedeten sie sich vor der Gaststätte voneinander. Christina schaute den beiden Verliebten hinterher, bis sie sie nicht mehr sehen konnte. Dann fuhr sie zurück in die verschneite Bergwelt.

Als sie später im Bett lag, fiel es ihr wie Schuppen von den Augen. Jetzt wusste sie, was sie morgen unbedingt in Angriff nehmen musste.

Kapitel 14

Schon am frühen Morgen fuhr Christina nach Bern, zu dem Haus, vor dem sie am Abend zuvor auf der Lauer gelegen hatte. Sie wartete im Auto darauf, dass Meier endlich das Anwesen verließ.

Nach längerem Warten sah sie ihn herauskommen und in seinen Wagen steigen.

Als sie mitbekam, dass Meier direkt auf sie zufuhr, senkte sie den Kopf und beugte sich zum Beifahrersitz hinüber. Auf gar keinen Fall durfte er sie entdecken.

Nun war die Stunde der Wahrheit gekommen, zumindest für einen Teil der Wahrheit, wünschte sich Christina. Sie trocknete sich die feuchten Hände an der Jeans ab und warf einen Blick in den Rückspiegel. *Gütiger Herr, bitte steh mir bei.*

Es dauerte nicht lange und Christina stand, unruhig auf den Zehenspitzen wippend, vor der Tür.

Auf ihr Klingeln hin wurde schwungvoll geöffnet. »Erik, hast du etwas ver…«, sagte die Frau und sah erst jetzt, wer vor ihr stand. Sie errötete bis unter die Haarwurzeln. »Sie? Was um alles in der Welt wollen Sie denn hier? Und … was wollen Sie von mir?«, stotterte sie und blickte verunsichert um sich.

Schön, wenigstens erkennt sie mich wieder, dachte Christina und suchte krampfhaft nach den richtigen Worten.

»Guten Tag, Frau …«, begann Christina in ruhigem Ton und wollte der Frau die Hand reichen. »Ihr Name ist …?« Fragend schaute sie ihr Gegenüber an.

Statt Christina die Hand zu geben, stemmte die Frau ihre Hände in die Hüften. »Mein Name geht Sie rein gar nichts an«, fauchte sie und blitzte Christina an. »Was zum Teufel wollen Sie von mir?«

Christina verzog das Gesicht. »Oh, also den Teufel würde ich gern beiseitelassen, wenn es geht«, meinte sie trocken und hielt dem Blick der Frau eins zu eins stand. Nach einer Weile atmete sie tief ein und aus. »Verzichten wir doch auf die Spielereien. Sie wissen ganz genau, weshalb ich hier bin«, sagte sie mit immer noch ruhiger Stimme und wartete ab.

Die andere Frau zuckte unbeeindruckt die Schultern. »Lassen Sie mich in Ruhe. Ich wüsste nicht, was wir beide miteinander zu bereden hätten«, keifte sie und wollte Christina die Tür vor der Nase zuschlagen.

Obwohl es überhaupt nicht Christinas Art war, stellte sie schnell ihren Fuß in die Tür. Ihre Augen wurden kühl. »Macht es Ihnen eigentlich Freude, mein Leben zu zerstören?«, fragte sie etwas provokativ. Und genau so schaute sie die Frau jetzt auch an. »Ich weiß nicht, wie man sich bei so etwas fühlt, weil ich es nicht kenne, jemandem das Leben kaputt zu machen«, fuhr sie fort. »Sagen Sie es mir. Ist das ein gutes Gefühl?« Sie verstummte und war sich durchaus bewusst, dass sie sich auf dünnes Eis begab.

Die Angesprochene schloss die Augen. »Ich tu nur, was ich tun muss«, murmelte sie. Dann schaute sie zu Boden.

Interessiert hob Christina die Augenbrauen. »Ach ja? Ist das so? Ich gehe jede Wette ein, dass Sie das alles nur für Herrn Meier tun«, sagte sie und schaute die Frau durchdringend an. »Was hat er Ihnen denn versprochen, damit Sie ihn dermaßen unterstützen und bei seiner ungeheuerlichen Intrige gegen mich mitmachen?«, fragte sie nun direkt.

Energisch winkte die Frau ab. »Verschwinden Sie«, sagte sie mit zittriger Stimme. Dann richtete sie sich gerade auf. »Oder ist es Ihnen etwa lieber, wenn ich die Polizei rufe?«, fragte sie und zog ihr Handy aus der Hosentasche. Abwartend fixierte sie Christina.

Christina ging ein paar Schritte nach hinten. »Schon gut«, meinte sie und hob abwehrend die Hände. »Ich gehe«, murmelte sie. Noch einmal schaute sie der Frau fest in die Augen. »Aber bitte überlegen Sie es sich noch einmal. Was habe ich Ihnen zuleide getan, dass Sie mir etwas derart Schlimmes unterstellen? Etwas, das ich nie getan habe und nie tun würde.« Mit der Hand strich sie sich übers Gesicht. »Und überlegen Sie bitte auch, ob Sie für Herrn Meier an dieser Lüge länger festhalten wollen. Ist er es wert?« Damit wandte sie sich ab und verließ das Grundstück.

Auch wenn Christina noch nichts Genaues wusste, so spürte sie, dass es hier nicht mit rechten Dingen zuging. Meier steckte offensichtlich mit dieser Frau unter einer Decke und hatte eine ganz miese Intrige gegen sie gestartet.

Ob es jetzt klug war oder eher nicht, Christina musste sofort Ramona von diesen Neuigkeiten berichten.

So betrat sie einige Zeit später das Bistro, begrüßte die Gäste freundlich und entdeckte hinter der Theke Ramona. Es entging ihr nicht, dass sie von ein paar Leuten skeptisch angeschaut wurde. Einige grüßten sie freundlich, andere jedoch sagten keinen Ton zu ihr.

Diese elendige Intrige! Bereits das halbe Dorf grüßt mich nicht mehr und wird wohl auch nicht mehr hinter mir stehen, dachte sie, aber jetzt hatte sie nur ein Ziel vor Augen.

Ramona hob die Augenbrauen, als sie Christina sah, und schien sich nicht wirklich über ihren Besuch zu freuen. »Guten Morgen, Christina«, murmelte sie und drückte eine Taste am Kaffeeautomaten. »Was gibt's denn so Wichtiges?«

Christina knallte Ramona einen Zettel vor die Nase. »Hier, lies! Das ist die Adresse von diesem Meier. Und mit ihm zusammen wohnt offenbar auch die Frau, die mich hier so übel verleumdet hat.« Eindringlich schaute sie Ramona an. »Verstehst du? Die Frau, die mich hier im Bistro beschimpft hat - sie ist anscheinend die Lebensgefährtin von diesem Meier«, sprudelte es aus ihr heraus und sie tippte mit dem Finger nochmals auf den Zettel.

Ramona atmete schwer. Ihr Blick schweifte zu der Notiz. Dann zuckte sie die Schultern. »Na und?«

Christina starrte Ramona ungläubig an. Dann packte sie ihre Freundin am Arm und zog sie in die Küche, damit sie ungestört mit ihr reden konnte, ohne die Blicke der Gäste im Rücken zu spüren.

Tief tauchte sie in Ramonas Augen ein. »Bitte, so versteh doch! Und so glaub mir doch endlich, ich bin unschuldig«, rief sie.

In Ramonas Gesicht arbeitete es. Ihre Augen füllten sich mit Tränen, und sie stützte sich auf der Küchenkombination ab. »Es würde mich sehr für dich freuen, wenn deine Unschuld bewiesen werden könnte und ...«, sie verstummte.

Auf Christinas Stirn zeigten sich tiefe Furchen. »Was und?«, fragte sie hastig und starrte Ramona an. »Glaubst du mir denn immer noch nicht? Mensch, Ramona, was muss ich denn noch tun, damit du mir glaubst?«

Ramona zitterte, was Christina nicht entging. *Was hast du denn, mein Schatz? Warum zitterst du so sehr? Gibt es irgendetwas, was du mir verschweigst? Deine heftige Reaktion ist für mich total widersprüchlich und rätselhaft.* Sie raufte sich die Haare. »So rede doch mit mir«, flehte sie Ramona an und überlegte einen Moment, vor ihr auf die Knie zu fallen.

Ramona schluckte und wischte sich ein paar Mal mit dem Ärmel ihres Pullovers über die Augen. »Ich kann nicht. Es geht nicht. Ich weiß nicht, ob ...« Sie sprach den Satz nicht zu Ende, sondern verließ die Küche.

Zurück blieb eine aufgewühlte und verwirrte Christina, die aus Ramonas Verhalten langsam aber sicher nicht mehr schlau wurde. *Was begreife ich an der ganzen Sache eigentlich nicht? Warum verhält sich Ramona immer eigenartiger? Und warum sagt sie mir nicht, was sie bedrückt?*

Ramona kam zu Christina in die Küche zurück. »Bitte stell jetzt keine weiteren Fragen mehr«, forderte sie barsch.

Christina versuchte, Ramonas Blick einzufangen. »Bitte«, versuchte sie es noch einmal flehend.

Ramona wandte sich von Christina ab. »Bitte geh jetzt.

Ich habe viel zu tun, und ich möchte nicht, dass die Gäste das alles zwischen uns mitbekommen.«

Um Christinas Mund zeigte sich ein bitterer Zug. »Natürlich. Ich will dir keine Probleme bereiten«, flüsterte sie. »Aber bitte, mein Schatz, wirf unsere Liebe nicht einfach so weg. Das ist das Einzige, worum ich dich bitte.«

Christina wollte einen Schritt auf Ramona zugehen. So gern hätte sie sie in den Arm genommen, doch Ramona stand stocksteif da. Traurig verließ Christina das Bistro.

Kapitel 15

Während der nächsten Tage übte sich Christina in Geduld. Die Warterei zerrte an ihren Nerven. Heimlich und aus sicherer Entfernung beobachtete sie Ramona ab und zu im Bistro, um ihr so wenigstens ein bisschen nahe zu sein. Am vierten Tag hielt Christina es einfach nicht mehr aus. Mehr schlecht als recht kämpfte sie sich durch den Tag.

Als es Abend wurde, verspürte sie den unaufhaltsamen Drang, mit Ramona zu reden, sonst würde sie als Nächstes platzen oder verrückt werden. Dieses Gespräch musste einfach sein.

Sie parkte das Auto etwas weiter weg, marschierte zum Bistro und versteckte sich hinter einen Baum. Als sich der letzte Gast von Ramona verabschiedet hatte, beeilte sie sich, damit es Ramona nicht gelang, vorher die Tür von innen abzuschließen.

Etwas abgehetzt betrat Christina das Bistro.

Ramona kam aus der Küche und hielt sich eine Hand vor den Mund. »Du?« Sie lächelte kurz. Dann errötete sie und schließlich versteinerte ihr Blick.

In Christina stieg ein ungutes Gefühl empor. Sie wusste nicht so recht, was sie davon halten sollte.

»Was willst du hier?«, fragte Ramona matt, griff nach dem Lappen und begann, die Tische abzuwischen.

Christina war mit den Nerven am Ende. Diese Frage und Ramonas kühle Stimme gaben ihr den Rest. Wütend riss sie Ramona den Lappen aus der Hand und knallte ihn auf den Boden. Ihre Augen funkelten. »Ich halte dieses Warten nicht mehr aus! Das alles ist für mich der reinste Albtraum! Kannst du das nicht verstehen? Oder willst du es nicht verstehen?«, schrie sie Ramona an und schaute sogleich entschuldigend gen den Himmel. *Bitte verzeih, Herr. Aber wie kannst du so seelenruhig zuschauen, wie ich vor die Hunde gehe?*

Christina erkannte, wie sehr Ramona mit den Tränen kämpfte und sie hinunterschluckte, während ihre Hände wieder zitterten.

Ramona setzte sich auf einen Stuhl und schaute Christina geradewegs in die Augen. »Ich liebe dich nicht mehr«, sagte sie und vergrub das Gesicht in den Händen. »Ich liebe dich einfach nicht mehr«, murmelte sie noch einmal und zitterte jetzt am ganzen Körper. »Bitte geh!«, bat sie. »Ich kann's nicht ändern. Meine Gefühle … sie sind einfach weg.«

Christina torkelte nach hinten gegen die Wand. An der Mauer suchte sie mit beiden Händen nach Halt, um überhaupt noch irgendetwas zu spüren. »Du … du liebst mich nicht mehr?«, fragte sie. »Nicht mal mehr ein kleines bisschen?« Sie fühlte sich elendig, ohnmächtig und wie erschlagen.

Ramona, ich erkenne dich nicht wieder. Wie kalt, wie eiskalt bist du auf einmal geworden? Kann das wirklich sein? Du liebst mich nicht mehr, nach allem, was zwischen uns war? Wir hatten doch so eine schöne Zeit miteinander. Und jetzt soll alles vorbei sein? Sie hatte das Gefühl, bald zu explodieren. *Dabei habe ich mit all den Anschuldigungen nichts zu tun, rein gar nichts.*

Völlig apathisch blieb sie mit dem Rücken zur Wand stehen und starrte Ramona fassungslos an. *Warum nur habe ich das Gefühl, dass du mir irgendetwas verschweigst? Das passt doch alles nicht zusammen. Du bist kein gefühlskalter Mensch. Ganz im Gegenteil. Warum nur knallst du mir deine Worte so an den Kopf?*

Ramona fing laut an zu schluchzen. Ihre rot verweinten Augen schauten Christina traurig, verzweifelt und mit unglaublicher Intensität an.

Christina hielt Ramonas Blick fest. Sie versteckte kein einziges Gefühl vor der Liebe ihres Lebens und vor sich selbst. Ungeniert ließ sie ihren Tränen freien Lauf und begegnete Ramona dennoch mit einem zärtlichen, aber sehr traurigen Blick. »Ich liebe dich von ganzem Herzen. Nichts auf dieser Welt ist mir wichtiger als du. Du bist für mich wie die Luft zum Atmen. Ich will nicht ohne dich durchs Leben gehen müssen«, sagte sie mit zittriger Stimme und spürte, wie sich ihre Augen erneut mit Tränen füllten. »Was ist passiert, dass du so hart reagierst? Mein Herz empfindet anders. Mein Herz versteht nicht, warum du so endgültig redest«, versuchte sie, ihr Gefühlschaos so gut es ging zu erklären. »Bitte, mein Schatz. Ich flehe dich an. Ich möchte dich verstehen können.« Auf schwachen Beinen ging sie auf Ramona zu und wollte sie in den Arm nehmen.

Doch Ramona ließ das nicht zu, eilte in die Küche und schloss die Schiebetür. »Bitte, Christina. Mach es nicht schlimmer, als es eh schon ist.« Lange war es still. »Du wirst als Pfarrerin hier glücklich werden können. Ein bisschen konservativer vielleicht, damit auch Herr

Meier einverstanden ist. Ich bin mir sicher, dass sich in nächster Zeit vieles klären wird. Wenn es für dich wegen mir zu schlimm ist, hier in dieser kleinen Berggemeinde, werde ich mit meinen Pferden wegziehen«, flüsterte sie. »Du sollst hier glücklich werden und deine Berufung als Seelsorgerin und Pfarrerin leben dürfen.«

Christina fühlte, dass diese Worte Ramona unglaublich viel Kraft gekostet hatten, und sie fühlte auch, dass da irgendetwas nicht stimmte, wie bei einem Puzzlestück, das einfach nicht in die Lücke passte. Es war nur ein Gefühl. Aber genau dieses Gefühl machte es Christina unglaublich schwer, Ramonas Worten Glauben zu schenken. Alles in ihr zog sich schmerzlich zusammen.

So kann ich das alles nicht im Raum stehen lassen, dachte Christina und klopfte leise an die Tür. »Bitte sag mir doch wenigstens, was *noch* passiert ist«, flehte sie und schloss die Augen. »Ist irgendetwas geschehen, vom dem ich nichts weiß?«, fragte sie aufgelöst. »Ich kann das alles nämlich nicht begreifen.« Sie hielt inne und schüttelte den Kopf. »Will ich auch gar nicht«, sagte sie nun trotzig. »Ich spüre doch, dass du mir etwas verschweigst.«

Wiederum war es eine Zeit lang still. Totenstill.

»Es ist nichts passiert. Bitte geh jetzt! Ich liebe dich nicht mehr«, ertönte es mit kalter Stimme aus der Küche.

Christina konnte nicht mehr. Sie war am Ende ihrer Kräfte. *Ich kann machen, was ich will. Ich komme einfach nicht mehr an Ramona heran,* stöhnte sie innerlich.

Mit der Hand glitt sie an der Tür entlang. »Ich gehe jetzt«, sagte sie voll Bedauern und machte ein paar Schritte in Richtung Ausgang. Abrupt blieb sie stehen und drehte sich zur Küche um. Sie riss sich zusammen und mobilisierte ihre letzte Energie. »Aber glaub ja nicht, dass ich dich so einfach aufgebe«, sagte sie entschieden. »Ich liebe dich. Und ich werde um dich kämpfen, auch wenn ich im Moment noch nicht weiß, wie ich das anstellen soll.«

Die Türglocke klingelte, doch Christina verließ das Bistro nicht. Ganz ruhig blieb sie stehen und getraute sich kaum noch zu atmen. Es dauerte ein paar Minuten, dann hörte sie, wie Ramona in der Küche laut zu heulen begann. Und dann schrie sich Ramona ihren ganzen Kummer aus dem Leib: »Was für ein Albtraum! Ich liebe diese Frau! Ich liebe diese Frau über alles. Aber ich muss das jetzt durchziehen. Es muss sein. Ich muss jetzt tapfer sein, damit alles so kommt, wie es kommen soll - und richtig ist.«

Christina malte sich aus, wie Ramona sicherlich fast in einem Tränenmeer ertrank. Am liebsten wäre sie zu ihr geeilt, aber dann hätte sie sich verraten und wahrscheinlich Ramona zusätzlich verärgert. Ohnmächtig blieb sie daher stehen. Aber was hatte sie da soeben gehört? Dass Ramona sie noch liebte? *Das stimmt nicht,* korrigierte sie eine innere Stimme. *Sie hat gesagt, dass sie ›diese‹ Frau liebt.*

Christina fühlte sich wie erschlagen. Ihr Herz sagte ihr, dass sie damit gemeint sei. Aber was, wenn sie sich täuschte, wenn Ramona sich in eine andere Frau verliebt hatte? Der Zweifel nagte an ihr. *Ramona und eine andere Frau? Das kann ich mir nicht vorstellen, aber leider kann ich es auch nicht ausschließen.* Sie fühlte sich miserabel.

Noch einmal mobilisierte sie ihre Kräfte, woher auch immer sie sie nahm, vielleicht ja doch vom lieben Gott. Mit festem Blick schaute sie auf die Straße hinaus. *Ich werde um dich kämpfen, Ramona. Jetzt erst recht.* Sie drückte die Türklinke und rief, als es bimmelte: »Bin schon wieder weg, hab nur meine Handschuhe vergessen. Und … ich liebe dich.« Dann verließ sie das Bistro wirklich.

Mit rauschendem Kopf kämpfte sie sich durch den Neuschnee bis zu ihrem Auto. Dort musste sie sich auf der Motorhaube abstützen. Herz und Kopf signalisierten ihr immer wieder, dass da irgendetwas nicht zusammenpasste. Fast so, als sei etwas vorgefallen, das Ramona keine andere Wahl ließ, als diese drastische Entscheidung zu treffen. Aber warum nur?

Christina zog den Autoschlüssel aus der Jackentasche und hypnotisierte ihn minutenlang. *Nein, ich kann jetzt beim besten Willen nicht mehr fahren.* Sie steckte den Schlüssel wieder ein. Schritt für Schritt nahm sie ihren Weg nach Hause.

Im Bett fixierte sie das Kreuz, das rechts neben ihr an der Wand hing. Sie faltete die Hände zum Gebet. »Herr, ich werde eine Entscheidung treffen müssen. So wie jetzt kann es für mich nicht mehr weitergehen. Ich weiß, es hätte alles so schön werden können, aber für mich sieht es ganz danach aus, als wärest du mit meinem Weg nicht mehr einverstanden. Warum sonst sollte mir das alles widerfahren?« Sie besann sich einen Moment. »Es tut mir leid, wenn ich dich enttäuscht habe. Und es tut mir leid, wenn ich dich noch mehr enttäuschen werde.« Das Weitersprechen fiel ihr schwer. »Aber wenn du mich tatsächlich vor eine solch schwierige Prüfung stellst …« Sie wischte sich über die Augen. Dann legte sie erneut die Hände ineinander. »Dann ist jetzt der Zeitpunkt gekommen, mich von dieser Kirchengemeinde zu verabschieden.« Tränen traten in ihre Augen. »Ich werde mich also ein zweites Mal von einer Gemeinde verabschieden müssen.« Sie senkte den Blick. »Aber das macht nichts, denn Ramona ist der wichtigste Mensch, überhaupt das Wichtigste in meinem Leben. Ich liebe sie über alles. Und wenn ich dieses Opfer, von hier wegzugehen, für die Liebe meines Lebens erbringen muss, dann ist das eben so, und dann werde ich das auch tun«, schloss sie. Sie löschte das Licht und die drei Kätzchen kuschelten sich dicht an sie.

Kapitel 16

Heute war wieder einmal Sonntag und somit stand der nächste Gottesdienst vor der Tür. Die letzten Tage waren für Christina die Hölle gewesen. Die Situation mit Ramona schien völlig verfahren. Christina fühlte ich innerlich wie gelähmt. Eigentlich war es nicht ihre Art, nichts zu tun und abzuwarten. Doch sie musste sich eingestehen, dass sie sich, nach allem was passiert war, im Moment nicht mehr traute, mit Ramona Kontakt aufzunehmen. Obwohl sie sich nichts sehnlicher wünschte, als ihr ganz nahe zu sein.

Keine Nacht verging, ohne dass sie sich wünschte, dass Ramona neben ihr liegen würde und sie sie lieben durfte. Aber es schien, als wäre das reines Wunschdenken. Ramona fehlte Christina entsetzlich, und ihr Verlust zerriss ihr fast das Herz.

Ohne Elan und ohne ein berührendes Thema hatte sie eine Predigt wie aus dem Lehrbuch vorbereitet.

Frühzeitig wie immer war sie in der Kirche und beobachtete diskret, wie sich die Kirchenbesucher allmählich einfanden. Es fiel ihr auf, dass einige Leute fehlten. Sie vermutete, dass sie sich wegen der Anschuldigungen von ihr abgewandt hatten.

Etwa die Hälfte der Besucher verhielt sich so wie immer, nickte ihr freundlich zu und begrüßte sie still. Doch ein paar Menschen tuschelten hinter vorgehaltener Hand miteinander.

Christina spürte ganz genau, dass sich etwas verändert hatte. Aber wie hätte es anders sein können?

Was sie aber niederdrückte, war, dass es heute das erste Mal überhaupt war, seit sie ihre Gottesdienste in dieser Kirche abhielt, dass Ramona nirgends zu sehen war. Diese Erkenntnis schnitt ihr ins Herz. Offenbar wollte Ramona mit ihrem Fernbleiben ein unmissverständliches Zeichen setzen. Dies bestätigte Christina in ihrer Meinung, dass es keinen Sinn mehr für sie hatte, an diesem Ort zu bleiben. *Ich bin froh, wenn ich bald aus dieser Kirche hinaus kann und dieser Gottesdienst der Vergangenheit angehört,* dachte sie.

Mehr schlecht als recht brachte sie die Sonntagspredigt über die Bühne. Sie sprach über Verständnis, Vertrauen und Vergebung. Nichts als Floskeln, sie empfand überhaupt nichts dabei. So als würde sie über etwas Belangloses reden. *Meine Zeit hier geht definitiv zu Ende. Lange werde ich nicht mehr hier sein.*

Als ihr Vortrag, als solchen empfand sie es nämlich, zu Ende war, wusste sie gar nicht mehr, was sie den Menschen genau erzählt hatte, die trotzdem aufmerksam zugehört hatten.

Die Tür öffnete sich und die Kirchenbesucher strömten wie immer nach draußen in den Park. Christina war heute überhaupt nicht nach Plaudern zumute. Sie wartete, bis die Kirche leer war, und entschied sich dann, durch die Seitentür zu verschwinden, um möglichst von niemandem mehr gesehen und angesprochen zu werden und sich ins Pfarrhaus zurückzuziehen.

Die Energie in dieser Kirche hatte sich verändert. Natürlich spürte sie auch, dass ihr nicht mehr alle Dorfbewohner gutgesinnt waren. Aber das war ja voraussehbar gewesen. Ein Gerücht schlug immer seine Wellen und es blieb etwas an einem hängen. Ob es stimmte oder nicht, was da behauptet wurde, war gar nicht so wichtig. Es war eine Rufmordkampagne, und selbst wenn sich beweisen ließe, dass sie völlig zu Unrecht beschuldigt worden war, wäre ihre Integrität beschädigt.

Sie drehte sich noch einmal um und beobachtete mit Tränen in den Augen, wie sich die Menschen miteinander unterhielten. Doch in diesem Moment trug sie das Gefühl in sich, einfach nicht mehr hierher und dazu zu gehören. So vieles stimmte für sie nicht mehr. *Ramona ... ich will dich nicht verlieren. Ich will dich ... dich ... dich. Der ganze Rest ist mir so etwas von egal!*

Für heute wollte sie endgültig die Tür hinter sich schließen und hoffte, das Haus nicht mehr verlassen zu müssen.

»Geht doch«, hörte sie da eine Stimme hinter sich, kurz bevor sie ins Haus gehen konnte. Ihre Nackenhaare stellten sich auf. Sie drehte sich um. Erik Meier stand da und blickte ihr frech ins Gesicht.

Herr, findest du nicht auch, dass es bald mal reicht?, befragte sie innerlich den lieben Gott.

»Herr Meier, was wollen Sie denn schon wieder von mir?«, fragte sie wenig erfreut.

Der stattliche Mann blähte stolz seine Brust. »Alle Achtung, Frau Pfarrerin. Das war endlich mal ein guter Gottesdienst. Ein normaler, anständiger Gottesdienst«, lobte er Christina. Dann legte er den Kopf leicht schief. »Sie müssen nur zurechtgebogen werden.« Er lächelte Christina schief an. »Geht doch. Obwohl ich ja der Meinung bin, dass Frauen hinter dem Kochherd am besten aufgehoben sind.« Hatte der Typ sie noch alle? In welchem Jahrhundert lebte der? »Schönen Sonntag noch«, sagte Meier und stolzierte davon.

Christina schloss die Tür hinter sich ab. *Ich will das alles so nicht mehr haben. Meier und ich, das funktioniert einfach nicht. Wir haben das Heu definitiv nicht auf der gleichen Bühne. So einen Menschen brauche ich in meinem Leben nicht. Er ist so furchtbar engstirnig, konservativ und dazu auch noch hinterlistig und frauenverachtend.*

Wieder blickte sie nach oben. »Tut mir leid, Herr, auch wenn du jetzt bestimmt nicht meiner Meinung bist, ich finde ihn unmöglich«, sagte sie und hängte ihre Jacke am Kleiderhaken auf. Die Kätzchen maunzten schon nach ihrem Futter. Anschließend schaute Christina ihnen beim Spielen zu.

Nach reiflicher Überlegung entschloss sie sich, zu Ramona zu gehen und ihr mitzuteilen, dass sie die Gemeinde verlassen wollte. Sie griff nach der soeben aufgehängten Jacke und zog sich Mütze und Handschuhe an. Wenig später marschierte sie zu Ramonas Chalet.

Ramona öffnete die Tür und schaute Christina mit einem müden Blick an. Sie sagte nichts, sondern knetete ihre Hände.

Christina verzog die Mundwinkel nach unten. »Du … du warst heute nicht in der Kirche«, stotterte sie hilflos und scharrte mit ihrer Schuhspitze am Boden.

Ramona räusperte sich. »Bitte, Christina, mach es uns nicht noch schwerer.« Dann schenkte sie ihr einen mitfühlenden Blick. Sie hüstelte. »Von Lisbeth hab ich grade gehört, dass du die Predigt mit letzter Kraft gehalten hast. Die meisten Kirchenbesucher seien ziemlich irritiert gewesen. Sie hätten das Lebendige und Herzliche deiner Gottesdienste vermisst«, sagte sie und nahm den Blick noch immer nicht von Christina.

Christina starrte Ramona ungläubig an. »Du bist ja gut. Mir geht's wegen uns hundsmiserabel. Kein Wunder, wenn meine Predigt da mal nicht so lebendig war, oder?«, fragte sie gereizt.

Ramona riss sich zusammen. »Lass es gut sein, Christina.« Sie trat von einem Fuß auf den anderen. »Ich habe aber auch gehört, dass Meier heute sehr zufrieden mit dir war.« Nun bedachte sie Christina mit einem fast schon liebevollen Blick. »Es wird alles gut. Glaub mir. Du wirst hier weiterarbeiten können. Es wird sich bestimmt das eine oder andere bald klären. Da bin ich mir sicher.«

Christina war normalerweise die Ruhe in Person. Aber das, was sie hier von Ramona zu hören bekam, war in ihren Augen absolut an den Haaren herbeigezogen.

Mit der Handfläche schlug sie gegen die Wand. »Sag mal, willst du es nicht verstehen? Oder kannst du es nicht verstehen?« Ihre Augen funkelten Ramona an. »Der Job hier ist mir inzwischen so was von egal. Und Meier kann mir mal den Buckel runterrutschen.« Dann verließ sie die Kraft und sie fiel vor Ramona auf die Knie. »Ich will dich. Ich liebe dich von ganzem Herzen. Ohne dich ist das alles hier für mich sinnlos. Versteh das doch endlich!«

Ramona griff nach Christinas Armen und zog sie hoch. »Komm, steh auf, das sieht ja jämmerlich aus«, entfuhr es ihr. »Ich möchte, dass du um deinen Job, um deine Berufung kämpfst. Du hast mir so oft gesagt, wie glücklich du bist, wieder als Seelsorgerin und Pfarrerin arbeiten zu dürfen. Also was soll das ganze Getue?«, fragte sie forsch.

Zu forsch für Christina. Sie wurde ungehalten. »Ramona, es reicht!«, schrie sie. »Ich habe nichts getan. Keiner Frau habe ich je etwas angetan.« Ihr Blick durchlöcherte Ramona fast. »Aber du verheimlichst mir etwas. Ich sag's dir aber gern noch mal zum Mitschreiben: Ich liebe dich, und zwar nur dich. Die Kirche ist mir inzwischen wirklich egal.« Mit festem Blick schaute sie Ramona an. »Lieber räume ich irgendwo Regale ein, als mich dermaßen verbiegen zu müssen, um in Zukunft solche Gottesdienste wie den heutigen abzuhalten. Nur um einem gewissen Herrn Meier zu gefallen. Darauf kann ich gut und gern verzichten.«

Ramona raufte sich die Haare. »Sag doch so etwas nicht«, rief sie. »Schlaf eine Nacht drüber und zieh keine voreiligen Schlüsse.« Ihre Stimme klang jetzt aufgeregt.

Christina war immer noch in Fahrt. »Ach, lass mich in Ruhe. Ich weiß, was ich will. Und ich sage dir jetzt noch etwas. Ich werde morgen meine Kündigung einreichen. Mir reicht's.« Dann schaute sie Ramona tief in die Augen. »Mensch, Ramona, ich liebe dich!«

Ramona stand da wie vom Donner gerührt. »Du … du gehörst doch hierher«, stammelte sie. Sie schloss die Augen. Nach einer gefühlten Ewigkeit bedachte sie Christina mit einem weiteren mitfühlenden Blick. »Du wirst bestimmt eine neue Chance bekommen«, meinte sie. »Tu das nicht mit der Kündigung! Sonst wirst du es irgendwann bereuen.«

Christina schüttelte den Kopf. »Ich verstehe dich einfach nicht mehr. Was ist mit dir los?«, fragte sie eindringlich.

Ramona errötete, versuchte aber, ihre Unsicherheit zu überspielen. »Nichts, nichts ist los. Gar nichts«, antwortete sie kaum hörbar.

»Wie auch immer. Meine Entscheidung ist gefallen«, sagte Christina.

Ramona brauste auf: »Nein, tu das bloß nicht!«

Christina betrachtete Ramona kritisch. »Hast du mir vielleicht doch irgendetwas zu sagen?«

Ramona schüttelte den Kopf. »Nein, habe ich nicht.« Sie fuhr sich über die Stirn. »Sei nicht voreilig. Es wird sich bestimmt bald einiges klären.« Dieses Mantra klang so eigenartig in Christinas Ohren.

Doch sie nickte zustimmend. »Ja, du hast recht«, sagte sie kühl. »Es wird sich einiges klären.« Sie wandte sich von Ramona ab und ging, ohne noch einmal zurückzuschauen.

Am Abend saß Christina im Pfarrhaus an ihrem Schreibtisch und versuchte, die richtigen Worte für ihren morgigen Besuch bei ihrem Vorgesetzten Zwahlen zu finden. Sie wollte zum nächstmöglichen Zeitpunkt kündigen. *Wenn diese Last erst einmal von mir abgefallen ist, werde ich sehen, wie es beruflich weitergeht. Vielleicht gönne ich mir eine kurze Auszeit, um mich neu zu orientieren. Aber eines weiß ich genau, und das ist so sicher wie das Amen in der Kirche: Wenn dieser Spuk vorbei ist, und ich aus der Schusslinie bin, werde ich all meine Kräfte auf die Liebe meines Lebens konzentrieren. Zumindest werde ich nichts unversucht lassen.*

Bis spät in den Abend brannte in ihrem Büro Licht. Plötzlich klingelte es unten an der Tür. Christina erschrak und schaute auf die Uhr an der Wand. *Vielleicht Ramona?* Sie eilte die Treppe hinunter und riss die Tür auf.

Augenblicklich zog sie ein langes Gesicht. Vor der Tür stand Erika.

»Oje, du siehst wirklich elend aus«, meinte sie.

Christina winkte Erika hinein.

Erika griff sofort nach Christinas Hand. »Wie lange willst du das denn noch durchziehen? Wir beide wissen doch ganz genau, was du an dem fraglichen Donnerstagabend gemacht hast«, sagte sie. »Du warst damals bei mir in Zürich«, fuhr sie fort, »das ist doch ein klarer Entlastungsbeweis für dich.«

Christina winkte ab. Sie wollte Erika nicht erzählen, dass sie danach noch eine andere Unterredung in Zürich gehabt hatte, nämlich mit Lea. »Ich unterliege der Schweigepflicht«, betonte sie und strich ihr Haar zurück.

»Aber nicht, wenn ich dich von dieser Schweigepflicht entbinde. Und nicht, wenn ich möchte, dass du die Wahrheit sagst. Diese schreckliche Lüge muss endlich aus dem Weg geräumt werden«, sagte sie und schaute Christina fragend an.

Christina überlegte einen langen Moment. »Das ist unglaublich lieb von dir, Erika«, flüsterte sie. »Aber inzwischen ist noch so viel anderes passiert.« Sie schluckte.

»Das Allerschlimmste aber ist, dass Ramona mich nicht mehr liebt.«

Erika riss die Augen weit auf. »Was? Ramona liebt dich nicht mehr?« Sie konnte das soeben Gehörte wohl nicht recht glauben.

Christina zuckte die Schultern. Mit Tränen in den Augen schaute sie Erika an. »Ja, so ist es. Ramona hat es mir mehrmals mitten ins Gesicht gesagt«, erklärte sie kaum hörbar.

Erika hob vielsagend die Augenbrauen. »Oh, das kann ich nicht glauben.« Sie winkte energisch ab. »Da steckt was ganz anderes dahinter«, meinte sie und kniff die Augen zusammen. »Irgendetwas muss da sein. Etwas, wovon wir nichts wissen.« Verschwörerisch schaute sie Christina an. »Aber das muss doch herauszufinden sein. Ramona und du, ihr gehört doch zusammen!«

Christina stieß einen tiefen Seufzer aus. »Wie auch immer. Ich werde morgen meine Kündigung einreichen. In ein paar Wochen bin ich weg von hier. Niemand wird mich vermissen. Aus den Augen, aus dem Sinn.« Sie begann zu schluchzen. »Bitte entschuldige, Erika, aber ich bin dermaßen kaputt.« Sie hob die Hände. »Ich würde dir ja gern etwas zu trinken anbieten, aber ehrlich gesagt fallen mir fast die Augen zu.«

»Schon gut«, sagte Erika. »Geh du erst mal ins Bett«, sagte sie in einem Ton, als wäre dies eine Anweisung. »Und wegen Ramona«, mit dem Zeigefinger tippte sie sich an die Lippen, »da stimmt etwas nicht. Da bin ich mir sicher.« Im Türrahmen blieb sie nochmals stehen. »Und das mit der Kündigung würde ich mir an deiner

Stelle noch mal überlegen. Ich hab keine Lust, mich in Zukunft im Gottesdienst zu Tode zu langweilen.« Damit ging sie in die nächtliche Dunkelheit hinaus.

Kapitel 17

Nach einer von schlechten Träumen geplagten Nacht wollte Christina am nächsten Morgen zu Zwahlen fahren, als ein ihr bekannter Wagen um die Ecke schoss. *Nicht auch das noch!,* stöhnte Christina innerlich.

Ganz euphorisch sprang Lea aus ihrem Mini Cooper und kam lächelnd auf Christina zu. *Geht's noch? Bin ich Lea gegenüber denn immer noch nicht deutlich genug gewesen?*

Mit einem Mäppchen in der Hand fuchtelte Lea in der Luft herum. »Guten Morgen, meine Süße«, begrüßte sie Christina in singendem Tonfall. »Rat mal, was ich hier habe?«

Christina verdrehte die Augen. »Was soll das denn sein?« Entnervt schaute sie Lea an. »Viel mehr würde mich aber interessieren, weshalb du schon wieder hier bist.«

Lea stellte sich erhobenen Hauptes hin und fing Christinas Blick ein. »Schätzchen, wegen dir bin ich natürlich hier. Wegen wem denn sonst? Schon vergessen? Ich liebe dich.« Dann winkte sie wieder mit dem Mäppchen. »Hier drin steckt der Beweis, dass die Story aus der Zeitung nicht stimmt«, meinte sie triumphierend.

Christina schaute Lea verwirrt an. »Was denn für ein Beweis? Wieso solltest gerade du mir den liefern können?«

Lea lächelte überlegen. »Katja vom Reisebüro hat uns bestätigt, dass wir damals, als das mit dir und dieser

Tussi angeblich passiert sein soll, vier Wochen in Urlaub waren.« Sie grinste. Man sah ihr an, dass sie sich ganz großartig fühlte. »Ist das nicht cool?« Verschwörerisch zwinkerte sie Christina zu. »Somit ist bewiesen, dass du der anderen Frau gar nichts getan haben kannst«, sagte sie und man hörte an ihrer Stimme, dass sie mächtig stolz auf sich selbst war. Sie boxte Christina leicht gegen den Oberarm. »So, und nun sag schon, ist das nicht genial?«

In Christina kochte es. Energisch riss sie Lea die Unterlagen aus der Hand und warf einen Blick auf den Schrieb. *Warum ist Lea bloß auf diese bescheuerte Idee gekommen?* Unwillig schüttelte Christina den Kopf.

»Bist du denn von allen guten Geistern verlassen? Wir beide wissen doch ganz genau, dass ich erstens nie einer Frau etwas angetan habe und dass wir zweitens zu diesem Zeitpunkt gar nicht zusammen im Urlaub waren.« Sie warf Lea einen düsteren Blick zu. »Das ist ein fingierter Beweis. Das ist genau so eine Lüge wie die Verleumdungen gegen mich. So ein Schwindel fliegt doch ganz schnell auf«, sagte sie und strich sich übers Gesicht. »Da mache ich nicht mit. Vielleicht hast du es ja sogar gut gemeint«, skeptisch schaute sie Lea an. »Aber du hast dir die Mühe leider umsonst gemacht. Ich werde nicht versuchen, meine Unschuld mit gefälschten Unterlagen zu beweisen. So etwas geht einfach nicht. Ich käme mir dabei ganz schäbig vor.«

Wütend stampfte Lea auf den Boden auf. »Verdammt! Bist du stur.« Sie funkelte Christina an. »Reich bei deinem Chef diesen Beweis ein. Dann bist du fein raus und dein Leben kann in geordneten Bahnen weiterlaufen.« Sie legte die Arme um Christinas Nacken. »Alles wird gut. Vertrau mir. Ich liebe dich doch.« Sie zog Christina an sich. »Wenn sich dieser Trubel gelegt hat, werden wir beide zusammen wieder so richtig glücklich werden.« Blitzschnell drückte sie Christina einen Kuss auf die Lippen.

Diese wusste nicht, wie ihr geschah. Abrupt löste sie sich von Lea und wischte sich über den Mund. *Ist sie jetzt völlig übergeschnappt? Wie kann sie nur denken, dass wir wieder zusammenkommen und ein Paar werden?* Dieser Kuss hatte sich alles andere als gut angefühlt. »Ein *Wir* wird es mit uns ganz bestimmt nie mehr geben. Und das habe ich dir schon mehrfach gesagt. Schlag dir das bitte ganz schnell aus dem Kopf.« Fest schaute sie Lea in die Augen. »Und lass mich einfach in Ruhe. Das ist besser für dich und besser für mich. Aus uns wird nichts mehr.« Sie ging ein paar Schritte zur Seite.

Leas Gesicht verzerrte sich. Wütend starrte sie Christina an.

Christina wartete ruhig ab, was kommen würde. Sie atmete tief ein und aus, um das hier möglichst nicht eskalieren zu lassen.

»Überleg dir gut, was du jetzt tust. Überleg es dir sehr gut!«, sagte Lea gefährlich leise. Sie warf ihre Mähne nach hinten. »Entweder du gibst mir eine zweite Chance, dann rette ich dir mit dieser Bestätigung hier den Arsch, oder ...« Sie ließ den Satz in der Luft hängen. Dann zuckte sie salopp die Schultern. »Wenn nicht, dann setze ich noch einen oben drauf«, kündigte sie mit einem fiesen Grinsen an. »Und glaub mir ruhig, dann wird dein Albtraum erst richtig beginnen.« Herausfordernd schaute sie Christina an.

Christina schloss kurz die Augen. Das alles konnte sie fast nicht glauben. »Was hast du vor? Was führst du im Schilde?«, fragte sie alarmiert, während sich in ihrem Bauch ein ungutes Gefühl ausdehnte. *Jetzt kommt bestimmt der Oberhammer. Ich kenne Lea nur zu gut. Leider. Wenn sie nicht bekommt, was sie will, dann fährt sie die ganz schweren Geschütze auf.*

Lea fühlte sich überlegen, das konnte man an ihrer Körperhaltung erkennen. Sie stemmte die Hände in die Hüften und hob den Kopf. »Dann hör mal gut zu.« Sie hielt inne und hypnotisierte Christina mit ihrem Blick. »Ich werde mich ebenfalls als Opfer bei der Zeitung melden. Und denen berichten, dass du dich jahrelang an mir, deiner damaligen Partnerin, vergriffen hast«, sagte sie siegessicher und warf den Kopf in den Nacken.

Du Miststück!, schoss es Christina ungebeten durch den Kopf. »Das ist nicht dein Ernst, oder?«, fragte sie Lea barsch.

Lea lachte laut. »Denkst du, ich mache Witze?« Aus zusammengekniffenen Augen fixierte sie Christina. »Du hast die Wahl«, meinte sie und lachte amüsiert. »Die Entscheidung liegt ganz allein bei dir.«

»So, das reicht!«, schrie Christina. »Mach, dass du wegkommst. Ich will dich nie mehr wiedersehen. Und deinen angeblichen Beweis kannst du dir sonst wohin stecken.« *Eine Lüge mehr oder weniger spielt bei dem ganzen Fiasko sowieso keine Rolle mehr,* dachte Christina.

Aber dann rief sie sich selbst zur Ordnung. *Stopp, denk nicht so einen Müll. Die Lügen müssen sich aufklären und nicht noch vermehren,* appellierte eine innere Stimme an ihre Vernunft.

»Wie du willst«, zischte Lea, zerriss im Zeitlupentempo die fingierte Bestätigung in Stücke so groß wie Schnee-flocken und ließ sie zu Boden schweben.

Dann lief sie mit großen Schritten davon. Wenig später hörte Christina eine Autotür zuknallen und einen Motor aufheulen.

Christina musste das eben Erlebte erst einmal ver-dauen. *Unglaublich! Als hätte mir Lea nicht schon genug angetan. Diese Dreistigkeit!* Sie ging ein paar Schritte durch den Schnee und schaute den Vögelchen beim Frühstücken zu. Diese Idylle beruhigte sie allmählich wieder. Zeit, ihren Plan in die Tat umzusetzen und sich nach Bern aufzumachen.

Im Büro von Herrn Zwahlen angekommen, legte Christina ihm gleich ein Kuvert auf den Tisch. »Meine Kündigung«, sagte sie. Sie musste sich enorm zusam-menreißen, denn das hier war für sie alles andere als ein Spaziergang. Aber sie wollte sich vor ihrem Chef keine Blöße geben. Zwahlen runzelte die Stirn und verzog die Mundwinkel. Dann griff er nach dem Umschlag, öffnete ihn und begutachtete den Inhalt. »Wahrscheinlich ist es wirklich das Beste. In erster Linie natürlich für Sie, aber selbstverständlich auch für die Kirche. So kommt diese leidige Sache vom Tisch«, meinte er und lehnte sich in seinem Sessel entspannt nach hinten. Er begann, mit dem Kugelschreiber zu spielen. »Manchmal kommt eben alles anders als geplant. Ist es nicht so, Frau Gerber?«, fragte er und blickte zum Fenster hinaus. »Aber bitte, so setzen Sie sich doch«, bat er sie halbherzig.

Christina blieb lieber stehen. Sie hatte gar keine Lust, sich hinzusetzen. Dafür überschlugen sich ihre Gedanken schon wieder. *Jetzt noch ein paar Floskeln anhören, und dann ist gut. Nur möglichst schnell raus hier! Von mir aus können wir die Sache sofort beenden.* Sie schloss die Augen. *Danach steht nur noch der Besuch beim Kirchenverband an. Hoffentlich treffe ich dort nicht auf Meier.* Sie spürte, wie eine Gänsehaut ihre Arme überzog. Bei dem Gedanken, diesem Kerl womöglich über den Weg zu laufen, wurde ihr fast übel.

Herr Zwahlen ließ die Kündigung in einer Schublade verschwinden. »Tja, dann wäre ja wohl alles geklärt.« Durchdringend musterte er Christina. »Werden Sie einen stillen Abgang machen? Oder wie gedenken Sie, Ihren Entschluss Ihrer Noch-Kirchengemeinde mitzuteilen?«

Einen stillen Abgang, knurrte Christina innerlich und schüttelte den Kopf. »Ich werde schon noch die Courage besitzen, den Kirchenbesuchern anlässlich meines nächsten Gottesdienstes meinen Entscheid persönlich mitzuteilen«, antwortete sie und merkte, wie sich bei dieser Vorstellung in ihr alles zusammenzog.

Etwas missmutig verzog ihr Noch-Chef das Gesicht. »Wie Sie wollen«, murmelte er. »Ich hätte auch ein Schreiben verfassen können. Quasi eine schriftliche Mitteilung. Hätte auch gereicht.«

Christina setzte ein gespieltes Lächeln auf. »Das ist nett von Ihnen, aber ich werde das selbst erledigen, und zwar mündlich«, erklärte sie, reichte Herrn Zwahlen die Hand und verabschiedete sich.

»Auf Wiedersehen«, nuschelte er. Nur mühsam schaffte er es, Christina kurz in die Augen zu schauen. »Ich werde mir natürlich Ihren letzten Gottesdienst nicht entgehen lassen«, verkündete er dann.

Christina seufzte innerlich. *War mir schon klar. Dieser letzte Gottesdienst wird bestimmt ein richtiges Spießrutenlaufen werden. Aber das bin ich denen, die zu mir gehalten haben, einfach schuldig.*

Das Büro des Kirchenverbandes schien wie ausgestorben.

»Hallo, ist da jemand?«, rief Christina, nachdem sie fünf Minuten vergeblich am Empfangstresen gewartet hatte.

Plötzlich hörte sie ein Geräusch. Wenig später streckte Meier den Kopf aus seinem Büro. »Sie? Was wollen Sie denn hier?«, fragte er schroff.

Christina riss sich ein weiteres Mal zusammen. »Ich habe die Kündigung eingereicht. Um die Spendenaktion für Afrika kann ich mich leider nicht mehr kümmern. Das muss jetzt wohl mein Nachfolger machen«, sagte sie gefasst. »Ich wollte nur, dass Sie Bescheid wissen.« *Wenn ich diesen Typen sehe, kommt mir die Galle hoch.*

Hektisch winkte Erik Meier Christina zu sich ins Büro. »Kommen Sie, setzen Sie sich. Ich muss nur noch kurz ein Telefonat beenden.« Er nahm das Telefon und stellte sich ein paar Meter von Christina entfernt ans Fenster.

Christina dachte nicht im Traum daran, Platz zu nehmen.

Aus dem Telefon begann sofort eine aufgeregte Frauenstimme zu krächzen. Christina konnte nichts Genaues verstehen, aber ganz offenkundig schien die Frau am Apparat richtig mies drauf zu sein.

Meier starrte Christina an, dann verließ er das Büro, um an der Empfangstheke weiterzutelefonieren.

Christina näherte sich ihm leise, blieb aber hinter der halb angelehnten Tür stehen. *Sie bekam nur mit, dass die Anruferin ziemlich üble Schimpfwörter benutzte.*

Meier schrie mit unterdrückter Stimme: »Wage es nicht! Wenn du das tust, dann gnade dir Gott, du elendige Schlampe.« Er drückte den Anruf weg.

Christina eilte zurück in die Mitte des Büros.

Eine Sekunde später betrat Meier wieder sein Reich. »Alles klar«, sagte er. Christina ließ sich nichts anmerken. Nervös tigerte Meier im Raum umher. Nun drehte er sich zu Christina um. »Ist sicher besser, wenn Sie Ihre Tätigkeit beenden. Nach allem, was passiert ist.« Er winkte ab. »Um die Spendenaktion machen Sie sich mal keine Gedanken. Wir werden schon eine Lösung finden. War eh eine Schnapsidee meines Vorgängers. Nächstes Jahr veranstalte ich diesen Zirkus bestimmt nicht mehr.« Demonstrativ schaute er auf seine Uhr. »Ich habe jetzt keine Zeit mehr. Leben Sie wohl«, sagte er abrupt und schaute Christina auffordernd an.

»Ja, ähm … auf Wiedersehen«, stammelte sie verdattert ob dieses Rausschmisses. *Hoffentlich auf Nimmerwiedersehen,* dachte sie bei sich.

Draußen lehnte sie sich an eine Hauswand. *Der hatte es ja plötzlich eilig. Egal, ich hab's hinter mir. Meier kann ich also auch abhaken.*

Wieder oben in den Bergen angekommen, wollte Christina noch einen Versuch wagen, mit Ramona zu reden. Mit hängenden Schultern betrat sie das Bistro. Keine Ramona in Sicht. Sie ging zur Küche und warf einen Blick hinein. Auch dort entdeckte sie Ramona nicht. War sie etwa krank? An einem Tischchen ganz hinten in der Ecke entdeckte sie Lisbeth und Erika, die in ein Gespräch vertieft waren. Zielstrebig marschierte sie auf die beiden zu. Dabei entging ihr nicht, dass ein paar Besucher ihre Blicke auf sie richteten. Einige wenige grüßten sie, aber zurückhaltend. Einige versteckten sich einmal mehr hinter der Zeitung, während andere tuschelten. *Toll. Da hat jemand ganze Arbeit geleistet. Nur gut, wenn ich dem ein Ende setze.*

Herzlich begrüßte sie Lisbeth und Erika. »Wo ist denn Ramona?«, wollte sie wissen. »Ich muss unbedingt mit ihr reden«, fügte sie hinzu.

»Setz dich bitte«, bat Lisbeth. »Ramona ist nicht da«, sagte sie, als Christina auf einem Stuhl Platz genommen hatte. »Sie hat Hals über Kopf ein paar Sachen zusammengepackt und ist für ein paar Tage verreist«, erklärte sie und legte eine Hand auf Christinas Arm. »Ich denke, das war eine gute Entscheidung, denn Ramona war einem Nervenzusammenbruch nahe.« Das Weitersprechen fiel ihr schwer. »Erika und ich kümmern uns bis zu Ramonas Rückkehr um das Bistro«, sagte sie und fing Christinas Blick ein.

Christina saß mit krummem Rücken da. »Ramona ist weg?« Sie fuhr sich durch die Haare. »Wie lange denn?«, fragte sie nervös. »Und wo ist sie jetzt?«

Erika zuckte die Schultern und bedachte Christina mit einem mitfühlenden Blick. »Sie hat uns nicht gesagt, wo sie hinfährt. Ein paar Tage wollte sie verreisen, was auch immer das heißt.«

Christina brauchte einen langen Moment, um sich von dieser Hiobsbotschaft zu erholen. »Oje, das sind ja Neuigkeiten.« Sie räusperte sich. »Nächsten Sonntag werde ich in der Kirche meinen Rücktritt bekannt geben«, sagte sie, stand auf und verließ mit unsicheren Schritten das Bistro.

Kapitel 18

Nun war also der Tag gekommen. Christinas letzter Sonntagsgottesdienst stand an. Nur mühsam schaffte sie es, sich an diesem Morgen aufzuraffen und vor die Menschen zu treten. Obwohl sie in den letzten Tagen mehrmals versucht hatte, Ramona telefonisch zu erreichen, ihr Kurzmitteilungen geschrieben hatte und sich erhofft hatte, Ramona vielleicht doch irgendwann zu Hause anzutreffen, fehlte von ihr nach wie vor jede Spur.

Mit traurigem Blick schaute Christina nach vorn und sah zu, wie die Kirchenbesucher eintrudelten und auf den Sitzbänken Platz nahmen.

Das habe ich mir schon gedacht, seufzte sie innerlich. Unter den Menschen, die so zahlreich erschienen waren wie schon lange nicht mehr, saßen auch Meier und Zwahlen. Wahrscheinlich hatte sich die Neuigkeit herumgesprochen, dass sie ihren Rücktritt erklären würde. *Und nun wollen sie alle dabei sein, damit sie es mit eigenen Augen gesehen und mit eigenen Ohren gehört haben.*

In der zweiten Reihe ganz rechts außen saßen Lisbeth und Erika. Erika schaute Christina immer wieder an und schüttelte niedergeschlagen den Kopf. Es sah fast so aus, als würde sie mitleiden.

Lisbeth blickte sich währenddessen immer wieder nervös in der Kirche um. Ihr Blick schweifte nach vorn zu Christina, dann nach oben auf die Kanzel und weiter zum Balkon. Sozusagen ein Rundumblick. Es machte den Anschein, als würde sie etwas belasten. Ab und zu schaute sie Erika mit schmerzverzerrtem Gesicht an und presste die Lippen zusammen.

Christina entging nicht, dass sich zwischen den beiden etwas abspielte. *Was haben sie denn bloß?* Sie entschied sich, zu Lisbeth und Erika hinzugehen und nachzufragen. »Geht's dir nicht gut?«, fragte sie Lisbeth und schaute sie besorgt an.

Lisbeth zuckte zusammen. »Wie?«, fragte sie zerstreut.

»Geht's dir nicht gut?«, wiederholte Christina ihre Frage. Ihr Blick verweilte auf Lisbeth.

Lisbeth drückste herum. »Ähm, ja, das ist mir jetzt wirklich peinlich«. Verlegen lächelte sie. »Ich weiß, die Predigt beginnt gleich.« Sie knetete ihre Finger. »Aber ich muss dringend auf die Toilette«, flüsterte sie. »Ich hab schon den ganzen Morgen fürchterlichen Durchfall.«

Christina legte beruhigend eine Hand auf Lisbeths Arm. »Lisbeth, ich bitte dich, das ist doch nun wirklich kein Problem. Lass dir Zeit und komm später einfach zur Seitentür wieder herein.« Sie deutete auf die entsprechende Tür. »Ich wünsche dir gute Besserung.«

»Danke«, flüsterte Lisbeth und lächelte verhalten. Dann huschte sie nach draußen.

Fragend schaute Christina nun Erika an. »Hat Lisbeth etwas Schlechtes gegessen?« Man sah ihr an, dass sie sich ernsthaft Sorgen machte.

Erika zuckte die Schultern. »Nicht dass ich wüsste«, murmelte sie und begann, das Gesangsbuch durchzublättern. Sie schaute nach vorn an die Tafel. »Mal sehen, was du dir für heute ausgesucht hast.« Als sie die entsprechende Seite aufgeschlagen hatte, gruben sich tiefe

Furchen in ihre Stirn. Eindringlich schaute sie Christina an. »Oje, das bedeutet nichts Gutes«, flüsterte sie.

Christina schaute auf ihre Uhr. »Lisbeth hat es offensichtlich schlimm erwischt. Ich muss wieder nach vorn, die Stunde der Wahrheit, meine letzte Stunde hier«, sagte sie.

Erika legte eine Hand auf Christinas Arm. »Was auch immer passiert, vergiss bitte nicht, dass Lisbeth und ich auf deiner Seite stehen«, sagte sie mit lieber Stimme und nickte Christina zu.

»Danke«, flüsterte Christina.

Der Beginn des Gottesdienstes rückte immer näher. Gerade wollte Christina ihr Wort an die Gemeinde richten, als sie sah, wie Lisbeth die Seitentür öffnete und leise an ihren Platz eilte.

Christina nickte ihr zu, räusperte sich und wartete noch einen kurzen Moment. Dann atmete sie tief durch, schaute zum Organisten hoch und gab ihm ein Zeichen. Während die Orgel zu spielen begann, nahm sie in der ersten Reihe Platz. *Sie werden mich noch lange genug anstarren können. Ich brauche noch ein bisschen Zeit, um mich zu sammeln. Schließlich will ich das hier einigermaßen anständig zu Ende bringen.*

Zurecht durfte man sich fragen, ob heute ein Sonntagsgottesdienst oder eine Beerdigung auf dem Programm stand, denn der Organist hatte ein Trauerlied angestimmt. Eines, das einem durch Mark und Bein ging und auch ohne triftigen Grund die Tränen in die Augen treten ließ.

Christina hatte sich bewusst für dieses Lied entschieden, denn sie hatte ihren Kampf verloren. Auch weil sie es müde war, noch einmal eine solch menschenunwürdige Behandlung wie an ihrem früheren Wirkungsort zu ertragen.

Sie war es leid, für ihre Liebe zu einer Frau weiterhin bestraft und gedemütigt zu werden, während für viele ranghohe Kirchenanhänger Liebe und Nächstenliebe nur leere Worte waren und sie wohl gegen das eine oder andere Gebot verstießen. Gegen das achte Gebot zum Beispiel, ›Du sollst nicht falsch Zeugnis reden wider deinen Nächsten‹, verstieß jemand Bestimmtes auf jeden Fall. Oder wie sollte man das nennen, was der feine Herr Meier die ganze Zeit trieb?

Eigentlich war Christina bei der Amtsübernahme der Meinung gewesen, dass der liebe Gott einen guten Plan mit ihr im Sinne hatte. Doch die Wege des Herrn waren in den letzten Wochen ziemlich unerforschlich gewesen.

Christina war sich sicher, dass sie erst zurücktreten musste, um wieder zu Energie und somit neuem Lebensmut zu gelangen, um ehrlich und aus tiefstem Herzen um die Liebe ihres Lebens zu kämpfen, nämlich um Ramona, die sie immer lieben würde, bis zum letzten Atemzug.

Als das melancholische Lied zu Ende war, räusperte Christina sich mehrmals. Ihre Kehle war trocken. Man sah ihr an, dass sie sich zusammenreißen musste. Es fiel ihr unendlich schwer, sich den Menschen zuzuwenden und die richtigen Einstiegsworte zu finden.

»Meine gelieb…«, sie unterbrach sich. Ein eigenartiges Gefühl durchflutete sie. Eines, das sie nicht einordnen konnte. Aber das musste sie jetzt ja auch nicht. Jetzt musste sie einfach ihre letzte Rede halten und sich von all dem verabschieden.

Sie räusperte sich. »Meine geliebten Mitmenschen. Ich habe …«, sie schluckte trocken. Das Sprechen fiel ihr unglaublich schwer.

Ein paar Leute begannen zu flüstern. Meier grinste ihr verschlagen ins Gesicht. Zwahlen verzog keine Miene und wartete wohl auf die Fortsetzung dieses armseligen Gottesdienstes.

Reiß dich endlich zusammen! Du willst doch nicht einen dermaßen erbärmlichen Abgang machen, ermahnte sie sich innerlich und stellte sich gerade hin. Sie begann von vorn.

»Meine geliebten Mitmenschen. Ich habe niemals eine Frau genötigt. Ich bin niemals einer Frau oder sonst einem Menschen zu nahe getreten. Das ist nicht meine Art und wäre mit meiner Tätigkeit als Seelsorgerin und Pfarrerin nicht vereinbar. Solche Dinge, die mir leider auf bösartige Weise unterstellt wurden, sind reine Verleumdung. Niemals im Leben würde ich so etwas tun!« Sie atmete tief durch. In der Kirche hätte man eine Stecknadel fallen hören können. »Ich habe auch meiner ehemaligen Lebensgefährtin niemals etwas angetan.« Ihr Blick schweifte zu all den Besuchern. »Ich erwähne das ganz bewusst, weil ich leider damit rechnen muss, dass auch sie, meine Ex-Partnerin, eine weitere Lüge über mich in die Weltgeschichte hinaustragen wird.« Sie zuckte die Schultern. »Vielleicht. Vielleicht auch nicht. Leider muss ich mit dem Schlimmsten rechnen«, murmelte sie und hielt einen Moment inne. »Ich erwähne auch ganz bewusst immer die Berufsbezeichnung Seelsorgerin vor der Bezeichnung Pfarrerin.« Sie strich sich durchs Haar. »Weil für mich das Seelenleben, die Nöte, Sorgen und Probleme von euch allen hier in der Gemeinde immer an erster Stelle standen und auch jetzt noch stehen, wenn es denn jemand wünscht. Die Liebe zu Gott dem Herrn ist mir selbstverständlich wichtig. Aber in erster Linie geht es mir um die Menschen. Euch allen danke ich von ganzem Herzen. Ihr habt mich damals, als Dominik diesen Ort verlassen hatte, offen und herzlich empfangen.« Das Sprechen fiel ihr zunehmend schwerer. »Es war mein Plan, mein Ziel, Dominiks Werk weiterzuführen. Im Namen der Nächstenliebe, der Toleranz und auch im Namen der Liebe in all ihren Farben. Diese Werte zu leben und für sie einzustehen hatte ich mir vorgenommen.«

Sie blickte nach vorn. Meier warf ihr einen strafenden Blick zu und winkte energisch ab, als wolle er ihr signalisieren, dass sie endlich zum Schluss kommen solle. Ihr Blick wanderte weiter zu Zwahlen. Auch er gab ihr zu verstehen, dass sie endlich vorwärts machen solle.

»Ich werde euch verlassen«, verkündete Christina mit dünner Stimme. Um ihre Mundwinkel begann es, heftig zu zucken. »Ich fühle mich hier nicht mehr erwünscht.« Sie schloss kurz die Augen. Dann wandte sie sich wieder den Besuchern zu. »Aber ich hoffe sehr … Herr, bitte erhöre mich«, sie verschränkte die Hände und schaute nach oben, »dass ich Ramona, die Liebe meines Lebens, zurückgewinnen kann.« Sie hielt inne. »Ramona ist eine wundervolle und einzigartige Frau«, begann sie zu schwärmen. »Ihr gehört mein Herz. Ich liebe diese Frau über alles. Und wenn ich mich tatsächlich zwischen Ramona, dem Herrn und der Kirche entscheiden muss, dann ist für mich sonnenklar, wie ich mich zu entscheiden habe. So klar wie das Amen in der Kirche.« Sie ging ein paar Schritte auf und ab. Die Menschen wurden immer unruhiger und redeten leise. Einzelne zogen Taschentücher aus den Jacken und tupften sich die Augen ab.

Christina stieß einen schweren Seufzer aus. »Aber Ramona hat mich verlassen und ist nicht mehr an meiner Seite.« Nun musste sie sich selbst ein paar Tränen aus dem Gesicht wischen. »Ramona ist weg. Alle Indizien sprechen leider gegen mich. Ich habe meine Kündigung eingereicht und werde die Gemeinde zum nächstmöglichen Zeitpunkt verlassen. Dies hier ist also mein letzter …«

Mit Wucht wurde die große Tür aufgerissen.

Außer Atem stürmte eine Frau in die Kirche. Sie hatte langes, auffällig blondes Haar. »Nicht, nein, das dürfen Sie nicht tun. Sie müssen bleiben!«, schrie sie und schaute unsicher um sich.

Innert Sekunden waren sämtliche Augenpaare nur noch auf diese Frau gerichtet. Alle starrten sie mit großen Augen und offenem Mund an.

Erik Meier allerdings fielen fast die Augen aus dem Gesicht. Wie von einer Tarantel gestochen sprang er von der Sitzbank hoch, quetschte sich an den anderen Kirchenbesuchern in seiner Sitzreihe vorbei, stürzte sich auf die Frau und wollte sie mit Gewalt aus der Kirche zerren. »Halt bloß dein loses Mundwerk!«, schrie er sie an und verpasste ihr links und rechts eine Ohrfeige.

»Um Himmels willen!«, hallte es durch die Kirche. Ein paar Besucher hielten sich geschockt eine Hand vor den Mund. In sämtlichen Gesichtern las man pures Entsetzen.

Die Frau riss sich schnaubend von Meier los. »Lass mich, du elendiger Mistkerl!«, schrie sie. »All die Jahre hast du mir deine Liebe versprochen. Nur deswegen habe ich bei deinem dreckigen Plan mitgespielt. Dabei hast du nichts anderes im Sinn, als zu deiner Lea zurückzukehren. Du Heuchler, Lügner und Betrüger.« Sie schnappte nach Luft. »Deshalb willst du das Leben dieser völlig unschuldigen Pfarrerin ruinieren. Nur weil Lea dich damals wegen ihr verlassen hat. Du Ekelpaket!« Sie rannte zu Christina nach vorn, fast so, als würde sie bei ihr Schutz suchen.

Erik Meier blieb wie zur Salzsäule erstarrt stehen. Er war aschfahl geworden.

Die Blicke der Kirchenbesucher hüpften zwischen ihm und der Frau hin und her.

Die Frau wandte sich den Menschen zu und deutete mit dem Zeigefinger auf sich selbst. »*Ich* bin die Geliebte von dem Mistkerl da - gewesen. Die längste Zeit meines Lebens.« Sie wies auf Meier.

Dann drehte sie sich zu Christina um. Beschämt schaute sie sie an. »Eure Frau Pfarrerin hat mir nichts getan. Sie hat mir rein gar nichts getan. Sie hat mich nicht einmal gekannt.« Ihr Blick fiel zu Boden. »Das angebli-

che Entschuldigungsschreiben hat *er* ihr untergejubelt.«
Sie deutete wieder auf Meier. »Es ist eine Fälschung. Das
alles war *seine* Idee.« Nun war sie nicht mehr zu brem-
sen. »*Er* war es auch, der den Opferstock geplündert hat.
Und *er* hat eine Zeugin gekauft, die angeblich Amari
dabei beobachtet hat, dieser gottverdammte Mistkerl.«
Ihre Augen verengten sich. »Und ich gehe jede Wette
ein, dass er die geschmierte Zeugin mit Spendengeldern
bezahlt hat.«

Zuerst herrschte in der Kirche Totenstille. Dann brach
ein Tumult los. Alle redeten aufgeregt durcheinander.
Lisbeth und Erika aber lächelten einander zufrieden zu
und hoben die Daumen nach oben.

Was für eine Sünde! Was für eine Erkenntnis. Was für
ein Drama - und das alles in dieser hübschen Kirche,
inmitten einer Landschaft wie aus dem Bilderbuch.

Die Frau warf Christina einen reumütigen Blick zu.
»Ich … ich wünschte, Sie könnten mir eines Tages vergeben. Das alles tut mir unglaublich leid«, stotterte sie.
Mit gesenktem Kopf wollte sie durch die Seitentür verschwinden.

Christina brauchte einen Moment, um sich aus ihrer
Schockstarre zu lösen. *Habe ich das alles richtig gehört?
Oder verliere ich nun doch noch den Verstand? Meier ist
der enttäuschte Liebhaber von Lea? Und deshalb wollte
er mich vernichten? Weil er selbst zu Lea zurückkehren
wollte, die aber wieder hinter mir her war? Was für ein
Irrsinn!* Sie rannte der Frau nach und versperrte ihr den
Weg. »Danke. Vielen Dank, dass Sie diesen Mut gehabt
haben«, sagte sie mit zittriger Stimme und wies ihr den

Weg in die erste Sitzbankreihe. Dann schenkte sie ihr ein verhaltendes Lächeln. »Bitte setzen Sie sich und bleiben Sie.«

Die Frau nickte zögerlich und schob sich auf die Bank, wo sie wie ein Häufchen Elend hockte.

Christina ging wieder nach vorn und strich sich über die Schläfe. Doch noch ehe sie etwas sagen konnte, bemerkte sie, wie Erika aufstand und um Ruhe bat. Verdattert starrte sie Erika an. *Was hat denn das jetzt zu bedeuten?*

Erika räusperte sich und erhob ihre Stimme: »Christina, unsere Frau Pfarrerin, ist ein wundervoller Mensch.« Ihr Blick schweifte über die Köpfe. »Christina war an besagtem Donnerstagabend bei mir. Sie hat mich damals besucht, um mir von Lisbeth zu erzählen«, erklärte sie mit weicher Stimme und drehte sich zu ihrer Freundin um. Dann legte sie zärtlich Lisbeths Hand in ihre.

Lisbeth nickte, lächelte und erhob sie sich nun ebenfalls von der Sitzbank. Sie schenkte Erika einen verliebten Blick. Es sah so aus, als würde sie damit Erika ihr Einverständnis zum Weitersprechen geben.

»Lisbeth und ich sind nun endlich zusammen. Wir sind ein Paar.« Sie fixierte Herrn Meier, der immer noch reglos mitten in der Kirche stand. »Nur zu Ihrer Information, werter Herr Kirchenvorstand, Lisbeth und ich, wir lieben uns.« Nun wandte sie sich Christina zu, die aus dem Staunen nicht mehr herauskam. »Christina ist sehr gewissenhaft.« Verschwörerisch zwinkerte sie Christina zu. »Für meinen Geschmack manchmal ein bisschen zu gewissenhaft. Unsere Frau Pfarrerin hat nämlich ihre

Schweigepflicht die ganze Zeit gewahrt, nur meinetwegen, unseretwegen.« Sie schaute Christina an, die wusste, dass dies nur zum Teil der Grund gewesen war, aber das war ja jetzt belanglos. »Auch wenn dich das fast Kopf und Kragen gekostet hätte«, sagte Erika sanft tadelnd.

»Ich wünsche mir so sehr, dass Ramona und du wieder zueinanderfindet.« Sie ließ Lisbeths Hand los und drückte nun für alle gut sichtbar beide Daumen. Dann schaute sie in Richtung Himmel. »Herr, lass bitte ein Wunder geschehen. Wenn nicht jetzt, wann dann?«, flüsterte sie und verschränkte die Hände wie zum Gebet.

Lisbeth nahm ihre Freundin an der Hand und ging mit ihr an den Leuten vorbei nach vorn, zu Christina. »Christina muss bleiben. Sie ist eine großartige Seelsorgerin und Pfarrerin. Sie gehört hierher. Zu uns allen«, sagte sie mit klarer Stimme. »Erika und ich werden alles unternehmen, damit Christina bleibt«, verkündete sie und schaute die Kirchengemeinde kämpferisch an. »Alles!«, betonte sie noch einmal.

Erika schmunzelte. »Jawohl, alles!«, rief sie.

Zögerlich standen zwei Frauen auf. Einen kurzen Moment geschah weiter nichts. Dann erhob sich ein Kind, wieder zwei Frauen und nun der erste Mann.

Mit verunsichertem Blick schaute Christina all die Besucher an. *So etwas habe ich ja noch nie erlebt. Was wird das denn jetzt?*

Plötzlich standen da ganz viele Menschen. Sie hatten sich von den Sitzbänken erhoben, sahen sich an und nickten sich zu, als hätten sie sich blitzschnell abgesprochen.

»Christina bleibt! Unsere Pfarrerin bleibt! Christina bleibt! Unsere Pfarrerin bleibt!«, skandierten sie im Chor, immer und immer wieder.

Zum Schluss erhob sich Christinas Chef, Herr Zwahlen, und bewegte seine Lippen mit. Man sah ihm an, dass er sich in seiner Haut nicht wohlfühlte. Hatte nicht er Christina nahegelegt, die Gemeinde zu verlassen? Das, was sich hier nun gerade abspielte, war dann wohl die Quittung für sein schwaches Verhalten.

Erik Meier nutzte die Gelegenheit, rannte nach vorn zu seiner Geliebten, packte sie grob und versuchte, sie hinauszuzerren.

Ein paar junge, starke Burschen sahen das, rannten auf die beiden zu und versperrten dem Intriganten den Weg.

»Nichts da«, schrie ein junger Mann. »Du armseliges Würstchen bleibst schön da!« Er packte Meier am Kragen und drückte ihn schließlich an die Wand. »Auf dich wartet die Polizei.« Einem Kumpel warf er einen vielsagenden Blick zu. »Ruf unseren Dorfsheriff«, sagte er, wandte sich wieder Meier zu und grinste ihm überlegen ins Gesicht. »Du bist wirklich eine armselige Kreatur. So etwas wie dich hat die Kirche nicht verdient.« Er schüttelte den Kopf. »Hoffentlich bekommst du bald deine gerechte Strafe«, sagte er und ließ Meier nicht mehr aus den Augen. »Das ist Rufmord, was du mit unserer Pfarrerin gemacht hast. Du elendiger Mistkerl hast es fast fertiggebracht, Christinas Leben zu zerstören. Von mir aus kannst du dafür in der Hölle schmoren«, sagte sein Kumpel wütend.

»Die Polizei ist unterwegs«, rief ein anderer. Alle nickten zufrieden und atmeten erst einmal erleichtert auf.

Christina verstand immer noch nicht ganz, was hier gerade geschah. »Danke, vielen herzlichen Dank«, kam es ihr mit bewegter Stimme über die Lippen. Sie hielt sich eine Hand ans Herz und musste sich erst einmal hinsetzen. In und an ihr zitterte alles, so tief berührt und gleichzeitig aufgewühlt war sie.

Nach endlosen Minuten stand sie mit weichen Knien wieder auf. Ihre Lippen bebten immer noch. »Vielen Dank. Das … das ist unglaublich lieb von euch«, stotterte sie und schloss kurz die Augen. »Aber ich kann nicht bleiben«, sagte sie. »Ich möchte meine große Liebe, Ramona, zurückbekommen. Deshalb muss ich jetzt einfach ein Zeichen setzen. Damit Ramona endlich versteht, dass sie mir das Allerwichtigste im Leben ist.« Verunsichert sah sie zu all den Leuten hin. Die blickten sie voll Mitgefühl an. »Ihr alle seid mir extrem ans Herz gewachsen«, sagte Christina aufrichtig, »aber anders geht es nicht.«

Über ihren Köpfen knarrte der Holzboden.

»Nein, bitte verlass die Kirche und diesen wundervollen Ort nicht! Bitte bleib! Bitte bleib hier bei uns Pfarrerin!«, rief es vom Balkon herunter.

Alle Köpfe und Blicke schnellten nach oben. Augenblicklich war es mäuschenstill.

Hinter dem Balkongeländer tauchte wie aus dem Nichts Ramona auf. Sie schaute zu Christina hinunter. »Bitte bleib hier Seelsorgerin und Pfarrerin. Ich flehe dich an.« Sie wischte sich über die Augen. »Und bitte komm zu mir zurück! Es tut mir alles so entsetzlich leid. Du bist die Liebe meines Lebens!«, rief sie und fing Christinas Blick ein, der ihr voll Gefühl entgegenlächelte.

Jetzt hielt Christina nichts mehr zurück. Sie rannte an den Menschen vorbei und hechtete auf den Balkon hinauf, zu Ramona. Wortlos umarmte sie ihre Freundin und hielt sie einen langen, sehr langen Moment fest, während sie ihr zärtlich über den Kopf streichelte. *Am liebsten würde ich dich nie wieder loslassen.* »Ich liebe dich, ich liebe dich, ich liebe dich«, flüsterte sie ihr immer wieder ins Ohr.

Christina wagte einen Blick nach unten zu ihrer Kirchengemeinde. Jeder zweite Besucher tupfte sich inzwischen vor Rührung die Tränen aus dem Gesicht. Ausnahmslos alle schauten hoffnungsvoll nach oben, zwinkerten Christina verschwörerisch zu und hielten die Daumen nach oben. Es schien, als würde jede und jeder mit dieser Liebe mitfiebern.

Soll ich oder soll ich nicht? Darf das, was ich jetzt so gern tun möchte, sein oder nicht? Christina konnte nicht mehr klar denken, dafür aber wollte nun ihr Herz sprechen. Vor all den Leuten versank sie in Ramonas wunderschönen Augen, während sich ihre Lippen denen der Frau, die sie über alles liebte, näherten und schließlich mit ihnen zu einem zärtlichen, dann leidenschaftlichen nie enden wollenden Kuss verschmolzen.

Christina zuckte leicht zusammen, als sie hörte, wie die Menschen unten anfingen«, laut zu klatschen. Dann riefen sie im Chor: »Christina und Ramona gehören zusammen! Christina bleibt! Christina und Ramona gehören zusammen! Christina bleibt!« Dieses Mal rief sogar ihr Chef mit, und zwar lautstark.

Ein weiteres Mal wurde die große Kirchentür geöffnet und drei Polizisten in Uniform erschienen und versuchten, mit Meier vernünftig zu reden. Doch dessen Verstand schien sich komplett verabschiedet zu haben. »Gottverdammter Mist!« Aus seinen Augen blitzten Christina glühende Funken entgegen. »Ihr unseligen Lesben. Ich kann euch nicht mehr sehen, seit mich Lea wegen dir verlassen hat!«, schrie er und begann, wie wild um sich zu schlagen, wobei er auch die Polizisten nicht verschonte. Kurzerhand legten sie ihm Handschellen an und hatten ihn schließlich rasch unter Kontrolle.

Christina fühlte, wie ihre Lebensgeister wiedererwachten. Sie flüsterte Ramona etwas ins Ohr und ging die Treppe hinunter, auf Erik Meier zu. Vor ihm blieb sie stehen und blickte ihm direkt in die Augen. »In dieser Kirche wird nicht geflucht. Das ist ein Gotteshaus«, wies sie ihn streng zurecht. Beinahe tat er ihr leid, aber nur beinahe. »Nach allem, was Sie mir angetan haben, wäre es reine Heuchelei, wenn ich sagen würde, dass ich Sie bedauere.« Sie behielt ihn weiterhin fest im Blick. »Aber wegen enttäuschter Liebe mit Rache und Verleumdung zu reagieren und das Leben eines anderen Menschen zu ruinieren«, entsetzt schüttelte sie den Kopf, »ist bestimmt nicht der richtige Weg.« Sie ging zu Ramona zurück, während die Polizisten mit dem widerstrebenden Meier die Kirche verließen. Auch seine Lebensgefährtin würde sich verantworten müssen.

Wenig später hatte sich das ganze Dorf im Park versammelt. Alle plauderten nun unbeschwert miteinander, wie an dem Tag, als Christina ihr Amt angetreten hatte. Sonnenschein pur und stahlblauer Himmel erwiesen diesem besonderen Tag alle Ehre.

Herr Zwahlen kam auf Christina zu. »Ich möchte mich bei Ihnen entschuldigen«, sagte er etwas zerknirscht. Dann griff er in seine Jackentasche und zog Christinas Kündigung hervor. Vor Christinas Augen zerriss er sie. »Bitte bleiben Sie! Ich denke, es ist an der Zeit, dass die Kirche einen toleranteren und modernen Weg geht.« Um Vergebung bittend schaute er Christina an. »Nehmen Sie meine Entschuldigung an?«

Christina nickte stumm. Ganz offensichtlich brauchte sie noch einen Moment, um das alles rational zu erfassen. Für sie hatte der Herr auf ganz besondere Art und Weise ihre letzten Schritte gelenkt und war mit ihr zusammen gegangen. Sie reichte Herrn Zwahlen die Hand. »Entschuldigung angenommen«, sagte sie und lächelte ihm zu.

Ihr Vorgesetzter bedankte sich, drückte Christina die Hand und schenkte ihr ebenfalls ein zaghaftes Lächeln. Dann marschierte er davon.

Nach einer Weile standen Christina und Ramona etwas abseits und schenkten sich immer wieder verliebte Blicke. Ihre anfänglichen Hemmungen nach all dem Trubel waren schnell verflogen. Sie waren glücklich, sich wiederzuhaben und verziehen sich alles. Die unschönen Dinge sollten der Vergangenheit angehören. Sie fühlten tiefe Verbundenheit und Vertrautheit in sich.

»Warum bist du zu mir zurückgekommen?«, fragte Christina vorsichtig.

Ramona zögerte einen Augenblick, dann lächelte sie und deutete zu Lisbeth und Erika hinüber. »Die beiden da«, sagte sie, wandte sich wieder Christina zu und schenkte ihr einen zärtlichen Blick, »haben Liebesengel gespielt. Unsere Liebesengel«, erklärte sie mit weicher Stimme.

Christina lächelte nun auch und hauchte Ramona einen Kuss auf die Lippen. »Die beiden sind wundervoll. Noch wundervoller allerdings bist du. Danke, dass du zurückgekehrt bist.« Dann musterte sie Ramona eindringlich. »Aber irgendetwas bedrückt dich doch. Das spüre ich. Bitte lass mich wissen, was dir Kopfzerbrechen bereitet.« Fragend schaute sie ihr Herzblatt an.

Ramona richtete ihren Blick beschämt zu Boden.

Zärtlich nahm Christina Ramonas Gesicht in ihre Hände, während sie in ihre wunderschönen Augen eintauchte. »Bitte!«, bat sie flehend. »Ich möchte, dass nichts, aber auch gar nichts mehr zwischen uns steht.«

»Also gut«, murmelte Ramona. »Was ist mit deiner Exfreundin? Mit dieser Lea?« Ramonas Augen füllten sich mit Tränen. »Hattest du etwas mit ihr oder läuft womöglich immer noch etwas zwischen euch?«

Zuerst starrte Christina ihren Schatz mit großen Fragezeichen im Gesicht an. Dann küsste sie ihr jede Träne einzeln aus dem Gesicht. »Wie kommst du denn auf so eine absurde Idee?« Sie streichelte Ramona über die Wange. »Aber vorweg. Nie im Leben käme es mir in den Sinn, mit Lea noch mal was anzufangen.« Sie legte ihre Arme um Ramona und zog sie sanft an sich. »Aber jetzt sag, wie kommst du denn auf so etwas?«, fragte sie leise.

Ramona errötete. »Ich hab doch mit eigenen Augen gesehen, wie du in ihren Armen lagst, wie ihr euch geküsst habt«, sagte sie.

Christina runzelte die Stirn und fing Ramonas Blick ein. »Stopp! Jetzt bitte keine Missverständnisse mehr. Okay?« Sie setzte sich mit Ramona auf die Bank vor dem Pfarrhaus. »Lea hat sich mir an den Hals geworfen«, erklärte sie und schaute Ramona nachdenklich an. »Warst du damals etwa bei mir, als es draußen im Gebüsch geknistert hat?«

Ramona nickte matt. »Ja«, seufzte sie. »Ich konnte mich gerade noch rechtzeitig davonschleichen.« Sie atmete tief ein und aus. »Ich wollte damals zu dir kommen, um mich mit dir auszusprechen. Aber dann hab ich dich mit Lea gesehen und für mich ist eine Welt zusammengebrochen.«

Christina schluckte die in ihr aufsteigenden Tränen hinunter. »Das darf nicht wahr sein, oder etwa doch?«

Ramona presste die Lippen zusammen. »Es ist wahr, leider«, stöhnte sie. »Und deine Ex war auch bei mir zu Hause und hat mir erzählt, dass sie dich immer noch liebt und dass du sie zurückhaben willst.« Sie fuhr sich durch ihre kurzen braunen Haare. »Dann hat sie mir von einem Beweisstück erzählt, das dich wegen des Zeitungsberichts entlasten soll.« Sie zwirbelte eine Strähne um ihren Finger. »Dieses Beweisstück wollte sie aber nur rausrücken, wenn ich dich freigebe, damit du mit ihr wieder glücklich werden kannst. Sie hat mir gesagt, wie sehr ihr euch immer noch liebt.«

Christina war fassungslos. So viel Hinterlistigkeit hätte sie selbst Lea nicht zugetraut. »Vor allem aber wollte ich erreichen, dass du deinen Traumberuf weiterhin ausüben kannst«, redete Ramona weiter. Sie zog die Brauen zusammen. »Ich dachte, ich muss dich aus Liebe gehen lassen … loslassen. Ich wusste ja, dass sich mit diesem Beweis einiges zu deinen Gunsten entwickeln würde.« Sie griff nach Christinas Hand. »Und als ich dann von Meiers Komplizin noch das Okay bekommen habe, dass sie die Sache richtigstellen würde, stand dir ja eigentlich nichts mehr im Weg.«

Christinas Stirn legte sich in Falten. »Stopp«, rief sie und starrte Ramona mit großen Augen an. »Du warst bei der Lebensgefährtin von Meier?«

Ramona nickte. »Ja, auf dem Zettel stand ja ihre Adresse. Als du mir im Bistro von ihr erzählt hast, wollte ich dir unbedingt helfen. Da bin ich zu ihr gefahren und hab mit ihr geredet.«

Christinas Blick verschwamm. *Was für eine tolle Frau sie doch ist, meine Ramona.* Sie wollte etwas erwidern.

»Bitte lass mich weiterreden«, bat Ramona jedoch. »Du kannst dir gar nicht vorstellen, wie sehr es mir jedes Mal fast das Herz zerrissen hat, wenn ich behauptet habe, dass ich dich nicht mehr liebe.« Sie streichelte über Christinas Handrücken. »Es hat so wehgetan, so fürchterlich weh.«

Christina schmiegte sich ganz fest an Ramona. »Ich bin sprachlos. So vieles geht mir durch den Kopf. Aber jetzt … jetzt möchte ich dich einfach nur festhalten und dir ganz nahe sein.« Sie schaute Ramona ins Gesicht. »Aber etwas muss ich doch noch loswerden. Leas angeblicher Beweis wäre eine Lüge und Fälschung gewesen. Und darauf hätte ich mein zukünftiges Leben nicht aufbauen können. Ganz abgesehen davon, dass du mir immer das Wichtigste im Leben bist. Immer!« Sie schwieg einen Moment. »Möchtest … musst du sonst noch etwas wissen?«

Ramona schüttelte den Kopf. »Nein.« Fragend schaute sie ihre Liebste an. »Du?«

Christina lächelte zufrieden. »Nein. Ich bin einfach nur sehr, sehr glücklich, dass wir uns wiederhaben.«

Ramona küsste Christina auf den Mund. »Ich auch«, entgegnete sie mit zärtlicher Stimme.

Eine gefühlte Ewigkeit saßen die beiden eng aneinandergeschmiegt da und beobachteten mit einem warmen Gefühl, wie die Gemeinde wieder vereint und Harmonie eingekehrt war.

Plötzlich runzelte Christina die Stirn. Draußen auf der Straße winkte ihr jemand zu. *Das ist doch … Was für eine Überraschung!*

Vor dem Tor zum Park stand Amari mit ihrem Freund Reto und ihren Eltern. Nun winkten Christina mehrere Hände entgegen.

»Amari mit Familie«, sprudelte es aus Christina heraus.

Nun stand auch Ramona auf und blickte zu den vier Personen hin. Unauffällig stupste sie Christina an. »Wie wär's, wenn du mal in die Gänge kommst und die Familie endlich begrüßt?«, fragte sie und zwinkerte Christina zu.

»Ja, gern. Aber dann mit dir zusammen. Los, komm schon«, forderte sie Ramona auf.

Ramona presste die Lippen zusammen. »Erinnerst du dich nicht mehr? Andere Kultur, andere Sitten, andere Gesetze«, flüsterte sie. »Wir sollten uns vielleicht besser etwas diskret verhalten.«

»Okay, kein Problem«, meinte Christina. »Aber trotzdem kannst du mich begleiten, oder etwa nicht? Was ist denn schon dabei?«

Ramona lächelte. »Nichts, also lass uns zu ihnen gehen«, sagte sie gut gelaunt.

Auf halbem Weg winkte Christina. Nur ein paar Meter trennten sie noch voneinander.

Doch die vier blieben verunsichert vor dem Tor stehen und warteten, bis Christina es öffnete.

»Schönen Sonntag«, sagte Christina und schenkte allen ein Lächeln. »So kommt doch herein«, sagte sie freundlich.

Amari ging ein paar Schritte auf Christina zu. »Ich weiß nicht. Das hier ist ja eine evangelisch-reformierte Kirche«, sagte sie leise. »Ist vielleicht nicht so angebracht, wenn wir euren Gottesboden betreten, oder?«, flüsterte sie und zuckte die Schultern.

Christina sog tief die Luft ein. Ihr Blick schweifte zu den Dorfbewohnern, mit denen gerade erst eine wundervolle Versöhnung stattgefunden hatte.

Doch zu Christinas großer Freude nickten alle, nachdem sie aufmerksam die Szene beobachtet hatten. Christina verstand das als Einverständnis.

»Bitte kommt doch zu uns. Diese Kirche ist für alle offen. Hier sind wir einfach nur Menschen. Egal welcher Herkunft, Religion oder was auch immer wir sind.«

Amaris Vater nickte verhalten. Dann streckte er Christina die Hand entgegen. »Danke«, murmelte er. Er schaute Christina geradewegs in die Augen. »Ich möchte mich bei Ihnen entschuldigen«, er blickte verlegen zu Boden, »für damals entschuldigen.«

Mit einem Händedruck und einem Lächeln nahm Christina seine Entschuldigung an.

Wenig später stand die Familie bei all den anderen Leuten und alle redeten miteinander.

Nach einer Weile kam Amaris Mutter zu Christina und Ramona. »Ich will nicht stören«, sagte sie schüchtern.

Christina drehte sich zu der Frau um. »Ich bitte Sie, Sie stören doch nicht«, sagte sie freundlich.

Amaris Mutter lächelte. »Wissen Sie, es ist so …«, sie suchte nach Worten. »Wir haben nachgedacht und viel gelernt. Wir sind froh, dass wir hier leben dürfen.« Offenbar hatte sie sich diese kleine Rede vorher zurechtgelegt. Sie zupfte an ihrem Kragen. »Danke, dass Sie zu uns gekommen sind. Mir hat die Zwangsehe nie gefallen. Es hat mir immer das Herz gebrochen. Auch bei meinen älteren Töchtern«, sagte sie und zuckte die Schultern. »Aber es war Tradition.« Nun wusste sie nicht mehr weiter.

»Es *war* Tradition?«, fragte Christina nach.

Amaris Mutter nickte. »Ja, es *war*. Wir wollen hier alt werden. Und wir wollen dazugehören.« Sie nahm Christinas Hand. »Danke«, sagte sie und verbeugte sich. »Wir sind jetzt im Deutschkurs«, fügte sie noch hinzu.

Christina schaute Hilfe suchend zu Ramona. *Oh Gott, ich bin von all den Geschehnissen dermaßen überwältigt, dass ich bald nichts mehr sagen kann.*

Ehe Ramona etwas erwidern konnte, sprach Amaris Mutter weiter: »Sie zwei …«, sie schmunzelte ein wenig, »sind ein schönes Paar. Amari hat uns davon erzählt.« Sie nickte herzlich.

Christina bekam feuchte Hände. *Habe ich das jetzt richtig verstanden?* Ramona lächelte ihr ins Gesicht und küsste sie.

Als Christina sich wieder umwandte, hatte Amaris Mutter sich bereits wieder unter die anderen gemischt. Sie entdeckte ihre zierliche Gestalt neben Lisbeth und Erika.

Mit einem ziemlich verwirrten Gesichtsausdruck wandte sich Christina wieder ihrer Liebsten zu. »Siehst du! Es ist alles gut«, flüsterte Ramona.

»Meinst du, wir beide können uns jetzt davonschleichen?«, fragte sie Christina kurz darauf schelmisch.

Christina nickte entschlossen. »Wie wär's, wenn wir wieder mal einen Ausritt mit Serafina, Stella und Amigo unternehmen?«, fragte sie.

Ramona umarmte Christina. »Mit Vergnügen.« Mit einem sehnsüchtigen Blick tauchte sie tief in Christinas grüne Augen ein. »Und danach verbringen wir den restlichen Tag, den Abend und die Nacht bei mir im Chalet«, raunte sie ihr ins Ohr. »Und die Kätzchen nehmen wir am besten gleich mit.«

»Einverstanden«, wisperte Christina.

Arm in Arm schlichen sich die beiden davon.

»Schau mal, die ersten Schneeglöckchen und Krokusse sprießen aus dem Boden«, freute sich Christina.

Ramona lächelte sie verliebt wie am ersten Tag an. Dann küsste sie Christina zärtlich. »Ja, der kalte Winter ist vorbei. Jetzt erwartet uns ein wundervoller Frühling«, und erneut verschmolzen ihre Lippen zu einem nie enden wollenden Kuss.

Über die Autorin

Haidee Sirtakis lebt mit ihrer Lebensgefährtin sowie mehreren Hunden und Katzen in der Schweiz. Außerdem liegt ihr die Insel Kreta sehr am Herzen - hauptsächlich wegen der notleidenden Tiere dort. Für diese setzt sie sich, zusammen mit anderen Tierschützern, persönlich ein. Mit ihren Büchern wirbt sie darüber hinaus für mehr gesellschaftliche Toleranz. Ihre Tierliebe und das Schreiben möchte die Autorin immer mehr miteinander verbinden können. Sie freut sich über nette Zuschriften per E-Mail.

Von der Autorin bisher erschienen:

Vertrauen ist ein zerbrechliches Geschenk
978-3-95609155-1

Unter Kretas Sternen
978-3-95609189-6

Zeit zu lieben
978-3-95609210-7

Liebeszauber über Kreta
978-3-95609224-4

Tanzende Herzen
978-3-95609242-8